L'ART

DE BIEN FAIRE SOI-MÊME SES

AFFAIRES

ET DE

GAGNER DE L'ARGENT

d'après l'ouvrage anglais : *How to make money*

DE E. T. FRIEDLEY

suivi

d'Instructions et de Modèles pour rédiger
les Actes sous seing privé, les Pétitions, les Lettres
les Effets de Commerce, etc.

66

PARIS

SARLIT, LIBRAIRE, rue St-Sulpice, 25

AVIGNON

AMÉDÉE CHAILLOT, ÉDITEUR

Place du Change, 3

L'ART

DE BIEN FAIRE SOI-MÊME SES

AFFAIRES

AMÉDÉE CHAILLOT, Imprimeur-Libraire-Éditeur, à Avignon.

L'ART

DE BIEN FAIRE SOI-MÊME SES

AFFAIRES

ET DE

GAGNER DE L'ARGENT

d'après l'ouvrage anglais : *How to make money*

DE E. T. FRIEDLEY

SUIVI

d'Instructions, et de Modèles pour rédiger
les Actes sous seing-privé, les Pétitions, les Lettres
les Effets de Commerce, etc.

————

PARIS

V. SARLIT, LIBRAIRE, rue St-Sulpice, 25

—

AVIGNON

AMÉDÉE CHAILLOT, ÉDITEUR

Place du Change, 5

1866

AVIS DE L'ÉDITEUR

—

L'ouvrage que nous offrons au public a pour but de *donner aux personnes inexpérimentées des règles pour conduire sagement leurs propres affaires.* Il s'adresse à ceux qui n'ont que de vagues notions sur la marche à suivre, sur les précautions à prendre pour sauvegarder leurs intérêts, et qui seront bien aises de connaître, lorsque le cas se présentera, quelle sera la conduite à tenir, non seulement pour ne pas être trompés, mais pour n'exiger des autres que des choses justes et honorables. Éclairer l'honnête homme sur ses vrais intérêts, lui mon-

trer la manière la plus sage d'agir dans
une position donnée, lui apprendre les
moyens d'éviter les procès et les pertes,
en se conformant toujours aux lois de la
probité et de l'honneur, tel est l'objet de ce
livre.

On y verra aussi comment *on gagne de
l'argent*, et c'est ce que comprendra facilement cette portion si nombreuse et si res-
pectable de la société qui aime le travail,
l'ordre, l'économie, qui soigne ses intérêts,
les défend au besoin, qui a l'intelligence
des affaires, mais qui n'a pas pu en avoir
encore l'expérience, que le temps seul peut
donner. Ce sont les leçons de longues années passées dans la pratique des affaires
dont nous nous plaisons à leur communiquer le fruit. Ces leçons s'appuient sur des
conseils dont la sagesse a été universelle-
ment reconnue dans des contrées où l'on
apprécie, mieux que partout ailleurs, le prix
du temps, les avantages de l'activité, de
l'ordre et de l'épargne. A ces leçons, à ces
avis, nous ajoutons des modèles pour rédiger la plupart des *actes* que les particuliers peuvent faire, pour écrire des *lettres*

sur toutes sortes de sujets, pour formuler des *pétitions* aux diverses autorités.

Cet ouvrage est divisé en trois parties distinctes.

La première est un résumé très complet des règles les plus sûres pour *bien conduire ses affaires* et pour *gagner de l'argent* en travaillant honnêtement. Nous nous sommes aidés, dans cette première partie, d'un ouvrage devenu justement populaire en Angleterre et en Amérique, intitulé *How to make money, being a practical treatise on business* (Comment on gagne de l'argent, traité pratique des affaires) *par E. T. Freedly.* Tout le monde connaît l'esprit positif et l'aptitude aux affaires des habitants de ces deux pays. En lisant ces conseils, mûris par l'expérience, on reconnaîtra leur haute valeur et on nous saura quelque gré d'avoir cherché à les populariser en France.

La deuxième partie contient des *Instructions* sur la rédaction des *Actes sous seing-privé*, et de nombreux *Modèles d'Actes*. Tels qu'ils sont rédigés, ces modèles seront d'une très grande utilité pour servir à en dresser d'autres de même nature. On verra aisément ce qui doit être conservé et ce qui doit être modifié.

La troisième partie se compose d'*Instructions sur la Manière d'écrire les lettres*, accompagnées de *Modèles de lettres de divers genres*. On y trouvera tout ce qu'il y a d'essentiel sur le cérémonial et sur le style épistolaires, et des conseils clairs et faciles pour s'exprimer, dans une lettre, avec les convenances nécessaires, pour dire tout ce qu'il faut dire, et ne rien dire de trop.

A la suite des modèles de lettres, sont des modèles de *Placets* et de *Pétitions*.

Ainsi donc, ce volume renferme tout ce qu'il y a de vraiment essentiel pour conduire ses affaires, et nous sommes assurés que tous ceux qui se pénétreront bien de ces avis et qui s'y conformeront reconnaîtront que nous leur avons rendu un vrai service en le publiant.

Sans renoncer aux conseils d'un homme de loi dans tous les cas difficiles, l'homme de bon sens, habitué à réfléchir et à prévoir les conséquences de ses actes, est parfaitement apte, croyons-nous, à diriger ses affaires civiles et commerciales. En général, les affaires épineuses sont rares, et celles de tous les jours sont peu compliquées ; cependant on peut conduire celles-ci plus ou moins sagement, et nous avons la conviction que nos conseils ne seront pas inutiles à ceux qui aiment mieux les voies lentes mais sûres qui mènent au bien-être, que les chances aventureuses où quelques-uns rencontrent la fortune, et tant d'autres la ruine.

GUIDE PRATIQUE

POUR

LES AFFAIRES

———

PREMIÈRE PARTIE

I.

Principes généraux de la Conduite des Affaires.

Qu'est-ce que les Affaires ?

Les affaires, en général, sont l'occupation de l'homme ayant un but sérieux et utile, et consacrant son temps et son attention de tous les jours à un objet qui doit lui procurer un avantage.

L'homme, étant un composé de corps et d'esprit, cherche à satisfaire ses besoins physiques et intellectuels. L'homme d'affaires travaille à produire, à manufacturer, à vendre les matières destinées aux nécessités corporelles ; l'homme d'étude à créer, à arranger, à fournir les choses qui donneront un aliment à l'intelligence. Inutile de rechercher lequel des deux est supérieur à l'autre ; tous deux sont nécessaires.

Quel est le but des affaires ?

Le but des affaires, nous ne dirons pas que c'est le bonheur : on le poursuit en vain, on ne le trouve pas sur cette terre. Le but des affaires, c'est le *bien-être ;* celui que donne une fortune suffisante pour écarter les soucis d'une existence précaire ; celui que crée une position indépendante ; celui que produit la considération de ses concitoyens. Tout cela n'est pas le bonheur, mais contribue à faire disparaître les angoisses de la pauvreté, les humiliations compagnes d'une existence besogneuse, les dédains infligés par le parvenu orgueilleux. La religion, il est vrai, donne des forces pour supporter ces souffrances ; elle en fait des mérites pour le ciel, mais elle ne défend pas de travailler à s'y soustraire, pourvu que ce soit par des moyens légitimes.

Le but des affaires est donc de rechercher le bien-être en le plaçant dans une activité énergique de l'esprit, dans l'usage libre de ses facultés, dans l'accroissement de la durée de la vie, dans l'adoucissement des mœurs, dans l'établissement de lois justes, dans l'amélioration de l'hygiène publique, dans de plus grandes facilités de locomotion et de correspondance, dans une plus grande aisance dans la nourriture et le logement. Voilà le bien-être que l'on peut atteindre : ce n'est pas le bonheur, car il ne met pas à l'abri des maladies, de la mort des personnes chères, de la trahison des amis, de l'ingratitude des enfants, et de tant d'autres maux dont la vie humaine sera toujours semée, mais il exempte d'une foule d'autres peines qui, pour être d'un ordre inférieur, n'en sont pas moins souvent bien dures. Aussi chacun cherche-t-il le bien-être ; les uns l'avouent, les autres le dissimulent, mais tous s'efforcent d'arriver à une situation meilleure. L'ambition, l'orgueil, l'amour-propre, l'amour de l'argent sont des stimulants, souvent blâmables, mais réels, et dont il faut tenir compte ; c'est faute de connaître les réalités de la vie, que bien des gens échouent dans leurs entreprises. Si la vertu régnait en souveraine dans ce monde, il serait inutile de faire tant d'efforts pour arriver au bien-être ; les hommes se tendraient les uns aux autres une main secourable, personne ne tomberait dans la misère, toutes les souffrances seraient soulagées, et le riche serait heureux de partager son superflu avec ceux qui n'ont pas le nécessaire. Mais ce sont là des exemples rares, et il ne serait pas prudent de s'y fier. Il faut se souvenir que, depuis la chute originelle, *la vie de l'homme est un combat*, et il faut entrer bravement dans la lice, pour lutter contre sa propre inertie, contre son propre désir de jouir, contre la concurrence des intérêts d'autrui, contre ses propres passions et contre les passions des autres. C'est au milieu de cette lutte, qu'il faut apprendre à conduire ses affaires, pour arriver au bien-être, en respectant les droits de ses semblables.

Qu'est-ce que savoir faire ses affaires?

L'homme qui sait faire ses affaires est celui qui, connaissant bien la position où sa naissance et les circonstances l'ont placé, en tire le meilleur parti possible. Celui qui est né sans fortune et qui n'a d'autre moyen d'existence que le travail de ses mains ou de son esprit, saura bien faire ses affaires, s'il comprend de bonne heure qu'il

doit travailler activement suivant ses forces, viser
à faire du bon travail, pour en tirer une plus
grande rémunération, ne pas dépenser tout ce
qu'il gagne pour amasser par l'économie de quoi
faire face aux chômages imprévus, et surtout
éviter de faire des dettes, ce qui est une source
de soucis et même de malheur dans la vie. Celui
à qui ses parents ont laissé des propriétés, doit,
pour bien faire ses affaires, les gérer avec attention et intelligence, les entretenir, les bien
louer s'il ne les gère pas, etc. Celui qui est dans
le commerce ou l'industrie saura bien faire ses
affaires, s'il apprend à bien connaître toutes les
ressources de cette profession, à proportionner
ses entreprises aux moyens dont il dispose,
à livrer aux hasards des événements le moins de
chances possible, etc. L'homme qui a un emploi
saura faire ses affaires, s'il le remplit avec assiduité, exactitude, conscience, de manière à se
faire bien valoir de ses chefs et arriver par là à
un avancement mérité, malgré la concurrence
qui existe dans cette profession comme partout,
quoique sous une forme différente.

II.

Qualités indispensables pour bien faire ses Affaires.

L'amour du Travail.

L'activité du corps et de l'esprit est une condition sans laquelle personne ne parviendra jamais à bien faire ses affaires. La paresse, l'oisiveté ont toujours été considérées comme la source des vices et de la ruine morale et matérielle. « L'homme occupé, dit un proverbe turc, n'est tracassé que par un seul démon, le fainéant l'est par mille. » « Le diable tente les hommes, « dit un proverbe espagnol, mais le fainéant « tente lui-même le diable. » Mais l'oisiveté fût-elle une vertu, elle n'est pas praticable. L'esprit ne peut pas exister dans l'inaction ; il faut qu'il fasse quelque chose, bien ou mal, quand le corps veille. Le corps aussi est fait pour l'action ; sans l'action, il décline.

Le travail est donc indispensable à l'homme ; bien plus, l'homme doit aimer le travail, quoique le travail soit une peine qui découle de la faute originelle. On a beau regimber contre cette néces-

sité, il faut la subir ; mais, par un heureux
retour, le travail accepté produit la satisfaction
de l'âme et la santé du corps. On comprend
qu'il ne s'agit point d'un travail excessif,
qui dépasse la mesure des forces ; non, le travail qui fait du bien, c'est le travail modéré,
entrecoupé d'intervalles de repos ; travail qui
est peut-être pénible dans les commencements,
mais que l'habitude rend bientôt très supporta-
ble. Cette habitude, devenue une seconde nature,
finit par faire du travail un besoin et même une
distraction. D'ailleurs, la récompense qui est
au bout est déjà un dédommagement qui en
compense les fatigues.

L'Instruction.

L'instruction est une source, nous dirions
presque de bonheur, si ce mot répondait à
quelque chose de réel sur la terre, mais à coup
sûr de bien être et de contentement. Tout progrès
de l'intelligence qui rapproche l'homme de la
source de toute vraie connaissance, c'est-à-dire
de Dieu, toute faculté nouvelle découverte ou
mise au service d'une volonté active, toute idée
qui donne une notion plus claire des mystères
du monde visible, ou de l'esprit humain, ce

mystère plus grand encore, est un pas de plus
fait vers ce bonheur que l'on n'atteint pas, mais
dont on peut approcher au moins quelques instants. Mais l'instruction, la science, sans la pu-
reté de cœur, est un piége, et les connaissances
qu'on n'applique pas à des choses utiles poussent
au mal. L'instruction qui n'est pas appliquée aux
travaux de chaque jour nourrit l'orgueil, et en-
gendre des goûts faux ou dépravés.

Si donc l'on veut être aussi heureux que
possible dans ce monde, jouir de la plus grande
somme de bien-être, il faut unir ensemble la
pratique de la religion, de l'instruction et des
affaires. Chacune de ces trois sources de la féli-
cité humaine doit avoir part à notre attention.
Cette union est éminemment praticable et son
résultat est le calme de l'âme et le repos de la
conscience qui conduisent au bonheur.

C'est une erreur de croire que les affaires
sont incompatibles avec l'instruction. Au contraire, un homme doit posséder des principes
solides de morale et une intelligence développée,
pour mener une grande affaire avec des espérances raisonnables de succès.

La Moralité.

Personne ne peut passer plusieurs années dans les affaires, sans que son caractère se montre tel qu'il est, si non au public, au moins à sa propre conscience. Si cet homme n'a pas l'esprit ferme, il a chance de devenir un menteur d'habitude ; si sa morale est relâchée, il deviendra un fripon, et plus tard un banqueroutier. Mais si, après quelques années d'une vie active, sa conscience lui dit qu'il est encore un homme d'une morale inflexible, il n'a plus rien à craindre, il a triomphé de l'épreuve ; car les affaires sont une épreuve sévère pour la vertu, trop sévère pour beaucoup de gens, mais elles ne sont pas défavorables aux progrès de la morale ; bien plus, les affaires sont un moyen de la perfectionner pratiquement. C'est dans les affaires que l'homme peut et doit, mieux que partout ailleurs, appliquer les principes de la religion et les connaissances fournies par la science ; c'est dans les travaux de tous les jours, que la sagesse, cessant de s'en tenir aux règles générales, en fait l'application dans tous les cas particuliers qui se présentent. Lorsque tout le monde verra que nul n'est sage s'il n'est honnête ; que la vertu et

1.

les connaissances augmentent les chances de succès dans la vie, et sont aussi utiles au bien-être de ce monde qu'au bonheur de l'autre, personne ne négligera de s'instruire, et ne refusera de pratiquer la vertu. Il y a un intérêt identique, une dépendance mutuelle, une relation intime entre tout ce qui est bon ; et les affaires préparent la voie à la vertu, parce que la vertu et l'instruction sont les meilleures amies des affaires. La paresse est une ennemie de la vertu, et les affaires triomphent de la paresse.

La pauvreté est un malheur, mais elle n'ose pas entrer dans la demeure de l'homme laborieux. La charité est une vertu, et les affaires donnent le moyen et la volonté de l'exercer. La probité est une vertu, et plus une nation a le génie des affaires, plus cette vertu y est florissante. La guerre est un malheur, et elle n'a pas de plus grand ennemi que l'homme qui se livre aux affaires. Le commerce, cette branche importante des affaires, propage la civilisation, fait connaître partout les agréments de la vie, met en circulation les découvertes utiles, et stimule l'esprit d'invention.

L'Economie.

Par le travail, par l'instruction, par la probité
on peut augmenter son bien-être, et même arriver à la fortune ; mais on n'atteindra jamais son
but, si l'on manque d'économie. Ne pas dépenser
tout ce qu'on gagne, voilà le moyen le plus sûr
de réussir à se créer une position assurée et indépendante. Cela est-il toujours possible ? Nous
ne pouvons pas l'affirmer. Le manque de travail, la maladie, une nombreuse famille, sont
souvent des obstacles insurmontables. Mais combien de jeunes gens qui pourraient, en prévision
d'un établissement futur, mettre chaque année
en réserve le superflu de leurs besoins réels, et
qui préfèrent le gaspiller, en disant que la jeunesse est faite pour jouir, et qu'il sera toujours
temps de songer aux choses sérieuses, quand
on aura goûté de tous les plaisirs. Que de fois
on regrettera plus tard cet argent si follement
dépensé et qui aurait pu former un fonds de réserve, se grossissant chaque année, et devant
servir à fonder un établissement productif ou à
contracter un mariage avantageux ! Mais non, on
arrive à l'âge mûr blasé sur les plaisirs qui
ne laissent après eux que l'amertume des regrets,

on se marie pour faire une fin, ou bien on traîne le reste de sa vie dans l'isolement d'un célibat égoïste ou forcé.

L'Ordre.

Sans l'ordre, c'est-à-dire sans l'habitude de faire les choses en leur temps, avec réflexion, de songer constamment à ses affaires, de régler leur marche, de tenir note exacte de ses recettes, de ses dépenses, de prévoir les payements à faire, les revenus à toucher, de maintenir dans une grande régularité toutes les choses de son intérieur, de soigner ses récoltes, si l'on en a, ses marchandises, si l'on est commerçant, etc. ; on s'exposera à des pertes, qui annulleront tout ou partie des résultats acquis par le travail et l'économie.

Ces considérations générales sur les conditions du succès dans les affaires trouveront plusieurs fois leur application dans la suite de cet écrit. Nous aurions pu les étendre davantage, et parler, entr'autres qualités nécessaires à la bonne direction des affaires, du jugement solide qui empêche de faire fausse route, de l'habitude de réfléchir qui aide à voir une affaire sous toutes ses faces, du recours aux sages avis d'un ami expérimenté,

dont le coup-d'œil est souvent plus sûr parce
qu'il est joint au sang-froid de l'homme désintéressé dans une question ; mais ces qualités sont
naturellement le partage d'un esprit droit, et nos
conseils seraient pour lui superflus, tandis qu'un
esprit faux risquerait de n'en pas comprendre la
portée, ou d'en faire des applications déplacées.

III.

Des divers Genres d'Affaires.

Travailler de ses mains, remplir un emploi,
s'occuper d'affaires litigieuses, suivre la carrière
de l'enseignement, du barreau, de la médecine,
des administrations publiques, etc., ce n'est pas
se livrer proprement aux affaires. Dans ces
diverses positions, celui qui les occupe et qui
veut s'y avancer a besoin de l'amour du travail,
des connaissances propres à son état, de l'ordre,
de l'économie ; il doit être mu par les sentiments d'honneur et de moralité ; il doit mettre
dans sa conduite de la réserve, de la prudence,
de la persévérance ; il doit apprendre à connaître et à juger les hommes, et savoir tirer son
profit de ses observations ; mais ce n'est pas à
cette classe d'hommes que cet écrit s'adresse. Il a

en vue ces nombreuses personnes qui, n'ayant
point de traitement fixe sur lequel elles aient à
régler leur dépense, s'efforcent par un soin attentif pour leurs affaires d'en obtenir le profit le plus
élevé possible, d'éviter les causes de pertes, et
de s'assurer d'abord l'existence de chaque jour
et ensuite un superflu qui fonde et augmente leur
fortune, pour servir à l'établissement de leur
famille et aux besoins de leur âge avancé. On
peut les diviser en deux grandes catégories : les
propriétaires et les commerçants ; dans cette
dernière sont compris les négociants, les marchands grands ou petits, les industriels de tout
ordre, les banquiers, les spéculateurs, etc. Dans
la catégorie des propriétaires, on peut ranger les
capitalistes, s'ils ne sont pas négociants ou spéculateurs. Dans ces nombreuses classes d'hommes
qui s'occupent proprement d'affaires, il en est
beaucoup pour qui ce livre sera inutile, parce
que leur esprit sans cesse en travail pour atteindre la fortune a su sortir des voies communes, et
n'a plus rien à apprendre sous ce rapport ; mais
ils trouvent aujourd'hui tant d'imitateurs moins
heureusement doués qu'eux, que notre livre, s'il
tombe entre les mains de quelques-uns d'entr'eux,
pourra peut-être les détourner d'une fausse voie
où ils allaient entrer, et au bout de laquelle ils

auraient trouvé la ruine et le déshonneur au lieu de la richesse qu'ils cherchaient. C'est à eux que nous nous permettons d'offrir les conseils de l'expérience de plus de quarante années passées dans les affaires, où nous avons pu voir, d'un œil calme et souvent prévoyant, les résultats d'une entreprise bien ou mal conçue, bien ou mal dirigée, bien ou mal conclue.

IV.

Éducation pour les Affaires. — Choix d'une Profession.

Quiconque a la capacité de contracter peut faire des affaires ; mais pour faire réussir des affaires étendues, il faut une force de jugement, une maturité d'esprit, une vigueur de constitution que peu de gens possèdent. Jetons un rapide coup-d'œil sur le caractère, sur l'éducation, qui conviennent le mieux pour un homme qui veut se livrer aux affaires, et donnons quelques conseils sur le choix du genre d'affaires ou d'une profession.

Du Caractère qui aide à réussir dans les Affaires.

Le caractère qui convient le mieux aux affaires est un mélange d'hésitation et de résolution. C'est le caractère de ceux qui exercent une grande autorité. En secret, ils ne comptent sur rien et sur personne. Ils savent tout ce qu'il y a d'incertain dans l'issue des choses humaines, ils se disent : « Qu'arrivera-t-il, si ce que j'espère ne se réalise pas ? » Ces incertitudes abattent un caractère faible, mais un caractère résolu les surmonte, quand il a bien pesé toutes les chances probables. Celui qui se repose sur sa bonne étoile, qui compte sur une heureuse fin quoi qu'il fasse, n'est pas fait pour les grandes affaires. Celui qui tâtonne, qui hésite toujours, qui ne sait rien entreprendre, ne l'est pas davantage. Il faut à la fois un caractère circonspect et résolu. Le véritable homme d'affaires ne pense pas à l'issue ; il sait qu'en tout il y a des éléments d'insuccès, mais il est déterminé à tenter l'aventure, et à tout remuer pour ne pas laisser de côté un seul élément de réussite sans l'avoir mis en œuvre. Il concentre toutes ses pensées sur les moyens, et non sur la fin ; il veut connaître les écueils de la route, et en même temps ce qu'il faut faire pour ne pas y échouer. S'il manque son but, et il sait qu'il peut le manquer, il a en réserve un moyen de se tirer d'affaires, sans tomber dans le précipice de la banqueroute et du malheur.

De l'Éducation de celui qui se destine aux Affaires.

Il est utile d'exercer de bonne heure les sens des enfants à discerner les odeurs, les couleurs, le goût, les impressions du toucher, mais ce qui est plus important encore, c'est d'exercer les facultés de leur âme, l'attention, la mémoire, le jugement. Par la délicatesse des sens, on observe mieux les qualités des choses matérielles ; par l'exercice assidu des facultés intellectuelles, on les perfectionne à un degré d'autant plus élevé qu'on les a exercées davantage.

C'est par l'étude qu'on exerce les facultés de l'esprit, et c'est de bonne heure que l'on doit y appliquer les enfants. Le temps de l'enfance, de l'adolescence, pendant lequel l'homme n'est pas encore en état de pourvoir seul à ses besoins, doit être utilisé pour lui faire acquérir les éléments de toutes les connaissances qui lui serviront, pendant le reste de la vie, à acquérir les notions spéciales à la profession qu'il adoptera ;

mais les parents qui destinent d'avance leurs
enfants à telle ou telle profession, doivent diriger
leurs études principalement vers le genre de
connaissances qui doivent le mieux leur servir.
Si ceux qu'on destine au barreau, ou à la médecine, ont besoin de s'avancer dans l'étude des
langues anciennes ; ceux qui sont réservés au
commerce, par exemple, devront s'occuper des
sciences physiques et naturelles, des mathématiques, de la chimie, des langues étrangères, principalement de l'anglais et de l'allemand. Un
jeune homme qui sait correspondre dans ces
deux langues, et qui a une teinture suffisante
des affaires, est assuré de trouver un emploi
avantageux.

Les meilleurs moyens d'arriver à une bonne
éducation pratique, sont l'attention et le travail.
Les livres, les maîtres, les écoles ne sont que
des moyens de rendre le travail moins difficile :
mais la science ne s'acquiert pas sans travail.

Le jeune homme que ses parents ne destinent
pas à une profession libérale ou aux emplois
publics, mais simplement aux affaires, perfec-
tionneront le genre d'éducation qui leur est
propre plutôt dans un comptoir que dans un
collége. Ce n'est pas que nous soyons hostiles à
une éducation littéraire ; loin de là, un homme

n'est entièrement formé que par l'étude des grands modèles de la littérature, et tel qui sera arrivé à une grande fortune en se mettant de bonne heure dans les affaires, regrettera toute sa vie l'infériorité relative où le placent des études incomplètes. Mais, en général, des études littéraires mal faites seraient avantageusement remplacées par l'entrée de bonne heure dans les comptoirs, où l'on apprend à connaître les hommes et les choses par une pratique journalière, qui manque à celui qui reste toute l'année enfermé dans les murs d'un collége.

Au comptoir, on apprend à être obéissant, soumis et patient, à supporter les reproches sans colère, et les contradictions sans mauvaise humeur. On a l'œil et l'oreille aux aguets; on sait se retenir d'un mouvement trop prompt, résister à une tentation, réprimer un sentiment de révolte, et s'armer à propos du silence. Le jour est plein de leçons de confiance en soi-même et de domination de soi-même, et le caractère se fortifie sous cette forte discipline. L'éducation d'un comptoir sera utile à tout homme, quelle que soit sa position future dans la vie. A ceux qui auront des propriétés à régir elle enseignera l'habitude des affaires et l'attention aux comptes; à ceux qui dirigeront une industrie, elle donnera l'or re, la disposition utile du temps, l'usage des livres de commerce ; à tous une intelligence plus nette de la pratique des affaires.

Il est très avantageux pour un jeune homme, encore mineur, d'avoir des rapports constants et familiers avec un homme qui a cette pratique, et qui est capable de communiquer ce qu'il en sait. Une foule de notions utiles dans la vie se communiquent par la conversation. Les parents devraient rechercher pour former leurs enfants un homme qui leur donnerait des conseils sur le choix des livres, qui résoudrait leurs doutes, qui dirigerait utilement leurs observations. Il suffirait d'un homme de bon sens et de quelque expérience, sans qu'on exigeât qu'il eût réussi dans ses affaires ; d'abord parce qu'on n'en trouverait pas, dans cette catégorie, qui voulussent se charger de fonctions pareilles, et ensuite parce qu'on a remarqué que ceux qui sont le plus capables de former des plans et de donner des conseils aux autres le sont le moins pour agir par eux-mêmes ; tandis que ceux qui ont réussi n'ont donné qu'une attention momentanée aux moyens, et l'action les a absorbés tout entiers.

Nous dirons à ceux qui ne peuvent se procurer un pareil maître : « Cultivez vos sens, observez avec attention, disciplinez votre esprit, surtout

par les mathématiques, faites votre profit de tout
fait qui a de la valeur, lisez constamment des
livres utiles, et la gloire de votre triomphe sera
en proportion des difficultés que vous aurez sur-
montées. »

Du Choix d'une Profession.

Lorsque les parents n'ont pas fait choix d'une
profession pour leur enfant et que les circonstances
ne révèlent pas clairement à celui-ci quelle est la
voie qu'il doit suivre, c'est à lui qu'incombe ce
choix, et cette importante question : Que ferai-je ?
se pose devant son esprit avec une force dont il se
souviendra toute sa vie.

Qu'on nous permette quelques conseils. Ne
cherchez pas ce qui vous convient exactement le
mieux ; mais plutôt soyez prêt à saisir l'occasion
qui se présente. Les occasions favorables ne se
présenteront pas toujours de la manière que vous
l'imaginiez. N'importe, ne vous découragez pas
pour quelques désagréments actuels, car ils peuvent vous conduire à quelque chose de bon.
Adressez-vous ces questions : Dans quel but
vais-je faire choix d'un état ? Pour acquérir
l'indépendance ? En quoi consiste l'indépendance ? Celui qui peut faire autre chose que

ce que la nécessité exige est aussi indépendant que l'homme le plus riche, et généralement il est beaucoup plus heureux. Le commerce conduit bien des gens à l'indépendance.

Dans le choix d'un état, ne laissez pas votre imagination dominer votre jugement. C'est une faculté trop fugitive pour régler le jugement.

Qu'il y ait entre ce qui distingue la profession que vous allez choisir et le trait principal de votre caractère un rapport réel. Si rien dans votre caractère ou votre organisation ne répond à l'occupation essentielle que vous donnera cette profession, vous ne réussirez pas. Il faut au moins posséder une qualité, et souvent plusieurs, pour avoir des chances de succès dans ce qu'on entreprend. Les principales sont la *force physique*, *l'intelligence*, *l'affabilité*, *l'énergie* et *l'esprit d'entreprise*.

La *force physique* est indispensable pour la plupart des états manuels.

L'intelligence est une condition de succès non seulement dans les états où l'esprit seul travaille, mais encore dans une foule d'états manuels, où l'ouvrier non intelligent ne réussit jamais qu'à demi.

L'affabilité est absolument nécessaire pour celui qui tient une boutique, et elle est de la plus

grande utilité dans le commerce de la vie, quelle
que soit la position où les circonstances vous placent.

L'*énergie* est indispensable dans les affaires,
pour qu'on ne se laisse pas abattre par les difficultés dont elles sont toujours entourées, et l'*esprit
d'entreprise* a l'œil sur toutes les voies qui
conduisent au succès.

V.

De l'Habitude des Affaires.

Lorsqu'on a fait choix d'un état, et que les
études, l'apprentissage qu'il exige sont terminés,
on s'adresse une seconde fois une question de la
plus haute importance : « Que ferai-je ? Entre-
prendrai-je les affaires pour mon compte, ou tra-
vaillerai-je quelque temps pour un autre qui est
déjà établi ? » Il vaudrait mieux s'adresser ces
deux autres questions : « Suis-je maître dans
mon affaire ? Ai-je l'habitude des affaires ? »

Qu'entend-on par l'habitude des affaires ?
Vous saurez si vous avez ou non cette habitude,
selon la manière dont vous répondrez à ces questions : « Êtes-vous industrieux ? méthodique ?
calculateur ? prudent ? ponctuel ? persévérant ? Si

vous possédez ces qualités, vous avez l'habitude des affaires. Ce n'est pas qu'il s'agisse de les posséder dans la perfection, ou seulement par intervalles, mais constamment à un degré suffisant. C'est là ce qui constitue le véritable homme d'affaires, c'est par là que sont arrivés à la fortune des hommes qui n'avaient d'autre capital que cette réunion de qualités à un degré supérieur. Sans elles, ni les capitaux ni les circonstances favorables ne sauvent de la ruine celui qui en est privé.

Nous appellerons proprement *industrie*, l'habitude d'appliquer avec énergie le corps et l'esprit à un emploi utile. L'industrie est le secret des merveilleux résultats obtenus par le travail des hommes, les pyramides d'Égypte et les chemins de fer, entr'autres exemples. La tendance de la matière est vers le repos ; il faut donc vaincre la force d'inertie. Quand il faut faire une chose, elle doit être faite immédiatement, sans vains discours et sans retard. L'exercice répété de la volonté dans ce sens, donnera l'habitude de l'action.

L'*ordre* arrange avec méthode ce que l'industrie a produit. L'homme d'ordre a un poste pour chaque homme, une place pour chaque chose, une case pour chaque papier, et une heure pour chaque occupation. L'homme parfaitement méthodique, en se mettant au lit, laisse ses livres, ses comptes, etc., dans un ordre si clair, que s'il venait à mourir la nuit, tout le monde connaîtrait sans peine l'état de ses affaires.

Le *calcul* est l'âme des affaires. La facilité de calculer donne à celui qui la possède un grand avantage sur celui qui y est moins habile. Il est indispensable de s'y exercer de bonne heure. Mais il ne s'agit pas seulement de calculs d'arithmétique. Bien calculer, c'est savoir distinguer la fausse économie de la véritable économie ; c'est comprendre que la probité est la meilleure politique, et que le fripon est un insensé. Un homme abuse d'une confidence pour commettre une tromperie ; a-t-il bien calculé ? Faisons son compte : au débit, il faut porter la confiance du public perdue, sa famille déshonorée, son bonheur empoisonné, son salut éternel compromis ; d'un autre côté, il faut mettre à son crédit, un avantage temporaire obtenu : la balance est évidemment contre lui.

La *prudence* peut se définir : la sagesse mise en pratique. Sous ce nom de prudence nous comprenons le soin de parler et d'agir dans le lieu, dans le temps, et de la manière convenables. Elle regarde surtout les actions qu'on a à faire, le moyen, l'ordre, le moment et la méthode de les

2

faire ou de les éviter. C'est montrer une grande
prudence que de se placer dans une position faite
pour amener ses plans à une issue heureuse,
quelles que soient les bases sur lesquelles on les a
fondés. Il est toujours prudent, dans les affaires de
grande importance, de cacher ses intentions, ou
de deviner celles des autres ; il est, en général,
prudent de cacher ses mobiles ; les amis seuls
doivent avoir la clef de notre cœur. Il est prudent
d'éviter de faire des confidences à un étranger ;
et dans certaines circonstances désagréables, il
est prudent de ne rien faire.

La prudence est le résultat du jugement. Le
jugement est une faculté de l'esprit, que Dieu
nous a donnée pour arriver à connaître la vérité
par le raisonnement, lorsqu'elle n'est pas évi-
dente. On ne supplée pas par l'art au manque
total de jugement, mais là où cette faculté existe,
elle peut être développée par l'exercice jusqu'à un
degré extraordinaire de justesse.

L'association, le mariage, le temps où il convient
de commencer les affaires, sont aussi des sujets dignes de réflexion. Voici quelques idées, que nous
ne donnons pas comme des vérités démontrées,
mais qui méritent attention.

Il convient ou ne convient pas de former une
société, selon la nature des affaires et leur impor-

tance. Il est prudent de prendre un ou plusieurs associés dans une affaire très étendue, qui a besoin d'une grande surveillance, où chacun des associés a son département. Cela est prudent encore, quand l'un fournit ses capitaux, et l'autre ses connaissances, sa valeur personnelle et son activité. Il est prudent pour un commis de prendre un intérêt dans la maison où il travaille depuis longtemps, et il est prudent pour un chef d'accorder un intérêt à un commis qui s'en est montré digne. Mais il est imprudent de prendre un associé dans une petite entreprise, où les deux personnes auraient à conduire la même affaire. Il est imprudent de s'associer avec un homme avide, passionné, entêté, vindicatif, ou engagé dans d'autres affaires. En général, quand un seul suffit à l'œuvre, il ne doit pas prendre d'associé. Qu'on le veuille ou non, on est forcé de donner à cet associé une confiance presque illimitée, et il peut vous entraîner à votre ruine. Et de plus, que de motifs de discussions, de dissentiments, de querelles même, qui peuvent se multiplier à l'infini, si l'on traite avec un caractère difficile, méticuleux, obstiné, emporté !

Se marier est une grande affaire, mais ce n'est point ici le lieu de donner des avis sur un sujet qui peut se présenter sous tant de faces diverses.

L'important est de peser avec mûre réflexion toutes les chances favorables ou défavorables, et de ne se déterminer à contracter mariage, que lorsque les avantages l'emportent sur les inconvénients.

A quelle époque ou à quel âge faut-il commencer les affaires pour son compte ? Voilà une question délicate. Il est imprudent de s'embarquer dans une affaire si l'on n'a pas à peu près le capital modéré qu'elle exige. Il est imprudent pour un jeune homme d'emprunter à un prêteur, sous la garantie de ses amis, pour avoir ce capital modéré. Mais supposez que des amis offrent d'eux-mêmes de prêter à ce jeune homme, qui est bien au courant des affaires, ce capital, il n'y aura pas d'imprudence à l'accepter. L'âge n'a qu'une importance relative, de même que l'expérience ; tel a plus d'expérience à trente ans qu'un autre à quarante. Ce sont les connaissances, plus encore que l'expérience, qui sont utiles. Bien des grands hommes ont fait les œuvres qui les ont rendus glorieux à un âge peu avancé ; mais, en général, ceux qui réussissent le mieux dans les affaires, ce sont ceux qui y font des progrès lents mais sûrs. Beaucoup d'hommes qui avaient passé vingt ans dans les affaires ont avoué qu'ils étaient excessivement ignorants en commençant, quoiqu'ils se crussent habiles.

Bornons-nous donc à remarquer que celui qui est parvenu à une bonne position ne doit pas l'abandonner pour des motifs légers ; que la tâche d'un employé est plus facile que la tâche de celui qui l'emploie, et que l'honneur de faire des affaires pour son propre compte ne doit pas peser du tout sur la détermination d'un homme sensé.

La *ponctualité* est le pivot des affaires. En théorie, tout le monde reconnaît l'importance de cette qualité, mais tout le monde ne la met pas en pratique. L'homme ponctuel tient ses engagements ; il est exact à l'heure fixée, au payement promis, au travail accepté. La ponctualité est ordinairement unie à d'autres bonnes qualités, et quand elle manque, d'autres habitudes essentielles font aussi défaut. L'absence de plan, des calculs erronnés, des promesses imprudentes, exposent fréquemment à manquer de ponctualité.

Les affaires sont en général trop complexes, pour qu'on puisse toujours être ponctuel en tout ; mais il est toujours possible d'épargner aux autres les ennuis d'un manque de ponctualité. Le créancier oblige le débiteur de fixer un terme pour le payement ; si celui-ci prévoit qu'il ne pourra s'acquitter à l'époque fixée, il devra en prévenir son créancier, et lui demander un attermoiement. En agissant ainsi, il conservera la confiance que

2.

perdra celui qui attendra le jour de l'échéance
pour dire qu'il ne peut pas payer, parce qu'il
évitera au créancier le double désagrément de ne
pas toucher son argent, et de ne pas pouvoir lui
donner l'emploi qu'il lui avait destiné.

La *persévérance* consiste à suivre avec fermeté
le plan que l'on a formé, bon ou mauvais; bien
entendu qu'on doit s'arrêter dès que la conscience
ou les circonstances démontrent qu'il ne vaut rien.
Dans cette vie, où il y a tant de choses à faire,
tant de manières de faire la même chose, on ne
saurait réussir à rien, si l'on ne met pas une
ferme persévérance à poursuivre le but que l'on
veut atteindre par la voie que l'on s'est proposée.
Il n'y a pas d'emploi si peu important dans la vie
qui ne donne au moins des moyens d'existence à
celui qui y persiste avec constance et fidélité. En
effet, on n'arrive à la fortune que par une diligence
infatigable en quelque affaire que ce soit.

Celui qui hésite perpétuellement sur la chose
qu'il doit faire la première, ne fait jamais rien.
Celui qui prend une résolution, et qui en change à
la première instigation d'un ami, qui flotte d'une
opinion à une autre opinion, d'un plan à un autre
plan, qui tourne comme une girouette au souffle
de tous les vents, ne fera jamais rien de grand
ni d'utile. Celui-là seul qui a la sagesse pour

consulter, la fermeté pour se décider, la persévérance inflexible pour exécuter, sans se troubler
des petites difficultés qui abattent une âme plus
faible que la sienne, celui-là seul vient à bout
de ses entreprises.

Voilà les qualités qui sont renfermées dans cette
expression : Habitude des affaires. Ce sont les
qualités essentielles ; elles sont aussi nécessaires
à l'employé et au commis qu'à l'industriel et au
négociant, à l'homme des professions libérales
qu'à celui qui se livre aux arts mécaniques, à
l'homme de génie qu'à l'homme borné. Avec elles,
un homme d'une capacité ordinaire peut espérer
d'amasser de quoi vivre, et, si les circonstances
lui sont favorables, d'arriver à la fortune. Sans
elles, l'homme du génie le plus éclatant peut
bien s'élever rapidement, et briller pendant un
temps, mais il prendra bientôt une fausse voie,
et il tombera dans l'oubli.

VI.

Connaissance des Lois.

Il ne s'agit point ici d'une connaissance appro-
fondie des lois, telle qu'on commence à l'acquérir
dans un cours de droit, et qu'on la perfectionne par

la pratique des affaires litigieuses ; mais d'une connaissance générale des principales dispositions du code Napoléon et du code de Commerce, pour ne parler que de ce qui touche aux affaires. Ainsi, il ne sera pas permis d'ignorer qu'on est majeur à vingt-un ans ; qu'à cette époque on peut contracter, et diriger toutes sortes d'affaires; que le mariage seul fait exception, et qu'on ne peut se marier avant vingt-cinq ans sans la volonté de ses parents ; qu'un mineur émancipé ou marié peut faire valablement des actes de commerce ; que le père est tuteur de droit de ses enfants ; que la mère l'est aussi de droit, tant qu'elle n'est pas remariée. Il faut savoir distinguer les diverses natures de biens, les immeubles et les meubles, ne pas ignorer ce que c'est que l'usufruit ou les servitudes ; connaître les formes diverses des testaments, les droits qu'on peut avoir aux successions, de quelle portion de ses biens on peut disposer. S'il s'agit de contrats, en connaître les formes et les conditions, distinguer un acte authentique d'un acte sous seing-privé, n'être pas étranger aux diverses dispositions de la loi au sujet des contrats de mariage, de vente, de louage, des obligations, des transactions, des priviléges et des hypothèques. Il faut être instruit de l'organisation de la justice civile, commerciale

et criminelle, et des divers degrés de juridiction
Même sans être commerçant, il n'est pas permis
d'ignorer ce que c'est qu'une lettre de change ou
un billet à ordre, quelle différence il y a entre la
faillite et la banqueroute. En fait de lois pénales,
il n'est pas inutile de connaître les peines qu'elles
infligent pour telle ou telle infraction. Cette longue énumération serait faite pour effrayer un jeune
homme qui, sortant du collége, n'aurait jamais
entendu parler de toutes les connaissances que
nous lui présentons comme à peu près indispensables, mais à peine aura-t-il passé quelques années dans le monde, qu'il apprendra par la conversation seule la plus grande partie des notions
que nous venons d'indiquer. Sans s'en douter, il
commencera à avoir une teinture des choses qui
sont l'objet de la législation, et s'il veut aller plus
loin et connaître d'une manière suffisante ces matières vraiment essentielles, il n'aura qu'à lire
de temps en temps et par ordre un ou deux cha-
pitres des codes ; et, ce qui est le plus important, toutes les fois qu'il se présentera à lui,
soit dans la pratique, soit seulement dans les entretiens, une affaire qui ne peut être résolue que
conformément aux lois, il devra chercher l'article
qui la régit, y réfléchir pour trouver de lui-même
une solution, quand cette affaire offrira quelque

doute, et puis savoir comment une personne ex-
périmentée l'a résolue, ou, s'il y a procès, comment le tribunal a décidé. Cet exercice formera
de bonne heure le jugement, et celui qui s'y sera
habituellement livré aura acquis une supériorité
marquée sur les jeunes gens de son âge qui ne
se seront occupés que de choses futiles. Nous
ferons toutefois une réserve, c'est que cette étude
des lois ne doit jamais faire naître l'amour des
contestations et des procès. Loin de là, nous parlerons plus tard de leur danger et des moyens
de les éviter.

VII.

Affaires Commerciales.

Du Commerce en général.

Le Commerce est le moyen le plus actif de
communication entre les différents peuples ; il
ouvre les voies à la civilisation, et en mettant un
frein aux idées belliqueuses il prolonge les bienfaits de la paix et augmente la somme des jouis-
sances matérielles. Mais ce n'est pas sous ce
point de vue que nous le considérons aujourd'hui ;
nous ne voulons nous occuper que du mécanisme

intérieur et des ressorts compliqués qui en font une véritable science. Tel négociant qui d'une position très inférieure s'est élevé à une grande fortune, a dû déployer dans les affaires des talents aussi réels que ceux des administrateurs de la chose publique.

L'utilité du commerce, ses résultats avantageux sont unanimement reconnus ; mais, il faut l'avouer, ils ne sont point directement le but que se proposent ceux qui l'exercent, et il faut reconnaître ici l'action de la Providence qui sait faire servir au bien-être de tous les tentatives inspirées par les sentiments d'une ambition personnelle. Ainsi donc l'homme qui entreprend les affaires commerciales ne songe guères qu'à l'amélioration de sa propre existence, et s'il fait naître autour de lui l'aisance et l'amour du travail, il s'en applaudit, mais ces avantages sont pour lui des moyens plutôt qu'une fin. Il existe sans doute d'honorables exceptions, mais elles sont rares, et nous devons signaler les faits tels qu'ils existent. La nature humaine est ainsi faite ; la vertu, le dévouement, l'esprit de sacrifice ne sont le partage que d'un petit nombre d'hommes qu'on admire, mais qu'on imite peu. La récompense à laquelle ils aspirent n'est pas de celles qu'on peut obtenir par les moyens dont nous avons à traiter. Il s'agit de rechercher quelles sont les qualités du bon négociant, comment il doit organiser son établissement, quelles connaissances il doit posséder, quelle conduite il doit tenir selon les circonstances.

Qualités du bon Commerçant.

L'homme qui se destine au commerce a besoin avant tout de capitaux proportionnés aux affaires qu'il va entreprendre. Possédât-il la capacité la plus vaste, les connaissances les plus solides, sans argent il ne peut réussir, à moins d'événements imprévus, de ces coups de fortune sur lesquels on serait insensé de compter. S'il doit demander tous ses fonds au crédit, le plus clair de ses bénéfices passera dans les mains de ceux qui lui prêteront, et quand viendra une de ces crises qui se renouvellent si souvent de nos jours, il sera forcé de s'arrêter, ou ne résistera qu'au prix des plus vives angoisses. Aux ressources pécuniaires qu'il possèdera, viendront se joindre celles qu'il pourra obtenir du crédit, et qui seront d'autant plus étendues qu'il possèdera davantage. Mais celles-ci, son plus grand soin doit être de n'en user qu'avec modération, et dans une proportion réglée par son propre capital.

Avant de parler des qualités indispensables au
bon négociant, nous devons dire un mot de cette
disposition de l'esprit qui porte à acquérir des
richesses ; nous nous garderons bien de l'appeler
une qualité. Ce désir est inné au cœur de l'homme ; dès l'âge le plus tendre l'enfant cherche à
faire sa propriété de tout ce qu'on lui montre ;
renfermé dans des bornes modérées, ce sentiment
est nécessaire à la société, poussé à l'extrême il
est la cause des plus grands crimes. Chez le négociant, il doit être assez développé pour être un
stimulant incessant, qui le tienne aux aguets de
toutes les occasions de faire des bénéfices. Celui
qui se dira quelquefois : la vie est courte, son-
geons à la passer paisiblement en nous contentant
de peu ; modérons nos désirs, conservons ce que
nous possédons, celui-là sera sans doute un citoyen honnête, mais jamais un bon négociant. Si
l'on ne se sent pas prêt à lutter contre une concurrence redoutable, à déjouer les trames per-
fides, à se garder des fourberies, à livrer son
bien aux hasards des événements, à penser nuit
et jour à ses projets, à braver les éléments, à ne
reculer devant aucun genre de travail, on n'est
pas négociant, et mieux vaut alors vivre de ses
revenus, exempt d'inquiétude, ou de son travail,
si les revenus ne suffisent pas.

3

Dans toute position sociale, la capacité est la première condition exigée, mais pour le négociant il y va de tout autre chose que de son avancement ou de sa gloire ; sa fortune entière dépend de sa capacité. Si elle n'est pas au-dessus de l'ordinaire, le hasard pourra le favoriser, mais combien de fois il aura à souffrir de ce qu'il n'aura pas su prévoir et calculer. Une vigilance de tous les instants tiendra son œil ouvert sur tout ce qui peut servir ou nuire à ses intérêts ; pour lui rien d'insignifiant ; ce qui paraîtra à d'autres un vain bruit, une parole sans conséquence, sera pour lui ce son lointain qui annonce l'orage, ce point noir qui fixé à l'horizon est gros d'une tempête, ce souffle léger précurseur du vent qui dissipe les nuages. Dans un mot échappé au hasard, il lira la pensée d'un concurrent ; une rumeur dont les désœuvrés s'occuperont seuls sera pour lui le signe d'un changement prochain dans les événements et peut-être la matière d'une spéculation heureuse. A une intelligence développée, à la promptitude du coup d'œil, doit s'unir la rectitude du jugement, sans laquelle ces qualités pourraient devenir funestes. Une raison calme et solide mûrira les projets que l'intelligence aura conçus ; elle repoussera toutes les illusions, pèsera froidement toutes les chances, et quand l'espoir d'un bénéfice sera fondé sur des probabilités suffisantes, elle se livrera à son entreprise, la conduira avec sagesse, et abandonnera le reste à la fortune, ou plutôt à la Providence.

Outre l'activité et la vigilance intellectuelle qui tiennent l'esprit incessamment occupé, il y a cette activité et cette vigilance du corps, si l'on peut s'exprimer ainsi, qui suivent les travaux des employés, observent toute la machine, voient le moindre rouage qui marche mal. Le chef d'un établissement commercial doit être présent partout ; à toute heure du jour et de la nuit, il faut que ses subordonnés s'attendent à le voir paraître ; sans cela le relâchement gagne bien vîte des hommes payés à la journée.

Il est encore une qualité du négociant qui n'est pas moins essentielle que celles dont nous avons parlé, c'est la probité. Si nous ne l'avons pas placée en première ligne, c'est que seule elle ne constitue pas l'homme de commerce. Pour beaucoup d'esprit mal faits et légers, cette vertu n'est bonne que pour le discours, et ne vaut rien dans la pratique. C'est là l'écueil où viennent échouer ces hommes avides qui déshonorent la profession de négociant ; ils croient pouvoir cacher jusqu'à la fin leurs bassesses, mais le jour arrive où elles sont dévoilées, la confiance leur manque, et ils tombent par les moyens même par lesquels ils comptaient s'élever. De nombreux exemples prouveraient la vérité de nos paroles. Au contraire, on voit toujours briller la probité dans les maisons que la fortune semble s'être plu à favoriser. Elles doivent à leur constante loyauté la considération qui les entoure, le crédit moral et matériel qui ne leur fait jamais défaut, la confiance qui leur amène les affaires, enfin cette haute position qui les élève aux yeux de tous.

D'autres qualités, mais d'un ordre plus secondaire, sont nécessaires au négociant. C'est avant tout l'esprit d'ordre, qui veille à la clarté des écritures, à l'expédition des affaires journalières, à la régularité des comptes; l'exactitude et la ponctualité qui ne négligent pas même les plus petits détails; la discrétion, qui ne divulgue pas les secrets, l'affabilité qui ne repousse pas les hommes, la franchise qui attire leur confiance, l'équité qui rend aux subordonnés la justice qu'ils méritent, la douceur et la politesse qui les attachent.

Des connaissances nécessaires aux Commerçants.

Nous pourrions prolonger davantage l'énumération des qualités du bon négociant; mais il est temps de parler des connaissances qu'il doit avoir acquises. Il en est de deux sortes ; les unes sont indispensables, les autres accessoires. Parmi les premières il faut ranger la grammaire, l'orthographe, en un mot l'art d'écrire en français, l'arithmétique, la tenue des livres, les changes, la géographie ; parmi les secondes, les langues étrangères, la mécanique, la géométrie, le dessin et la levée des plans. Il ne faut pas croire que des études complètes telles qu'on les fait dans les colléges puissent être nuisibles ; loin de là elles servent encore à relever le mérite personnel du commerçant, et en font un homme qui n'est déplacé nulle part. Cependant l'esprit des jeunes gens qui sortent de ces établissements est rarement tourné vers les affaires commerciales et ils ont besoin de passer plusieurs années dans des comptoirs pour acquérir l'habitude des transactions, la connaissance des hommes, et oublier les idées de gloire littéraire qui germent souvent dans ces jeunes têtes.

Choix des Employés.

Le premier soin de l'homme qui entreprend le commerce est de choisir ses employés. Pour des affaires un peu étendues, il faut un teneur de

livres, un caissier, des copistes, des jeunes gens
chargés des encaissements, de la manutention des
marchandises. Plusieurs emplois peuvent être tenus par la même personne, si les occupations
sont restreintes. Une maison qui commence a besoin d'employés déjà formés ; les qualités qu'elle
doit rechercher en eux sont la moralité, la capacité, le zèle, l'assiduité. A mesure qu'elle vieillira
dans les affaires, elle formera elle-même des jeunes gens dont l'intelligence et l'aptitude se feront
naturellement connaître d'un chef qui les étudiera
pour s'attacher les plus distingués, en excitant
leur zèle et leur dévouement, par des procédés
bienveillants et des récompenses pécuniaires proportionnées à leur mérite. On trouve beaucoup
de négociants qui se plaignent du défaut de bonne
volonté et de l'insouciance de leurs subordonnés,
mais on ne rencontre pas moins de commis qui
reprochent à leurs patrons de ne pas rénumérer
suffisamment leur travail et de manquer d'égards
envers eux. Assurément il y a du vrai dans
ces plaintes, quoiqu'elles soient empreintes
d'exagérations. Souvent les chefs sont portés à
obtenir le plus de travail au plus bas prix possible, et les commis cherchent à faire la moindre
somme de travail possible pour des appointements dont le chiffre est déterminé d'avance.

Mais en général l'on rencontre des patrons qui s'empressent de reconnaître les services qu'on leur rend, et des employés en qui le sentiment du devoir est assez développé pour qu'ils ne considèrent que ce qu'ils ont à faire et non ce qui leur reviendra de leur travail; et les maisons où les choses se passent ainsi tiennent ordinairement le premier rang, tandis que les autres voient leur échapper leurs meilleurs employés.

Les fonctions de caissier n'exigent que de la probité et de la ponctualité; celles de teneur de livres qu'une minutieuse exactitude, aussi les hommes qui ne se livrent pas à d'autres occupations dans un comptoir deviennent rarement capables de diriger une maison de commerce. Il convient d'avoir à la tête de ses commis un homme de confiance, capable, intelligent, connaissant tout le mécanisme de la maison, dévoué à ses intérêts, pouvant remplacer temporairement le chef pendant une absence; à celui-là revient naturellement une partie de la correspondance, la surveillance générale sur tout ce qui se passe dans l'intérieur de la maison. S'il réunit à ces qualités la plupart de celles qui constituent le négociant, il importe de se l'attacher en l'intéressant aux bénéfices.

Ces auxiliaires étant bien choisis, et leur nombre étant proportionné à l'étendue des affaires, on doit leur fixer les heures de travail. Il est des maisons qui, en exigeant que leurs employés leur consacrent presque tout le temps qui n'est pas destiné aux repas ou au sommeil, s'imaginent obtenir plus de travail avec moins d'individus. Elles sont dans une grande erreur. L'esprit, comme le corps de l'homme, est organisé par la nature de manière à donner sans trop de fatigue une somme de travail, qui varie suivant les individus, mais qui, sauf pour quelques constitutions exceptionnelles, reste comprise, si on la mesure par le temps, entre huit à dix heures par jour. Si l'on en exige davantage on n'obtient pas de résultat réel; on fatigue à l'excès l'employé consciencieux et l'on apprend aux jeunes gens l'art de faire durer l'ouvrage. Le travail d'un comptoir n'est pas le même que celui d'un atelier ; quelquefois les affaires seront pressantes, il faudra donner un coup de collier, et prolonger les heures de travail ; c'est alors qu'on connaît le prix des hommes habitués à mener leur besogne rondement. Souvent il y aura peu d'occupation, et alors à quoi bon exiger onze ou douze heures de présence là où six seraient suffisantes ? Mais, dira-t-on, on empêche ainsi les jeunes gens de perdre leur temps dans de mauvaises sociétés ; c'est une erreur : ceux qui ont de mauvaises inclinations, dérobent au sommeil pour s'y livrer les heures qu'ils donnent de plus à l'ouvrage, et les hommes mariés et les jeunes gens honnêtes n'ont presque pas un instant à donner à leurs familles. Ainsi de quatre à cinq heures le matin, de quatre à cinq l'après-midi, voilà la mesure modérée qu'on peut sans inconvénient augmenter de deux ou trois heures dans les occasions pressantes. Il faut observer que nous ne parlons ici que du travail de bureau, où l'esprit est dans une tension constante, et qui n'a pas de rapport avec le travail qui ne fatigue ni la tête ni le corps, comme celui du pliage des étoffes, de la vente au détail, et autres de ce genre qu'on peut prolonger davantage.

Des Écritures de Commerce.

L'ordre étant de stricte nécessité dans la comptabilité commerciale, nous allons dire quelques mots de la manière d'en tenir les écritures.

Aucune opération, quelque minime qu'elle soit, ne doit passer sans laisser de traces.

Les livres en usage se divisent en livres principaux, et livres auxiliaires.

Les livres principaux sont :

3.

Le livre de *Copie des lettres*, où toutes les lettres qu'on écrit sont textuellement enregistrées;

Le *Livre-Journal* où toutes les opérations sont sommairement consignées jour par jour :

Ces deux livres sont obligatoires, d'après le code de Commerce.

Le *Grand-Livre*, où les écritures du Journal sont rapportées, de manière à faire connaître d'un seul coup-d'œil la position où l'on se trouve avec ses divers correspondants, le mouvement des affaires dans telle ou telle branche du commerce, l'état des sommes qu'on doit ou qui sont dues, enfin, lors des inventaires, les bénéfices ou les pertes.

Les écritures qu'on ne passe que sommairement dans les livres principaux sont détaillées dans les livres auxiliaires, qui sont plus ou moins nombreux suivant le genre d'affaires, mais qui peuvent se réduire à ceux-ci :

Le *livre de Caisse*, indiquant jour par jour toutes les sommes qu'on reçoit ou qu'on paie.

Le livre des *Lettres et Billets* ou *Traites et Remises*, où sont enregistrés tous les effets de commerce qu'on reçoit ou qu'on crée; auquel on peut joindre un *livre d'échéances*, indiquant les effets à payer ou à recevoir ;

Le *livre d'entrée*, où sont enregistrées les factures de toutes les marchandises qu'on achète ;

Le *livre de sortie*, contenant les factures et les comptes de toutes les marchandises que l'on vend ;

Le *livre d'expédition*, ou copie des lettres de voiture des marchandises qu'on expédie au dehors ;

Le *livre des comptes courants*, pour garder la copie des comptes courants qu'on remet à diverses époques de l'année, principalement lors des inventaires ;

Les *livres de marchandises*, contenant numéro par numéro, tout ce qui entre en magasin, avec la qualité, le poids, la tare, la date de l'entrée et celle de la sortie.

Les autres livres accessoires varient suivant la nature du commerce.

Les lettres qu'on reçoit sont soigneusement cotées, c'est-à-dire qu'elles portent la date du jour où elles sont écrites, celle de leur réception, et celle du jour où on leur répond. Elles sont ensuite placées dans des cases mois par mois, ou par ordre alphabétique des correspondants, et au bout de l'année on en fait des liasses et on les place dans un lieu où elles puissent être facilement consultées.

Il est important d'avoir une place pour chaque chose et de mettre chaque chose à sa place.

La date doit toujours indiquer l'année, le mois et le jour; autrement elle est incomplète.

Des Effets de Commerce.

La personne qui entreprend un commerce a rarement tout son argent disponible; une partie de ses fonds consiste ordinairement en lettres de change ou autres effets négociables. Nous allons dire un mot de ces valeurs et des moyens de les échanger contre de l'argent. La *lettre de change* est un acte par lequel une personne domiciliée dans une ville prie une autre personne domiciliée dans une autre ville de payer une somme à une troisième personne ou à l'ordre de cette troisième personne. La première personne s'appelle le tireur de la lettre de change, la deuxième le tiré, et la troisième ou celle à qui la troisième cède l'effet, les porteurs d'ordre ou endosseurs. Le tiré doit accepter la lettre de change et s'appelle alors accepteur. Le code de commerce et les autres ouvrages sur la matière donnent à ce sujet tous les détails nécessaires.

Le *Mandat* de change, est une espèce de lettre de change qui n'est pas susceptible d'acceptation, et qui n'est autre chose qu'une espèce de *Billet à Ordre*; avec cette différence que le Billet est payable dans la ville d'où il est tiré, et le mandat dans une ville différente.

Les Banquiers sont des négociants dont le commerce consiste à donner de l'argent contre les effets qu'on leur présente, moyennant une prime qu'on appelle escompte. Quelquefois l'escompte ne dépasse pas le taux de l'intérêt et varie de quatre à six pour cent; souvent, lorsqu'il y a rareté de numéraire, le banquier prend en sus de l'intérêt un tant pour cent qu'on appelle perte au change ou simplement change. Ces opérations se font par l'intermédiaire de courtiers ou agents de change, qui prélèvent pour leur peine une commission qui varie de un dixième à un huitième pour cent suivant les pays.

Un négociant soigneux de son crédit doit chercher à toujours faire son papier, c'est-à-dire négocier ses valeurs en portefeuille, au meilleur cours de la place, non dans le but d'économiser quelques francs sur la perte au change, mais pour ne pas paraître trop pressé d'argent en consentant à payer un escompte plus élevé. Nous reviendrons là dessus quand nous parlerons du crédit en général.

Il arrive quelquefois que l'escompte est plus élevé sur la place où l'on est que sur une place voisine ; alors on y envoie ses valeurs et l'on reçoit en retour des espèces ou des effets sur sa propre ville. Pour qu'il y ait avantage à faire venir des espèces, il faut que la différence de l'escompte soit assez grande pour couvrir les frais du transport et les chances de route. Souvent on est forcé d'employer ce moyen, faute de banquier dans la ville où l'on fait son commerce.

VIII.

Des Opérations Commerciales.

Des Achats de Marchandises.

Telles sont les préliminaires de tout établissement commercial avant qu'on se livre à une opération importante. La matière du commerce en général étant l'achat et la revente des marchandises, nous ne parlerons pas ici de leur fabrication. L'art de savoir acheter est peut-être ce qui constitue le plus essentiellement le vrai négociant, car c'est là où il agit le plus librement, sans être influencé par les circonstances qui peuvent le forcer à vendre, telles que les besoins d'argent, la détérioration des marchandises, la crainte d'une crise politique.

Il est inutile de dire qu'il faut bien connaître la qualité des marchandises qu'on veut acheter ; nous avons supposé que le négociant avait toutes les connaissances nécessaires. L'art de saisir le moment favorable aux achats est chose précieuse. On voit beaucoup de négociants se hâter de commencer leurs achats lorsqu'une marchandise commence à paraître sur le marché ; les uns semblent craindre d'en manquer et en font provision à l'avance ; les autres, ayant des provisions anciennes qu'ils veulent écouler avec avantage et facilité, poussent à la hausse, et y parviennent aisément, car les quantités sont restreintes à cette époque et il est facile alors de les accaparer. Plus tard d'autres mettent la main à l'œuvre et soutiennent ainsi l'article, mais il arrive un moment où les plus pressés ont fait leurs approvisionnements et s'arrêtent ; la suspension des achats pendant quelques jours finit par amener un peu de baisse, parce qu'il y a toujours des gens pressés de vendre. C'est alors qu'on doit acheter ; on trouve des vendeurs moins fiers, des marchandises plus abondantes sur lesquelles on peut mieux choisir. Si l'on remarque que les achats qu'on a faits trouvent, comme c'est l'usage, des imitateurs, et que leur empressement rende les vendeurs plus tenaces, on s'arrête, et l'on

attend une meilleure occasion ; il est rare qu'elle
ne se présente pas de nouveau. Cette règle souffre des exceptions ; car on est quelquefois obligé
d'acheter pour remplir des engagements ; alors il
faut se mettre en mesure pour livrer aux époques
convenues. Lorsqu'on contracte de pareils marchés, il faut se réserver toujours une marge suffisante soit dans les prix, soit dans les époques des
livraisons, pour rester libre de choisir l'instant
favorable. Quelquefois la récolte manque, et il
devient indispensable de s'assurer de quelques
provisions ; alors les prix s'élèvent forcément et
il ne convient d'y souscrire, que lorsqu'on est à
peu près assuré du placement des marchandises.
Dans d'autres circonstances, une récolte très-
abondante fait baisser les prix au-dessous de l'ordinaire ; alors la spéculation s'empare de l'article, et comme tous ces négociants par occasion
n'ont pas de débouché assuré, on peut s'attendre
à les voir après quelque temps offrir leurs provisions aux personnes qui se livrent habituellement
au commerce ; leur empressement maintient les
prix bas, même lorsque la cause a cessé ; l'abondance d'une récolte influe ainsi sur les prix de la
suivante, et il n'est pas prudent de se laisser
entraîner par l'abaissement des cours à faire des
provisions trop abondantes dont on ne pourrait

se défaire qu'après un long espace de temps,
pendant lequel l'intérêt de l'argent et la perte au
poids dévorent souvent les bénéfices. Dans cette
année de grande abondance, il ne faut donc acheter que ce qu'on est à peu près certain de vendre. Mais l'année suivante, où les prix sont encore
bas, sera probablement suivie d'une troisième
année où la récolte sera moindre, parce que les
bas prix auront engagé les possesseurs des terres
à cultiver d'autres produits. Alors, si les affaires
politiques ne sont pas trop embrouillées, s'il n'y
a pas de crise commerciale, ou si l'on est en
position de n'en avoir rien à craindre, on peut
acheter largement et un bénéfice est à peu près
assuré.

Voilà la conduite à tenir dans les circonstances
ordinaires, quand règnent au dehors la paix générale, le calme à l'intérieur ; lorsque le commerce n'est pas bouleversé par ces crises redou-
tables qui détruisent les fortunes et répandent
partout la méfiance et la frayeur. Malheureusement ces époques favorables ne sont pas de longue durée, et le négociant doit souvent conduire
sa barque dans une mer semée d'écueils. C'est
alors qu'il a besoin de ne pas s'avancer sans
avoir sondé toutes les difficultés, sans avoir calculé les chances qu'une guerre plus ou moins

prochaine peut donner à la hausse ou à la baisse
des marchandises, sans avoir prévu les resserre-
ments du crédit et cherché les moyens d'y parer.
Une correspondance active doit le tenir au courant de tout ce qui se passe partout où il a des
relations ; il a besoin de suivre les événements
politiques, d'en juger la portée, et de ne prendre
de détermination qu'après avoir mûrement pesé
toutes les probabilités. C'est alors que se manifesteront les qualités dont il doit être doué ; et
tandis qu'il verra ses concurrents se fourvoyer
autour de lui, il arrivera à son but, et avancera
sa fortune dans des circonstances où d'autres per-
dront la leur.

Il sera toujours prudent de ne pas faire ses
achats tout d'un coup, en y employant tous ses
fonds, surtout lorsque les prix sont élevés. Souvent une occasion inattendue se présente de faire
un bon marché, qui vient diminuer le prix moyen
du tout. On ne saurait croire combien il importe de ne pas se laisser aller à payer un peu
plus cher, dans l'espoir que le bénéfice couvrira
cette différence. Le premier bénéfice est d'obtenir, s'il se peut, meill.ur marché que ses concurrents, ne fût-ce que pour une légère somme ;
c'est un premier avantage qu'on a sur eux à la
vente. Cela est vrai surtout pour le négociant

qui fait de grandes affaires : une économie d'un
pour cent est minime pour celui qui ne fait que
cent mille francs d'affaires, elle est grande pour
celui qui en fait des millions.

Quoiqu'il soit toujours avantageux de n'acheter
que de la belle marchandise, il est des circonstances où il est permis de n'être pas si sévère.
C'est lorsqu'on en achète des masses ou lorsque
la différence de prix entre la belle marchandise
et l'ordinaire est très grande. Dans ce dernier
cas, il faut prévoir que celui à qui on la vendra
sera plus disposé à se laisser séduire par le bas
prix que par la belle qualité. Dans le premier
cas, comme il n'est pas possible de faire tout par
soi-même, et qu'on est obligé de se servir d'intermédiaires, on doit être assuré d'avance qu'il seront plus coulants que vous, et que pour rendre
leurs achats plus faciles, ils ne balanceront pas
de payer pour de la marchandise ordinaire le
prix que vous ne vouliez mettre qu'à la belle.
C'est donc une règle générale de donner les limites en les basant sur le cours de la marchandise
ordinaire, et même avec une légère diminution ;
on peut être assuré que dans des moments de
calme, on aura au même prix ce qu'il y a de plus
beau. Nous reviendrons là dessus en parlant des
courtiers de campagne.

Les achats faits, on doit s'occuper de faire arriver la marchandise dans ses magasins pour la préparer pour la vente. Le conditionnement en sera fait avec soin, de manière à prévenir toute avarie, et en se conformant aux usages reçus pour les tares, emballages, etc. L'aspect des tonneaux, balles, etc. ne doit pas présenter de différence essentielle avec ceux des concurrents; si leur apparence était inaccoutumée, on ferait naître inévitablement des préventions dans l'esprit routinier des acheteurs, soit sur l'origine, soit sur la qualité de la marchandise, et le débit en serait moins prompt. On ne saurait croire combien ces accessoires, qui ne changent en rien la valeur d'un objet, ont cependant d'influence sur le jugement qu'on en porte. La plupart des industriels ont bien compris cette faiblesse, et nous-mêmes nous sommes chaque jour les dupes d'une riche enveloppe, ou d'une fastueuse annonce. Le charlatanisme qui les emploie fonde son succès sur cette idée qui naît naturellement dans l'esprit, qu'on ne prodiguerait pas l'accessoire si le principal n'avait pas une grande valeur, idée vraie au fonds et qui doit engager à ne jamais négliger le conditionnement de sa marchandise.

Des Ventes.

Il faut maintenant songer aux ventes. Il est rare qu'on trouve à vendre ses marchandises sur la place où l'on a son établissement commercial. Il faut donc les expédier au dehors. Bien choisir ses débouchés n'est pas chose facile ; l'expérience et le coup d'œil viendront en aide au négociant habile. D'avance il aura cherché à connaître par sa correspondance quels sont les approvisionnements dans les lieux de consommation, à savoir où les prix sont les plus avantageux. Il évitera de faire des expéditions là où il y a du trop plein, à moins qu'il ne prévoie un redoublement d'activité. Quelquefois il ne craindra pas d'envoyer ses marchandises là où il semble au premier abord qu'elles ne trouveront que de mauvais prix ; mais par ce motif même ses concurrents seront dégoûtés d'y en diriger, et la rareté se faisant sentir, plus tard les prix devront s'élever. Lorsqu'il sera assuré qu'un pays lointain est d'ordinaire favorable à la vente, il y entretiendra un approvisionnement constant, parce que les avis de besoins n'arrivant qu'après de longs délais, il ne pourrait expédier ses marchandises assez tôt pour les remplir. Dans ces contrées éloignées, les prix se soutiennent en général avec peu de variations, la hausse et la baisse des pays de production s'y font peu sentir, et l'on n'y obtient de bons résultats qu'en y faisant des affaires suivies.

Des Expéditions.

Les divers moyens de transports sont les routes de terre, les chemins de fer, les canaux, la navigation ordinaire ou à vapeur sur les rivières et la mer. La navigation ordinaire est de toutes les voies la moins coûteuse et doit être employée toutes les fois que les marchandises ne sont pas assez chères pour supporter un haut prix de voiture; mais comme elle est la plus lente, on est obligé de recourir aux autres moyens de communication quand on est pressé. Dans les expéditions par mer, il faut savoir quels sont les pavillons admis à porter telle marchandise dans tels pays, quels sont les navires qui marchent le mieux, ou le plus sûrement, ou au plus bas fret. Les commissionnaires chargeurs sont les intermédiaires des transports; ils s'occupent, ceux de terre à recevoir et à réexpédier les marchandises, ceux des ports de mer à les faire charger sur les navires. Le capitaine délivre un connaissement des marchandises mises sur son bord; le connaissement énonce les numéros et les poids, la qualité déclarée de la marchandise, le port de départ, celui de destination, le fret. Le fret comprend un prix par tonneau variable suivant le pays et les circonstances, plus un tant pour cent en sus pour divers frais, et ensuite un prix fixe par tonneau pour gratification au capitaine. Le tonneau français est de mille kilogrammes ; celui de diverses autres nations est de vingt quintaux ; ailleurs on compte par last de 2040 kilogrammes. La marchandise étant embarquée, on la fait assurer moyennant une prime variable ; il est mieux de la faire assurer dans le pays pour lequel elle est destinée ; en cas d'avarie, les assureurs se trouvant sur le même lieu que la marchandise, élèvent moins de difficultés et exigent moins de formalités. Il convient de faire assurer la marchandise pour un prix un peu plus élevé que celui d'achat, pour couvrir des faux frais, que les assurances ne remboursent pas. La loi française défend de faire assurer le bénéfice présumé, les lois étrangères le permettent.

Des Commissionnaires.

Le négociant ne pouvant s'occuper en personne de la vente sur les autres places que la sienne a

donc besoin d'intermédiaires, ce sont des commissionnaires, des agents, des voyageurs ou des associés. Nous allons examiner les avantages et les
inconvénients de ces divers modes.

Les commissionnaires, dont le ministère est le
moyen le plus généralement employé pour la vente
des marchandises, sont des négociants qui font le
commerce sans marchandises à eux. Ils reçoivent en consignation les marchandises qu'on leur
adresse, et s'occupent de la vendre aux consommateurs, moyennant une commission que le vendeur leur alloue sur le montant brut ou net de la
vente. Ordinairement ils sont garants du paiement,
et ils prélèvent pour cette garantie une autre
commission qu'on appelle *Ducroire*. De plus,
comme leur garantie serait souvent illusoire,
s'ils ne payaient pas eux-mêmes comptant, il est
prudent de l'exiger d'eux, et alors ils prélèvent
l'escompte qui est généralement basé sur le taux
légal le plus élevé de l'intérêt. Outre ces diverses
commissions, dont le chiffre est passablement
fort, ils comptent leurs frais de réception, de
pesage, de mise en magasin, de magasinage,
d'assurance, de pesage à la sortie, de conditionnement, de réexpédition, et dans le cas où les
marchandises sortiraient de leurs mains sans avoir
été vendues, ils prélèvent encore une commission

de passage. Tout ces frais sont calculés de manière à ce qu'ils ne puissent jamais y perdre, mais plutôt à ce qu'ils y trouvent du bénéfice ; ils ajoutent aussi l'intérêt de tous ces frais. On voit que le plus clair des profits, est absorbé par ces commissions, et l'on doit en tenir un compte exact, quand, en achetant, on calcule les probabilités des prix de vente.

Mais là ne se borne pas le ministère des commissionnaires, qui ne trouveraient qu'un bénéfice modéré dans ce genre d'affaires. Il y a des maisons, et elles sont nombreuses, qui ne calculent pas assez leurs moyens et étendent leur commerce au-delà de ce que le permettent leurs propres ressources. Que font-elles ? elles adressent leurs marchandises à des commissionnaires, qui leur avancent le tiers, la moitié et quelquefois les deux tiers de leur valeur. Devenus les débiteurs des commissionnaires chargés de vendre leurs marchandises, elles cessent d'avoir leur entière liberté d'action. Il faut donc que les maisons soient bien sûres de la loyauté de ces intermédiaires, qui, s'ils n'étaient pas dignes de la confiance que l'on a placée en eux, auraient les plus grandes facilités pour en abuser.

4

Des Agents ou Représentants.

Pour éviter les inconvénients possibles, on a recours à des agents ou représentants sur les lieux de consommation. Ils se chargent d'aller solliciter les fabricants, de recevoir leurs ordres, de leur livrer la marchandise, de régler les comptes avec eux. Pour toutes ces démarches on leur alloue une commission sur le montant des ventes, et on leur paie tous leurs déboursés. Il résulte de ce mode que l'agent étant ordinairement un homme de peu de fortune, n'a d'autre intérêt que de faire des placements nombreux pour élever le chiffre de sa commission; mais cet intérêt même le pousse à demander des limites basses pour faciliter les ventes, et par là il est tenté de dissimuler le véritable état des choses; de plus, n'étant point garant des débiteurs, il peut se laisser entraîner à faire des ventes à des maisons douteuses. On peut parer à ce dernier inconvénient en ayant une maison qui consente, moyennant un ducroire, à garantir les débiteurs, en escomptant leurs règlements; l'agent serait alors obligé de ne vendre qu'aux personnes que cette maison jugerait assez solvables.

Des Voyageurs.

Outre les agents qui sont à poste fixe sur les lieux de consommation, on a des voyageurs, qui vont de place en place recueillir des ordres. Les uns sont payés à tant pour cent sur les ventes, et ne sont que des agents ambulants, les autres des employés de la maison qui les envoie, à appointements fixes. Ceux-ci sont plus dévoués, mais ont moins de connaissance du pays.

Ils doivent faire tout ce qui est en leur pouvoir pour inspirer aux consommateurs la confiance et une haute idée de leur maison. Leur langage sera poli, réservé, éloigné de tout charlatanisme, ne promettant que ce qu'il peut tenir, tenant tout ce qu'il a promis ; ils éviteront de parler mal des concurrents, c'est un mauvais moyen pour réussir. Avant de se présenter pour la première fois chez un négociant, ils auront pris tous les renseignements nécessaires ; ils s'éloigneront de tout chicaneur, de tout homme qui fait traîner ses payements ; enfin ils auront les intérêts de leur chef aussi à cœur que les leurs propres.

Il sera quelquefois à propos que le chef d'une maison de commerce, surtout dans les commencements, fasse lui-même des voyages pour établir de bonnes relations. C'est ce qu'il y a de plus essentiel et qui contribue le plus au succès. Faute de correspondants dévoués et intelligents, on peut laisser échapper les occasions les plus favorables de faire des bénéfices, ou s'exposer à des chances assurées de pertes. Nul mieux qu'un chef de maison ne peut apprécier la valeur personnelle des hommes avec qui il veut se lier. Il faut qu'il les juge par lui-même, et non sur les rapports d'un voyageur, dont le jugement pourrait s'égarer, ou qui peut-être ne transmettrait pas ses impressions d'une manière assez claire et assez précise pour qu'on pût asseoir une opinion suffisamment fondée.

Des Comptes en participation.

Si nous insistons tant sur la nécessité de former de bonnes relations, c'est que c'est là que se trouve le seul moyen de ne pas dépendre des commissionnaires. Lorsque l'on est lié dans une ville avec une maison solide, probe, active, intelligente, on peut établir avec elle des comptes en participation pour l'achat et la vente des marchandises. La maison qui est sur les lieux de production fait les achats aux plus bas prix possibles, y ajoute tous ses frais, sans exiger aucune commission, et

expédie les marchandises à la maison intéressée.
Celle-ci les reçoit, les emmagasine, s'occupe de
les placer, et les vend elle aussi sans prendre de
commission. Cette union entre deux maisons
loyales est également avantageuse pour les deux
parties, elles ont un intérêt pareil à bien acheter
et à bien vendre, et le résultat doit être profitable.
Quelquefois la maison chargée des achats, pour
écarter les plus légers soupçons, se charge de
les faire à forfait, ou offre en participation des
marchandises qu'elle possède déjà. Les deux
maisons ont alors une base d'opérations fixes ;
elles connaissent le coût exact de la marchandise,
elles sont mieux que personne informées des probabilités de ventes, et ayant sur leurs concurrents
l'avantage de ne point payer de commission, elles
l'emportent plus aisément sur eux.

Des Sociétés de commerce.

Ces affaires en participation nous conduisent à
parler des sociétés de commerce. Il est rare de
trouver réunis dans une seule personne les talents
qu'exige cet état et une fortune suffisante pour
l'exercer. L'homme qui se sent porté aux affaires
par ses goûts, ses moyens, et qui ne possède que
peu ou point de fortune, cherche un capitaliste

4.

qui ait assez de confiance en lui pour confier à sa gestion une partie de son argent ; ils forment une société en commandite, où le capitaliste n'expose que la somme qu'il met dans le commerce de son associé, et où celui-ci s'engage à lui payer, outre l'intérêt de cette somme, une portion convenue des bénéfices. Le nom du commanditaire ne figure pas dans la raison sociale, et la gestion des affaires lui est interdite par la loi sous peine de devenir responsable de toutes les dettes de la société.

Souvent la société se forme de deux ou plusieurs personnes qui, isolées, n'ont ni tous les talents, ni toutes les ressources nécessaires, et qui réunies les possèdent à un degré suffisant. Pour suppléer à cette unité si utile dans la direction des affaires, il importe que la haute main soit laissée à un d'entr'eux, au plus capable, et que les autres l'aident de leur travail et de leurs avis. Si chacun veut diriger les affaires, il en résultera des tiraillements qui entraveront les opérations, et amèneront tôt ou tard la dissolution de la société.

Il est bien rare de rencontrer des associés parfaitement unis de vues, ayant les uns pour les autres une confiance illimitée, ne recherchant d'autre but que l'intérêt commun. Une raison de commerce où l'on trouve toutes ces condi-

tions, a tous les avantages d'une maison dirigée par un seul, et a de plus celui de n'être
pas éteinte, ou suspendue, ou désorganisée par
la mort, la maladie ou l'absence du chef.

De la Correspondance commerciale.

C'est ordinairement le chef principal qui
s'occupe de la correspondance, surtout pour les
opérations importantes ; on confie aux co-asso-
ciés ou à des commis les lettres qui traitent de
détails. La correspondance d'un négociant doit
être claire, précise ; elle doit dire tout ce qui est
essentiel, omettre tout ce qui est inutile ; exprimer, quand il s'agit de la conclusion d'un marché,
toutes les conditions, sans rien sous-entendre ;
si l'on fait connaître son opinion sur l'avenir des
affaires, en exprimer simplement les motifs, et ne
pas vouloir paraître assuré de ce qui doit arriver ;
ne dire jamais que la vérité, c'est le moyen de ne
pas tomber en contradiction avec soi-même ; si
l'on croit devoir cacher quelque chose, le passer
sous silence, sans induire en erreur son correspondant par des paroles ambiguës, la probité le
défend ; il faut être poli, et non obséquieux. Lorsqu'on reçoit une lettre importante, il faut écrire
sur-le-champ sa réponse, pendant que l'on est

encore sous l'impression de la première lecture,
mais en suspendre le départ jusqu'à ce qu'on ait
mûrement réfléchi ; la nuit porte conseil. Une
lettre blessante arrive-t-elle, la laisser sans réponse ou rappeler simplement les faits sans récri-
mination. S'il faut relever une injustice, éviter
tous les termes qui blesseraient, et cesser tous
rapports avec ceux qui vous font du tort, après
leur avoir fait connaître qu'on n'était pas leur
dupe ; en appeler aux tribunaux ou à des arbitres, sans écrire des paroles irritantes et inutiles.
Avec les banquiers, il faut être bref ; des chiffres
et pas de phrases ; le chef doit écrire lui-même,
il prouve ainsi à des hommes qui sont toujours sur
le qui vive, qu'il mène lui-même sa barque, et ne
ne s'en rapporte pas à des commis. Avec les
consommateurs, la politesse est de rigueur ; il en
est qui se formalisent d'une trop grande concision
et d'un manque de formes. Aux voyageurs, aux
agents, aux commissionnaires, il faut des instructions plus détaillées, une exposition claire de la
position des affaires.

On écrit souvent des lettres particulières, soit
pour demander des renseignements, soit pour en
fournir, soit pour faire part d'un événement, d'un
bruit important ; ces lettres ne s'adressent qu'à
des maisons de confiance. On doit être très

réservé dans les renseignements, dans les nouvelles que l'on donne, ne garantir que ce dont on
a la certitude complète, ne pas parler de ce qui
est douteux, et surtout de ce qui peut détruire la
réputation ou le crédit d'un négociant.

Rapports avec les Banquiers. — Du Crédit.

Les rapports avec les banquiers sont très délicats. Obligés de livrer leur argent en échange de
papiers ou même à découvert, ils sont incessamment aux aguets, pour s'assurer de la valeur des
signatures qu'ils reçoivent. Demandes de renseignements, observation attentive de la manière de
travailler de chaque maison, conjectures tirées de
la solvabilité des correspondants de ces maisons,
de la fréquence de leurs demandes de fonds, de
la conduite privée, etc. Rien n'est négligé pour
connaître le plus exactement possible la position
de chacun. Lors donc qu'on est dans le cas
d'user du crédit, il faut le ménager pour qu'il ne
vous fasse pas défaut au moment le plus essentiel.
Il n'est pas prudent de se servir de tout celui
qu'on peut obtenir, parce que sitôt qu'une crise
arrive, et elles sont malheureusement fréquentes,
l'argent se resserre, et si quelque embarras se
manifeste dans une maison, le crédit se ferme

tout-à-fait pour elle, et elle est obligée de s'arrêter même en étant au-dessus de ses affaires. Pour
se conserver la confiance des gens qui prêtent
leur argent, il ne faut pas être soi-même trop
confiant ; on s'éloigne des négociants qui se trouvent fréquemment exposés à des faillites ou pour
de trop fortes sommes. Dans vos dépenses pri-
vées, restez plutôt au-dessous de vos moyens ;
bien des gens qui ont besoin du crédit, s'imaginent de l'attirer par un faste destiné à faire supposer
que leur fortune est considérable ; erreur qui
finit toujours par la ruine de celui qui s'y livre.
Proportionnez le crédit dont vous userez à l'importance de votre capital, de manière à pouvoir
faire face par vos propres ressources aux chances
fâcheuses qui se présenteront. Si l'on vous voit,
dans les moments critiques, soutenir votre position sans vous servir des capitaux d'autrui, la
confiance se rétablira bientôt.

Agissez vous-même à l'égard de vos correspondants, comme on se conduit au vôtre. Redoutez
de vous livrer aux maisons qui font traîner les
payements ; elles finissent ordinairement mal ;
cette lenteur est un signe de gêne chez elles ou
de mauvaise direction. Fuyez aussi celles dont
la bonne foi est suspecte, ou l'incapacité notoire.
Que l'appât du bénéfice ne vous fasse jamais
négliger ces salutaires précautions.

IX.

Du petit Commerce.

Si la connaissance de la marchandise est de la plus haute importance pour le négociant, elle est absolument indispensable au petit marchand. A la rigueur le premier pourrait se passer de connaître à fond matériellement les articles dont il trafiquera, quand il aura des employés versés dans ces matières qui le seconderont, tandis que le second, presque toujours obligé de faire tout par lui-même, ne saurait réussir s'il ignore les détails et les ressources du métier qu'il va exercer. Cette connaissance ne s'acquiert que par un apprentissage. Il est donc imprudent de prendre la suite d'un commerce ou d'une industrie, quelque florissant qu'il soit entre les mains de celui qui le cède, si l'on n'a pas déjà une certaine habitude de ce genre d'affaires. Si cette habitude manque, on est gravement exposé à voir dépérir entre ses mains une affaire qui marchait bien, de quelque intelligence que l'on soit doué, avant d'avoir acquis l'expérience indispensable pour la soutenir.

Le commerce, grand et petit, ne s'enseigne pas
comme les lettres et les sciences ; les cours qu'on
a tenté d'en faire n'ont pas formé un seul bon
commerçant, parce qu'ici la théorie n'est rien
sans la pratique. Dans les écoles professionnelles,
on pourra apprendre le calcul, la tenue des livres, les langues étrangères, la mécanique, etc. ;
ce sont là d'excellents instruments pour exercer
le commerce, mais ce n'est pas le commerce lui-
même. Les études commerciales ne peuvent se
faire que chez un négociant, pour le haut commerce, chez un marchand pour le petit. Celui qui
étudie la science mercantile est forcé de compter
principalement sur sa propre sagacité. Il ne doit
donc jamais oublier qu'il a deux yeux, deux
oreilles, et une langue, et qu'il doit s'en servir. Il
doit être continuellement aux aguets pour saisir
au passage les idées qui le guideront dans ce
labyrinthe où tant s'égarent, et d'où ne sort que
le petit nombre.

Connaissance de la valeur des Marchandises.

Ceci est ce qu'il faut s'efforcer d'acquérir à un
haut degré. L'homme qui possède cette connaissance est juste envers ses clients et envers lui-
même ; il évite de tromper et d'être trompé. Ce

défaut, qu'il ne pourra cacher, l'exposera à souffrir dans sa réputation, et à échouer dans ses
entreprises. Un vendeur habile aura bientôt découvert le faible de son acheteur, et presque
toujours il ne se fera pas faute d'en tirer profit.
Alors celui qui aura acheté sa marchandise sans
la connaître suffisamment vendra un article inférieur pour un bon, et il est sûr qu'il ne tardera pas
à perdre son renom et sa clientèle. C'est seulement quand on est jeune que l'on peut acquérir à
fond ces connaissances. Presque toujours il vaut
mieux faire ce genre d'apprentissage dans une maison de détail, que dans une maison de gros ; parce
que dans le magasin en gros, l'acheteur prend ou
laisse la marchandise sans en dire le motif, tandis
que dans le magasin de détail, la pratique qui est
souvent une femme est plus loquace ; et puis elle
veut essayer, et si la marchandise n'a pas donné
ce qu'elle attendait, elle ne craint pas de la retour-
ner. D'ailleurs, chacun des habitués d'une boutique fait ses observations, et un jeune homme qui
a le désir de s'instruire en profite. Il connaît le
coût de la matière en premières mains, il voit ce
qu'on y gagne ou ce qu'on y perd, et il cherche
les raisons de ces différences, et s'il a du jugement, il voit où l'affaire cloche.

Du Capital.

Il faut avoir en propre une partie notable de l'argent nécessaire pour s'établir, et ne pas vouloir créer une affaire disproportionnée par son étendue avec le capital dont on dispose. Il est vrai que la plupart de ceux qui ont fait fortune ont commencé à travailler avec de l'argent prêté, mais c'était pour un long terme, l'intention des prêteurs avait été d'attendre d'être remboursé avec les bénéfices, et non pas avec le produit des premières marchandises vendues. Si l'on obtient de l'argent à ces conditions favorables, il n'y a pas d'imprudence à s'en servir pour entreprendre un commerce qui a des chances raisonnables de succès.

Du Magasin.

Il doit être placé dans le même quartier que les autres magasins du même état. C'est une grande erreur de se placer là où il n'y a pas d'autres gens du même métier. Les bonnes pratiques font leurs achats là où sont les bons magasins, et on gagnera à être près les uns des autres. La concurrence loyale est la vie des affaires. Une rivalité apparente et une association secrète ont souvent fait la fortune de deux maisons.

Un magasin de détail doit toujours être fixé dans une rue fréquentée. Il faut s'assurer d'un bail un peu long. Le succès d'un magasin de détail dépend des pratiques, et elles tiennent plus à la maison qu'à la personne. Vous les conserverez en restant où vous serez.

Un magasin doit être propre, bien éclairé et bien aëré. Le luxe n'y est pas nécessaire, à moins que la concurrence n'en impose l'obligation, pour ne pas avoir l'air de céder le pas aux autres. La lumière est nécessaire. L'obscurité rend le chaland soupçonneux ; il craint qu'on ne le trompe, et il sort souvent sans rien acheter, pour ce motif seul. La lumière du soleil est moins coûteuse que celle du gaz, et il faut la laisser entrer par une large devanture.

Disposition du Magasin.

On est arrivé sur ce point à un grand degré de perfection, et c'est là où se déploie le goût du marchand. Il n'est pas possible de donner ici des avis sur la meilleure manière de mettre la marchandise en évidence : cela dépend beaucoup de sa nature. L'essentiel est d'attirer les regards des pratiques et même des passants par l'étalage de tout ce qui peut exciter leur désir d'acheter.

Un grand magasin de détail peut servir de modèle à un petit, qui y trouvera à imiter l'ordre et la méthode qu'il pourra s'appliquer. Là chaque département est arrangé par ordre alphabétique, les compartiments et les cases de chaque département sont numérotés, et à chaque pièce de marchandise est attachée une étiquette indiquant la lettre alphabétique du département, le numéro du compartiment et celui de la case auxquels elle appartient. Les comptoirs respectifs sont peints d'une couleur particulière, et toutes ses dépendances sont peintes de la même couleur. Tout papier d'enveloppe, dès qu'il arrive, est transporté dans une pièce réservée pour cela, où des enfants le découpent de la grandeur appropriée à chaque département, et les y apportent ; les morceaux qui ne peuvent servir sont mis en sac et réservés pour vendre. Le caissier est responsable de toute mauvaise monnaie qu'il reçoit et de tout ce qu'il paie de trop. Le maître du magasin est assis à un bureau élevé d'où il surveille tout son monde ; là aboutissent des tubes acoustiques correspondant aux diverses parties du bâtiment, d'où chaque personne peut communi-

quer avec lui sans se déplacer. Chaque commis
chargé de la vente a un petit livre où il note les
ventes au moment où il les fait, et comme quelquefois il reçoit tant pour cent sur ces ventes, le
patron peut comparer, quand il le veut, le mérite
et les succès respectifs de ses employés.

Commis de Magasin.

Quand une affaire est trop considérable pour
être conduite par lui-même, sa femme et ses
enfants, ce qui est naturellement le plus sûr, le
marchand est obligé d'avoir des aides ou commis.
Il doit apporter tous ses soins à faire de bons
choix, parce qu'il peut en résulter une augmentation ou une diminution importante de sa fortune.

Les qualités que l'on doit exiger d'un commis,
outre sa capacité, c'est l'*honnêteté* et la *politesse*.
En les prenant dans les familles honnêtes et bien
élevées, on a grande chance de trouver en eux
ces deux qualités. On comprend que dans les
postes de confiance où ces employés seront appelés, il est nécessaire qu'ils offrent des garanties
morales. Il est à remarquer qu'elles se rencontrent assez ordinairement avec un certain degré
de culture intellectuelle.

La politesse dans les manières, la patience et

la douceur dans le caractère sont nécessaires dans un commis. Un impertinent, un imprudent, un grossier fera fuir dix fois plus de pratiques que dix employés convenables n'en attireraient. Il n'est pas toujours facile d'être calme et patient ; mais l'art de commander à soi-même est une des premières et des plus importantes leçons à apprendre dans la pratique de la vie.

Les commis doivent être fidèles à leurs patrons, et ceux-ci doivent être soigneux du bien-être de leurs commis. La fidélité ne consiste pas seulement à remplir ses devoirs, mais encore à avoir le zèle et l'attention auxquels on n'est pas obligé, et pour lesquels on n'est pas rétribué.

Quelque facilité que l'on ait à se procurer des commis, on doit leur donner une rétribution suffisante. Sans cela les meilleurs, les plus capables, ne s'attachent pas à la maison qui ne sait pas reconnaître leur utilité par des encouragements pécuniaires. Il faut se les attacher par des gratifications ou un intérêt sur les bénéfices. Un commis ancien et fidèle est un ami éprouvé. C'est ce qu'on ne devrait jamais oublier, et quand on a remporté la victoire dans cette lutte qui a la fortune pour but, il est mal de ne pas récompenser ceux qui ont soutenu avec vous la chaleur du combat et qui ont puissamment aidé au succès.

Achats et Ventes.

Est-il nécessaire de mentir quand on achète
et qu'on vend? Pas le moins du monde. Pourquoi dire à l'acheteur que vous lui vendez votre
marchandise au-dessous du prix coûtant? il ne
vous croira pas, parce qu'il ne supposera pas
que vous fassiez un métier de dupe. Pourquoi
vilipender la marchandise que vous voulez acheter? Celui qui vous la vend la connaît aussi bien
que vous ; si vous la dépréciez à tort, il voit que
vous mentez ou que vous n'y connaissez rien. S'il
vous vante sa marchandise, c'est à vous de voir
si elle mérite ou non ses éloges, sans faire attention à ses paroles. Le mensonge est donc parfaitement inutile, et s'il était nécessaire, un homme
qui a de la conscience et de l'honneur ne pourrait pas être marchand. Quand vous achetez,
examinez bien tous les défauts et toutes les qualités de ce qu'on vous offre, soyez le plus possible
au courant des prix, marchandez si vous croyez
qu'on vous demande un prix trop élevé, tout cela
n'exige pas de mensonge. Quand vous vendez,
vous n'êtes pas obligé de montrer les défauts de
votre marchandise, seulement n'en donnez pas une
inférieure pour une supérieure, vous tromperiez

l'acheteur novice ou confiant, et vous recevriez
des reproches mérités et qui vous feraient rougir
de la part du connaisseur. Il y a des marchands
qui ont l'habitude de mentir, comme il y en a qui
ont l'habitude de surfaire; ils sont bientôt connus,
et ils finissent par perdre la confiance du public.
Le mensonge ne sera jamais une qualité du bon
marchand.

La principale qualité du bon acheteur c'est la
connaissance de la marchandise; d'un vendeur,
c'est la connaissance des hommes. Le bon acheteur parle peu, il s'adresse aux maisons de bonne
réputation, demande leur prix, fait son offre aussi
approchante que possible du cours du marché;
si elle est acceptée, l'affaire est conclue; si
elle est refusée, il va ailleurs. Il doit redoubler
de prudence, si le vendeur fait beaucoup de
commentaires; et quand on prétendra lui faire
des faveurs exceptionnelles, à moins qu'elles
ne soient accompagnées de preuves positives, il
devra croire qu'on ne fait pas beaucoup de cas
de son intelligence.

Un vendeur habile connaît bien la nature humaine en général; il a des manières courtoises et
sait les approprier aux humeurs diverses des
acheteurs. Il possède bien sa partie, et ayant bien
acheté, il peut recommander ses marchandises

sans hésitation, et même les garantir si on le lui demande. Son grand objet est d'acquérir la *confiance* du public. En lui tout doit tendre à ce but. Il ne parlera pas de sacrifice, à moins d'en donner la preuve sur-le-champ. Il sait reconnaître d'un coup-d'œil rapide ce dont son acheteur a besoin ; il ne vante pas tout du même style à toutes sortes de personnes ; mais il sait profiter délicatement de ce qui plaît à l'acheteur. S'il le voit faire un choix qui n'est pas judicieux, il lui montre les défauts de ce qu'il va choisir, et lui présente un article plus convenable : c'est ainsi qu'il acquiert la confiance. Il ne traite pas les dames avec une impertinente familiarité, et il ne ne fatigue pas par ses ardentes sollicitations celui qui n'est pas disposé à acheter, mais il s'efforce de laisser dans leur esprit une impression favorable, qui les fera revenir chez lui.

Voici les maximes fondamentales qui doivent être toujours présentes à son esprit :

Je crois que le bénéfice est la vie du commerce ; je ne ferai donc jamais de vente sans bénéfice.

Je vendrai à un homme exact à payer avec un bénéfice moindre qu'à celui qui n'est pas exact ; et je préférerai toujours faire un crédit court qu'un long.

5.

J'userai de précautions avec un étranger, et je traiterai tout homme connu en honnête homme, jusqu'à ce qu'il ait fait voir qu'il ne l'est pas.

La discrétion dans les paroles est préférable à l'éloquence.

Ce n'est pas tout ce qu'on vend qui est bien vendu, mais seulement ce que l'acheteur peut payer.

Un riche vêtement, un ton décidé, un air de confiance servent souvent de manteau à des desseins trompeurs ; il faut aussi se méfier de ceux qui, sans nécessité, parlent avec affectation et à tout propos de leur conscience et de leurs sentiments religieux.

Une question faite à bout portant est souvent un moyen habile dont on se sert pour obtenir une réponse irréfléchie, tandis que d'autres cherchent, par des récits amusants, à détourner l'attention du point important d'une négociation.

Il faut traiter tout le monde avec politesse, et ne jamais offenser personne, car il n'y a pas de gens si bas placés qui ne puissent faire du tort à un commerçant.

Du Terme.

Une chose importante dans le commerce c'est, la *longueur du terme* que l'on accorde. On sera étonné de ce que produisent dé petits profits sur des ventes à court terme en comparaison de forts profits sur des ventes à long terme. On n'a qu'à en faire le calcul, et on se convaincra de l'avantage qu'il y a à vendre à courte échéance. En effet, si vous gagnez cinq pour cent sur chaque vente, et que vous vendiez à trois mois, le même argent vous aura rendu vingt pour cent au bout de l'année, tandis que si vous vendez à six mois, vous n'en retirerez que dix pour cent.

Des Moyens de se faire une clientèle.

Pour acquérir la fortune, il ne suffit pas de l'attendre tranquillement, sans se donner aucun mouvement. Pour avoir des pratiques, il ne suffit pas d'ouvrir une boutique, et de se mettre à son comptoir en attendant qu'elles viennent. Faire savoir au public qu'on entreprend tel état, et solliciter sa bienveillance, a toujours été la première démarche importante à faire. Les étalagistes, les colporteurs crient leurs marchandises, c'est le

moyen primitif de publicité. L'enseigne pendue à
la boutique, la devanture garnie avec art, sont
venues après ; mais enfin la presse est arrivée
pour prêter un concours puissant, par les
avis, les annonces, les prospectus, les réclames,
et tous les autres moyens d'attirer l'attention,
moyens puissants au début, qui le sont moins
maintenant, parce que l'attention se perd par le trop
grand nombre d'annonces, mais qui ne sont pas
encore remplacé par de meilleurs. Il faut donc
faire beaucoup d'annonces. Ne voit-on pas des
gens qui n'ont que des bagatelles à offrir, faire
fortune par une grande publicité ? Pourquoi ceux
qui ont vraiment des choses utiles à vendre ne
réussiraient-ils pas par le même moyen ?

La publicité et la politesse sont les leviers
principaux pour se former une clientèle. L'annonce
attire les clients, la capacité les satisfait, la politesse les conserve.

Lorsqu'on se sent capable de répondre à l'attente des pratiques en leur fournissant ce qui leur
convient, il est indispensable de faire savoir dans
tout le rayon où l'on peut espérer de vendre,
qu'on s'est établi à tel endroit, qu'on tient telles
et telles marchandises, à prix modérés, en bonnes
qualités. Qu'on ne s'arrête pas aux dépenses des
annonces ; autant vaudrait reculer devant ce

qu'il en coûtera pour mettre ses marchandises à l'abri du mauvais temps ou des voleurs. Les annonces doivent être faites en termes aussi brefs que la clarté le permet, et insérées dans les journaux qui ont le plus de lecteurs.

La *politesse* est aussi un puissant levier dans les mains d'un homme habile. Dans le cours d'une vie consacrée aux affaires, il se présente à un marchand maintes occasions d'élargir le cercle de ses amis en laissant une impression favorable sur l'esprit des étrangers. Ceux-ci ont souvent besoin d'informations ; y répondre avec empressement et affabilité, c'est une grande habileté ; un imbécile trouverait qu'il est trop occupé pour donner un avis qui ne rend rien au moment actuel. Comme c'est l'opinion favorable du public qui fait vivre le marchand, un homme intelligent saisira l'occasion d'augmenter le nombre de ses amis, un insensé se fera un ennemi d'un indifférent.

On a défini la politesse *l'art de montrer aux autres, par des signes extérieurs, la considération intérieure que nous avons pour eux.* C'est le propre d'un bon cœur et d'une tête sage. Il ne sagit point en cela de formes et de cérémonies ; ce sont les signes extérieurs dont l'homme sage sait faire choix.

La politesse n'est jamais une chose insignifiante,
et il n'y a rien d'insignifiant en affaires. De petites choses peuvent avoir de grandes conséquences. La fortune de M. Day, le fameux marchand
de cirage anglais de Londres, n'a pas d'autre origine que sa charité envers un soldat qui, entrant
dans sa boutique (il était perruquier), le pria de
lui fournir les moyens de prendre la voiture pour
rejoindre son corps ; ses forces ne lui permettant
pas d'arriver à temps à pied. M. Day lui donna une
guinée ; le soldat reconnaissant lui dit : « Que
puis-je vous donner en retour ? Je ne possède
rien. Pardon, ajouta-t-il en lui tendant un papier,
prenez cela ; c'est une recette pour faire du cirage
qui m'a déjà fait gagner quelque argent. Tâchez
de vous en servir. » C'était la fameuse recette de
ce cirage anglais dont M. Day tira un tel parti
qu'il bâtit un palais pour sa demeure, après avoir
créé une immense manufacture.

Il est toujours bon de se souvenir que les relations en affaires sont changeantes. L'étranger
d'aujourd'hui peut devenir un créancier demain ;
et le dur créancier de la semaine présente peut
devenir un débiteur malheureux la semaine suivante.

Une chose dont tout le monde a pu s'aperce-
voir, c'est que les juifs réussissent mieux que

tous à gagner de l'argent. Il y en a qui attribuent
ce fait à leur politesse, à leur affabilité, à leur patience, à leur esprit insinuant. Quoi qu'il en soit,
en agissant ainsi on est sur la voie du succès. Il
nous semble inutile d'insister davantage sur ce
point.

Du Crédit.

Le crédit est une excellente chose, mais, comme
les meilleures, il est susceptible de beaucoup
d'abus. Le fermier qui emprunte pour acheter sa
semence et faire quelques avances de travaux, le
marchand qui contracte une dette pour assortir
son magasin, ne font rien de déraisonnable, mais
emprunter pour ses dépenses personnelles, c'est
la voie de la ruine et de la banqueroute. C'est le
devoir d'un vrai marchand de résister aux demandes de crédit, à moins de circonstances particulières. Le comptant doit être la règle ; le crédit
l'exception. Si l'on accorde du crédit au fermier
dont les récoltes ont été détruites, à celui dont la
maison a été brûlée, à la pauvre veuve dont les
enfants ne sont pas encore en état de travailler,
c'est faire acte de charité ; mais en général il faut
être inflexible dans son refus de crédit, car c'est
fournir aux gens imprévoyants des facilités de
se ruiner.

X.

De la Spéculation. — Différence entre le négociant et le spéculateur.

Un profond spéculateur est un homme aussi rare qu'un poëte de génie, ou qu'un grand général d'armée. Chaque science a ses lois, mais les lois de la spéculation ne sont pas bien comprises, on peut même dire qu'elles ne sont pas bien fixées. Essayons de donner quelques unes des règles qui doivent régir ce grand art.

En premier lieu, le succès de la spéculation n'est pas le résultat d'un hasard heureux.

Secondement, il ne faut pas oublier qu'il y a une différence immense et essentielle entre la *Spéculation* et le *Commerce*, deux choses que l'on est exposé à confondre dans la théorie et dans la pratique. Le commerçant n'a qu'à se tenir à son affaire qui doit lui donner de petits gains, lesquels accumulés avec les années, deviennent une fortune. Si l'on perd quand la marchandise baisse, on gagne quand elle hausse; or il y a compensation, si on fait le commerce pendant un nombre d'années.

Le spéculateur est bien différent ; il se mêle

de la hausse et de la baisse des prix, car tout
son intérêt est là. Le commerçant compte sur
sa clientèle : le spéculateur n'en a pas. Le commerçant compte sur des bénéfices petits, mais
réguliers. Le spéculateur a en vue de s'enrichir
tout d'un coup ; le monde entier est son marché.

La spéculation est une loterie, ce n'est pas
douteux ; et c'est pour cela qu'il y a tant de spéculateurs, comme il y a tant de gens qui prennent
des billets de loterie. Mais tout n'est pas hasard
dans la spéculation. Il faut aux spéculateurs trois
choses essentielles pour réussir ; le *temps*, le
capital, et le *courage*; et tout cela ne suffit pas
sans un bon jugement. Toute spéculation a en
vue l'avenir où est renfermée la question de
temps. Les résultats ne sont jamais immédiats.
Le capital : tout le monde sait qu'on ne peut rien
faire sans cela; et l'homme qui manque de courage n'a rien de mieux à faire que de s'asseoir à
une table de jeu, ou au coin d'une cheminée, ou
de demander un emploi quelconque. Il ne sera
jamais un spéculateur, parce qu'il faut avoir
foi et confiance à des choses qu'on ne voit pas.
L'activité est nécessaire pour le commerce, et la
patience pour la spéculation. Il ne faut rien faire,
quand il n'y a rien à gagner, maxime qu'on ne
peut pas toujours appliquer dans le commerce à

cause de la nécessité de conserver sa clientèle. Il faut être toujours en éveil pour choisir le temps propice pour acheter, et le temps propice pour vendre, et alors il faut agir avec vigueur et décision.

Le temps pour entrer dans le commerce est lorsque les choses vont le plus mal, et ce temps n'est pas mauvais pour entrer dans la spéculation. On peut commercer sur beaucoup d'articles, mais il y en a peu qui fournissent matière à la spéculation. Les objets propres à la spéculation sont la plupart des produits de l'agriculture, le coton, le sucre, la soie, etc.; ils suffisent amplement au spéculateur pour faire fortune.... ou pour la perdre. Mais comme on désire faire fortune, il faut *étudier les statistiques et être attentif aux grands changements politiques et commerciaux.* Décidez-vous pour un article, cherchez quels ont été en moyenne les prix de l'année, et quand le prix tombe au-dessous de cette moyenne, achetez. Supposons que cet article soit la farine, qu'il y ait eu une grande récolte de blé, et que le prix soit descendu notablement; si la récolte suivante est mauvaise, vous gagnez; si non, il ne s'ensuit pas que vous perdiez; vendez, et remplacez votre ancien *stock* (approvisionnement) par un nouveau. Si la dépréciation continue, il sera peut-être bien de s'occuper du même article jusqu'à ce qu'une mauvaise ou médiocre récolte arrive. En ce cas, il faudra observer d'avoir toujours le même stock ou quantité disponible, ou au moins d'en avoir pour la même somme d'argent ; et lorsqu'arrive la mauvaise récolte attendue, la spéculation est mûre, il faut vendre immédiatement.

Quand vous consultez des documents statistiques, assurez-vous qu'ils ne sont pas fournis par des gens intéressés à déguiser la vérité.

Deux choses sont nécessaires pour qu'il y ait matière à spéculer : la fréquence des changements de prix, et l'étendue de ces changements ; et cela se comprend, puisque les grands bénéfices ne peuvent venir que des grandes différences de prix.

La spéculation vaut-elle mieux que le commerce, on le commerce mieux que la spéculation ? La chose n'est pas douteuse, selon nous. La spéculation ne peut avoir lieu qu'aux époques des grandes crises commerciales, et elle sert à en atténuer les effets. Les achats que la spéculation fait quand la baisse arrive, empêche qu'elle n'aille trop loin ; et ses ventes, lors de la hausse, en arrêtent le trop grand essor. Le commerce a une marche ferme et sûre, et on peut le faire en tout temps ; la spéculation n'est praticable qu'en certaines occasions favorables. Il ne faut pas oublier que la spéculation demande beaucoup de temps, pendant lequel le commerce peut faire de petits bénéfices répétés qui souvent équivalent aux grands bénéfices que fait le spéculateur tout d'un coup, mais après une longue période d'inaction. C'est comme en mécanique : ce que l'on gagne en force, on le perd en vitesse. Toutefois la spéculation pourrait se rapprocher du commerce régulier, en touchant à plusieurs articles à la fois ; de sorte que les occasions d'acheter et de vendre qui seraient trop rares pour un seul article deviendraient plus fréquentes divisées entre plusieurs. Mais alors il faut avoir de très grands capitaux, si l'on veut opérer largement sur chaque objet, ou restreindre l'étendue de la spéculation, si l'on opère sur plusieurs. Dans ce dernier cas, les bénéfices sont moindres, il est vrai ; mais les chances de perte le sont aussi, et de plus la variété des articles auxquels on touche donne un résultat moyen qui ne saurait être une ruine, comme une spéculation manquée sur un seul article. En se divisant sur plusieurs objets, la spéculation se rapproche davantage du commerce régulier.

Quand faut-il vendre? quand faut-il acheter ? Questions capitales pour un spéculateur. Quand

les prix sont chers, c'est que les affaires vont
bien ; quand ils sont bas, elles sont difficiles. De
là, tentation d'opérer, dans le premier cas, et
découragement dans le second. Donc, nécessité
pour le spéculateur d'avoir de la fermeté dans le
caractère, et souvent opportunité d'agir au rebours
des apparences, ou au moins de ce qui paraît
être le plus convenable à la majorité. En général,
il est bon de vendre quand personne ne veut vendre, et d'acheter quand personne n'ose acheter,
quoiqu'il semble plus raisonnable de vendre quand
les prix sont chers, et d'acheter quand ils sont
bas. La plupart sont tentés d'acheter quand les
prix haussent, dans l'espoir qu'ils hausseront
davantage ; on y trouve souvent du profit, mais il
y a aussi de grands risques. Dès que la baisse se
manifeste, il faut se hâter de se défaire de l'article, que ce soit à bénéfice ou à perte ; si c'est à
perte, pour en éviter une plus grande. En pareil
cas, celui qui se décide le dernier à vendre, est
toujours la dupe de son obstination, l'expérience
le prouve.

XI.

De la Banque.

De l'Intérêt.

L'intérêt est la somme payée par l'emprunteur au prêteur d'une somme d'argent, en retour de l'emploi qu'il en fait. Le taux de l'intérêt est la somme payée pour cent francs, ou simplement pour cent unités monétaires. Ce taux varie suivant les lieux et les circonstances ; dans certains pays la loi fixe un maximum, dans d'autres l'intérêt est librement débattu entre le prêteur et l'emprunteur. Quand l'intérêt dépasse une juste limite, c'est-à-dire quand le prêteur exige un taux qui dépasse les bénéfices probables de l'emprunteur, c'est l'usure.

Dans le commerce, le prêteur et l'emprunteur sont rarement en face l'un de l'autre ; ils communiquent par un intermédiaire qu'on appelle banquier, lequel emprunte aux uns et prête aux autres, et la différence entre le taux auquel il emprunte et celui auquel il prête est la source de son bénéfice.

De la Banque.

Les Banques n'existent que dans les pays arrivés à un grand développement du commerce, et leur principale raison d'être, c'est la facilité qu'ils donnent aux négociants qui vendent à terme de faire de l'argent, pour de nouvelles affaires, avec les engagements de leurs débiteurs. Une banque escompte donc les effets de commerce, c'est-à-dire qu'elle donne de l'argent contre ces effets en déduisant une somme pour l'intérêt de cet argent jusqu'au moment de l'échéance, où la banque rentre dans ses fonds. Cette déduction s'appelle escompte. Telles sont les opérations des banquiers.

Mais les grandes banques, comme la banque de France, ne se bornent pas à l'escompte ; elles ont le privilége de donner leurs billets comme de l'argent, non pas que l'on soit forcé de prendre ces billets, mais on les accepte comme de l'argent, parce que l'on sait que l'on n'aura qu'à se présenter à la caisse de la banque pour avoir de l'argent contre ces billets.

Les banques font aussi des avances de fonds contre des dépôts de titres, actions, obligations, des États ou des grandes compagnies industrielles.

Les banques rendent des services en prêtant judicieusement aux commerçants qui méritent confiance, et leur aidant ainsi à étendre leurs affaires. Mais le devoir des banques est de ne pas permettre que ces crédits dépassent certaines limites, pour ne pas favoriser des spéculations hasardeuses.

Cette facilité pour le commerçant de trouver de l'argent contre les engagements de ses débiteurs, lui permet de faire des ventes répétées avec un petit bénéfice, ce qu'il ne pourrait pas faire s'il lui fallait attendre l'échéance ; il serait obligé, en compensation de la longueur du terme, de prendre un bénéfice plus fort sur chaque affaire, mais comme il en ferait moins, il ne gagnerait pas autant.

XII.

Des Inventions.

On voit beaucoup de gens qui cherchent la fortune dans les inventions et les découvertes. Que de déceptions ils se préparent ! Que de temps perdu bien souvent pour inventer des choses déjà depuis longtemps découvertes. Quelques-uns, il est vrai, ont tiré de grands profits de

leurs inventions, et c'est ce qui encourage tant de
gens à suivre leur exemple. Mais nous ne conseillerons jamais de prendre cette voie pour arriver à la fortune ; et voici les motifs sur lesquels
nous nous fondons. Celui qui s'occupe de découvertes dans les sciences est un savant ou bien un
homme qui n'a que des notions superficielles
d'une matière où il en faut de sérieuses. Si c'est
un savant, il a chance de faire faire un pas à la
science ; mais cela ne suffit pas. La tournure
d'esprit qui fait faire les découvertes est en général très opposée à celle qui a le talent de les
exploiter. Combien de savants très distingués
n'a-t-on pas vu consumer leur temps et leurs
veilles dans des travaux sans remunération, et
après eux un ignorant avoir l'habileté de faire
connaître et adopter les améliorations utiles, les
procédés nouveaux inventés par le savant, et par-
venir à tirer profit pour lui-même des travaux du
savant qui avait peut-être reculé devant la crainte
de paraître charlatan, en faisant prôner ses
œuvres par les cent voix de la presse. Dans
la seconde hypothèse, celui qui veut devenir
inventeur sans être sérieusement instruit s'expose tantôt à n'arriver à rien de vraiment nouveau, tantôt à prendre pour des inventions des
choses bien connues.

6

Cependant, tout en montrant la fausse voie où l'on s'engage en poursuivant des inventions, Dieu nous garde de chercher à décourager l'homme instruit, l'artiste habile, l'ouvrier intelligent, qui rêvent sans cesse de nouveaux perfectionnements dans les sciences, dans les arts, dans l'industrie, dans la mécanique. Cette voie est plus sûre que la première : un chimiste qui améliorera ses procédés de teinture, un mécanicien qui perfectionnera une machine, soit qu'ils exploitent eux-mêmes leurs procédés, soit qu'ils les fassent exploiter par d'autres, ont des chances de gain incontestables. *Nous n'avons voulu parler que de* ces chercheurs d'inventions qui croient arriver tout d'un coup à la fortune par une grande découverte. Pour ceux-là, ils ont toute chance de n'aboutir qu'à une amère déconvenue.

Il y a cependant des exceptions, mais ce ne sont pas des exemples que nous proposons à imiter. Il y a des gens qui, à grand renfort d'annonces dans les journaux, de prospectus, d'affiches immenses, réussissent à vendre en grande quantité des choses parfaitement insignifiantes. C'est dans un autre genre la grosse caisse de l'arracheur de dents, c'est le casque doré du marchand de crayons, c'est en un mot le charlatanisme pur. *Il* réussit presque toujours, car ce grand fracas *en* impose au vulgaire ; mais tout le monde n'a pas le courage de se faire vendeur de vermifuge sur la place publique. C'est l'abus de la publicité que nous avons recommandée : cet abus ne produirait plus d'effet s'il devenait général.

XIII.

Comment on devient Millionnaire.

Comment on devient millionnaire ? c'est-à-dire comment ont fait ceux qui sont devenus million-naires ? Ils vont nous le dire, mais ne croyez pas réussir comme eux en faisant exactement ce qu'ils vous diront. Outre le travail, l'ordre, l'éco-nomie, l'activité, la prudence, toutes choses qui dépendent de la volonté, il y a les circonstances favorables ou défavorables, qui font réussir une opération hasardeuse , ou qui font échouer l'opération la mieux combinée. Mais quoique nous n'ayons pas la prétention d'enseigner le secret de devenir millionnaire , nous croyons qu'il y a à profiter dans les confidences que ceux qui le sont devenus ont faites de leurs procédés.

Rothschild, le fondateur de la maison de banque

renommée dans le monde entier, attribuait, dit-on, ses succès aux règles suivantes :

1° Je combinais trois profits ; je faisais mon client du manufacturier, je lui fournissais les marchandises brutes et les couleurs, et je gagnais sur ces deux objets ; je lui achetais les objets manufacturés, et je les revendais avec profit.

2° Soyez prompt à conclure vos marchés et actif en tout.

3° Ne vous associez pas à des gens qui n'ont pas de chance.

4° Soyez prudent et courageux. Il faut une grande prudence et un grand courage pour faire une grande fortune, et quand vous l'avez acquise, il faut dix fois plus de talent pour la conserver.

Ces règles sont plus faciles à donner qu'à mettre en pratique. Nous croyons que la grande fortune de cette maison, est due d'abord à l'union inaltérable des cinq frères qui, placés dans cinq grandes capitales, n'opéraient jamais sans s'être concertés, et prenaient une part égale dans les opérations ; et ensuite à leur habitude de ne pas viser à un profit excessif, de tracer des limites certaines à chaque entreprise, et de se rendre indépendants des chances malheureuses non prévues autant que cela est au pouvoir de la prudence humaine.

David Ricardo, qui amassa une immense fortune à Londres et y mourut en 1823, avait trois règles qu'il appelait des règles d'or :

1° Quand vous avez le choix, ne manquez jamais de choisir le meilleur.

2° Coupez court à vos pertes, c'est-à-dire quand vous avez acheté et que les prix baissent, hâtez-vous de vendre.

3° Assurez vos bénéfices, c'est-à-dire quand il y a hausse, vendez sans attendre le plus haut prix que les cours vous paraissent devoir atteindre.

Etienne Richard, né en 1750 dans les environs de Bordeaux, s'embarqua comme mousse à 12 ans, alla aux Indes, puis en Amérique, fut constructeur de navires, s'occupa de banques et de grandes spéculations, et mourut en 1832 riche de plus de soixante millions de francs. Il n'a jamais dit quelles étaient les règles de sa conduite ; il se contentait de dire : « Mes actions m'ont fait ce que je suis. » Par quelques traits de sa vie, on a jugé que ses procédés étaient de ne pas négliger la bagatelle la plus triviale qui aurait affecté sa fortune. Il ne tint pas quitte un homme qui avait la moitié d'un sou à lui rendre. On suppose que sa maxime était : « Ayez soin de vos sous et les pièces de cinq francs auront soin d'elles-mêmes. »

6.

Nous ne parlerons pas de M. *Nicolas Longworth*, le millionnaire de Cincinnati, qui a gagné sa fortune en spéculant sur les terrains, ni du fameux *Barnum* qui gagna cinq millions en deux ans en montrant des curiosités naturelles. Ce sont des moyens qui ne sont pas à la portée de tout le monde. Nous nous bornerons à citer encore les règles de M. *John Mc Donogh*, le millionnaire de la Nouvelle-Orléans, mort récemment. Il répondit à quelqu'un qui lui demandait comment il avait fait pour gagner une si grande fortune, que c'était en suivant trois règles de conduite qu'il s'était tracées. La première était d'acquérir les bonnes grâces des gens en place et des gens influents ; quelques dîners donnés à propos lui avaient fait obtenir des fournitures où il avait fait de grands bénéfices, et il en concluait qu'il ne fallait pas craindre de dépenser quelque argent pour en gagner davantage.

La seconde règle est de savoir employer à son profit les talents, les connaissances, l'activité des gens d'une position inférieure sur lesquels on a de l'influence.

La troisième règle de M. Donogh était de prier Dieu, et de lui demander de protéger ses opérations.

Celui à qui Mc Donogh faisait ces confidences

en fut révolté, et il résumait ainsi ces trois règles : « Corrompre les grands, opprimer les petits, et prier Dieu qu'il bénisse les autres. » Mais on peut les interpréter autrement. Le pauvre qui cherche l'appui des grands n'a aucun moyen de les corrompre, et s'il peut être aidé par eux sans faire des bassesses, il ne commet aucun mal, et il agit avec prudence. Si devenu plus aisé, il s'appuie sur le concours des gens capables, il peut tirer profit de leurs talents, pourvu qu'il leur donne une juste rémunération. En agissant ainsi, il peut espérer que Dieu bénira ses œuvres, et il fait très bien de le lui demander dans ses prières.

Si nous consultions les annales de la vie commerciale, nous trouverions dans la plupart des cas, que ceux qui se sont distingués par le succès dans les affaires, ont été des hommes de la même trempe que ceux qui sont devenus célèbres dans la littérature et les sciences. Ils se faisaient remarquer par des habitudes d'une vie austère, par la simplicité de leurs goûts et par leurs manières sans prétention ; tandis que les hommes vains, présomptueux, étourdis, se font beaucoup de tort à eux-mêmes et en font beaucoup aux autres. La sagesse qui ne s'en fait jamais accroire et qui sait se préserver des illusions est une grande marque de supériorité, et contribue puissamment au succès de ceux qui en sont doués.

XIV.

Comment l'Argent se perd.

À l'exception des époques de bouleversements sociaux, de crises commerciales extraordinaires et impossibles à prévoir, on peut dire que ceux qui perdent leur argent et malheureusement aussi celui des autres, ont été eux-mêmes la principale cause de leur propre ruine. Nous en trouvons la preuve dans une enquête faite en Angleterre sur les faillites. Voici ce que dit l'un des commissaires :

« Autant que je puis en juger par les livres et les documents qui m'ont été fournis, sur 85 faillites, 14 ont été causées par la spéculation sur des articles qu'on ne connaissait pas, 3 par la négligence dans la tenue des écritures ; 19 par l'insuffisance du capital, et par les moyens ruineux de se procurer de l'argent, 49 par des dépenses excédant les bénéfices qu'on pouvait raisonnablement se promettre, et aucune par la détresse générale, ou

là décadence d'une branche spéciale de commerce. »

Un autre commissaire dit : « 52 cas de faillite
nous ont été soumis ; selon moi, aucun n'est dû à
des causes générales de désastres ; 32 ont eu
pour cause des dépenses imprudentes, 5 sont dues
en partie à cette cause et en partie à des affaires
forcées ; 15 à des spéculations imprudentes, dont
plusieurs jointes à une manière de vivre extrava-
gante. La plupart des 32 classées comme dues à
une conduite imprudente, ont été causées par la
nécessité d'emprunter de l'argent à des prêteurs
qui ont pressuré les débiteurs. »

Nous sommes persuadés, mais sans en avoir la
preuve positive, que les causes de ruine sont
aussi nombreuses que les folies et les malheurs
de l'humanité, et que celles que les deux commissaires cités ont indiquées sont les principales
dans tous les temps et dans tous les pays. Nous
croyons aussi que dans la plus simple opération
commerciale, il y a plus de chances de perte que
de profit, et loin de penser avec ceux qui sont
étrangers au commerce, qu'il n'y a qu'à commercer
pour faire fortune ; nous sommes convaincus que
ce n'est que le très petit nombre qui y parvient,
que beaucoup s'y ruinent, et que les autres doivent se regarder comme heureux s'ils ont pu y

trouver les moyens de vivre, d'élever et d'établir leur famille, sans diminuer leur capital primitif.

En général, on peut attribuer les faillites des commerçants à trois causes : les *accidents*, les *défauts de conduite*, et l'*abus du crédit*.

Les *accidents* ne sont pas aussi fréquents qu'on pourrait le supposer ; on peut se mettre en garde contr'eux par les assurances et par sa prudence. Les manques ou les excès de récolte, qui produisent de grandes variations dans les prix, sont des causes de ruine pour les uns, mais des causes de profit pour les autres. Ceux qui n'ont pas étendu leurs opérations au delà de leurs moyens, peuvent en souffrir, mais ne sont pas ruinés pour cela.

Il y a des remèdes aux *défauts de conduite*. Il faut les corriger par l'expérience de leurs fâcheuses conséquences. Il est inutile de s'étendre sur les dangers de l'ivrognerie, du jeu, etc., tout le monde les connaît. Mais il y a d'autres défauts de conduite. *Quitter les affaires régulières*, pour se lancer dans d'autres par l'appât de grands et de rapides bénéfices. Il faut une longue pratique pour tirer de sa profession tout le profit qu'elle peut rendre. C'est folie que de se laisser tenter par le succès des autres, d'embrasser l'état où ils ont réussi ; on y entre avec des moyens imparfaits, et l'on échoue. On a vu des gens passer leur vie à changer d'état, et être à la fin de leur carrière moins avancés qu'au commencement.

L'*extravagance dans les dépenses* est le plus sérieux des défauts de conduite. Comment expliquer une folie si choquante et pourtant si commune ? Tout le monde sait qne si la main gauche jette ce que la main droite ramasse, il ne restera jamais rien ; que celui qui dépense tout ce qu'il gagne n'augmentera jamais sa fortune, et que dépenser plus que ses revenus, c'est se préparer une grande pauvreté. L'explication de cette folie c'est l'entraînement des passions, et la raison seule ne suffit pas pour y résister, le secours de la religion est indispensable.

Peu de gens savent quelles sommes considérables l'économie de tous les jours dans les dépenses personnelles et du ménage peut accumuler. Cinquante mille francs par an sont une dépense que l'on voit faire souvent par les négociants des grandes villes. Il y a cinquante ans qu'on aurait regardé cinq mille francs comme une dépense suffisante. Eh ! bien la différence de ces deux sommes en y ajoutant les intérêts composés pendant cinquante ans atteint le chiffre énorme de 9,420,600 francs. Ajoutez encore onze ans et cette somme, toute considérable qu'elle est, est doublée.

De pareils calculs sont faits pour encourager les espérances de succès et d'indépendance dans l'esprit de tout homme jeune qui, en commençant les affaires, prendra et tiendra la résolution déterminée de combiner le travail avec l'économie, et pour l'avertir que sans économie, sa ruine est certaine.

L'abus du crédit doit partager le blâme qui s'attache à l'extravagance de la dépense ; car ces deux défauts ont des rapports intimes. La facilité du crédit porte à des dépenses superflues, et la gêne qui résulte de dépenses excessives met dans la nécessité de recourir au crédit. Celui qui doit plus qu'il ne peut payer est obligé de faire prendre patience à son créancier en augmentant sa dette. On lui accorde répit sur répit à des conditions de plus en plus onéreuses ; il est appauvri par des affaires forcées, et enfin il tombe dans la misère par l'excès des dettes accumulées sur sa tête.

Le système du crédit, s'il dépasse de justes limites, est responsable des désastres qu'il amène en excitant les gens à spéculer sur des articles qu'ils ne connaissent pas, et à faire des affaires au-dessus de leurs moyens. C'est la facilité d'obtenir du crédit qui tente l'ambition des hommes et les pousse à se hasarder au-delà de e que la prudence le permet.

Quels remèdes y a-t-il aux diverses causes de ruines, telles que le désir de faire fortune trop vite, l'ambition de s'enrichir sans travail, l'impatience de jouir des douceurs de la vie avant d'en avoir acquis les moyens? Nous n'en connaissons pas d'autres que la religion et le bon sens, qui doivent servir à réprimer notre ambition et nos désirs, à éclairer notre esprit, à régler notre imagination, et à nous donner une saine notion de nos devoirs.

XV.

Le vrai chemin de la Fortune.

La richesse ne saurait être le partage du petit nombre, et c'est une illusion que de ne se proposer que ce but, parce que les chances de l'atteindre sont bien moins nombreuses que celles de le manquer. Mais il n'est pas déraisonnable de se proposer comme récompense d'une vie de travail et d'économie une fortune suffisante pour assurer son existence dans ses vieux jours et pour fournir à ses enfants les moyens de travailler à leur tour. On peut raisonnablement espérer d'arriver à cette situation, qui n'est pas la richesse, mais qui mérite bien le nom de fortune, quelque modique qu'elle soit, si elle donne

7

satisfaction à tous les besoins réels et justes de celui qui la possède,

Quel chemin faut-il suivre pour arriver à ce terme de ses efforts ? Évitons d'abord les routes qui s'en éloignent. Ne croyons pas ceux qui nous diront : On ne peut s'enrichir qu'en courant de grands risques ; attachez-vous aux grandes affaires. Loin de là, gardez-vous de toute entreprise brillante qui commence par exiger de grandes dépenses. Considérez de loin ces comptoirs magnifiques, ces ameublements somptueux, ces équipages de luxe. Vous verrez bientôt tout cet éclat pâlir ; surveillez *les premiers symptômes* de la ruine et tâchez d'en faire votre profit.

Quand on entreprend une affaire, il faut s'en occuper comme d'une science, et non pas dans la seule vue de devenir riche. En étudier les principes, rechercher les informations utiles ; y fixer des limites proportionnées à ses moyens ; ne viser jamais à des profits excessifs, et se rendre indépendant des accidents possibles, autant que la prudence humaine peut le faire, c'est la marche la plus sûre. Si le malheur arrive, et il peut arriver, il ne vient pas de votre faute. Si c'est l'aisance, c'est ce que vous attendiez. Si c'est la richesse, vous possédez les moyens les plus sûrs de la conserver.

Une constante modération en toutes choses,
dans le désir du gain, dans l'étendue des affaires,
dans les dépenses personnelles, augmenteront po-
sitivement les chances de succès, fortifieront le
caractère et contribueront au bonheur de la vie.

L'homme qui s'est préparé à travailler pendant
sa vie se met au travail sans peine. S'il aime à
jouir du repos du dimanche, il reprend avec joie
son ouvrage le lundi. Au lieu de l'ardeur fié-
vreuse de celui qui veut vite s'enrichir, il s'occupe avec régularité de ses affaires, et trouve
encore le temps de développer ses connaissances
intellectuelles. Comme il sait que ce n'est que le
petit nombre qui devient riche, il ne compte pas en
être ; mais il a ses chances. A mesure qu'il avance
dans la vie, il voit ceux dont autrefois il enviait
presque la prospérité, lutter contre des embarras et souvent tomber. Quand une crise arrive, il s'étonne d'être considéré comme un
homme solide ; et tandis qu'il marche sans en-
combre, il voit ceux qui faisaient plus de bruit
que lui, pressés par les remboursements et forcés
de vendre à perte pour y faire face. Alors, dans
le moment même où tout semble diminuer de
valeur, il trouve l'occasion de faire des achats
avantageux, et il voit bientôt sa fortune augmenter. Suivant sa voie avec persévérance, il devient

de plus en plus solide. Sans avoir beaucoup calculé, il se trouve riche comparativement. Les circonstances peuvent l'aider à le devenir tout-à-fait, sans mettre en péril son indépendance ou sa tranquillité. Si la richesse arrive, elle est sûre ; ses vues s'étendent, mais il n'est pas enivré. Il résiste à la tentation de se lancer dans de grandes affaires qui peuvent emporter en un instant le fruit de longues années de travail. L'esprit de rivalité, d'ambition ou d'envie est sans influence sur lui, et il ne vise jamais à éblouir son entourage par la grandeur de ses opérations.

On peut citer des hommes qui sont devenus riches et puissants, sans tenir compte de la sagesse et de la vertu. Mais pour un qu'on en rencontrera, on en trouvera cent qui n'ayant pas plus de principes, mais n'ayant pas la même énergie, sont honteusement tombés.

D'un autre côté, il est possible que sur vingt hommes qui ont réglé leur conduite sur des principes de moralité, un seul soit devenu riche, mais les dix-neuf autres ne sont pas tombés. Ils n'ont dépensé que ce qu'ils ont gagné. Ils ont rempli leur devoir dans le monde, et ils en ont obtenu la considération et la confiance. Qu'ils soient ouvriers, fermiers, ou d'une profession libérale, qu'ils soient marchands, négociants ou propriétaires, marins ou cultivateurs, ils sont regardés comme des gens probes à qui on n'oserait jamais proposer rien de contraire à la délicatesse et à l'honneur, et dont l'indépendance de caractère et la droiture de conscience inspirent le respect général.

Mais l'homme, bon ou mauvais, qui commence avec la résolution de s'enrichir, aura de grandes chances de désappointement. Qu'il prenne le meilleur exemple de succès rapide qu'il pourra trouver ; qu'il emploie les *mêmes moyens*, qu'il fasse exactement les *mêmes choses* que ceux qui sont devenus riches rapidement, et il est vraisemblable qu'à la fin il s'apercevra que la même marche, suivie dix ans plus tôt ou dix ans plus tard, aurait pu réussir, mais que, par des causes parfaitement indépendantes de sa volonté, elle devait échouer cette fois, et qu'il lui aura fallu toute son habileté pour éviter d'être ruiné.

Au fond, le moyen de s'enrichir rapidement est connu, pourvu qu'il soit favorisé par les circonstances, mais on sait que ces circonstances, qu'il n'est pas possible de prévoir, peuvent devenir des causes de ruine ; qu'il faut donc s'efforcer de les prévenir par une grande prudence. C'est ce que les pères doivent apprendre à leurs enfants, c'est ce que les mères surtout devraient aussi leur in-

culquer quand ils entrent dans le monde. Elles
ne leur apprendront pas à éclabousser les passants en brillant équipage; mais elles pourront
beaucoup pour les préserver de l'humiliation et
du chagrin qui se trouve au bout des efforts im-
prudents pour atteindre rapidement la richesse.
En un mot, elles ne mentiront pas au jeune
homme qui débute dans la vie quand elles lui
diront : Il ne dépend pas de toi de devenir riche
ou non, mais il dépend de toi de te préserver de
la ruine ou de la faillite.

XVI.

Épargne. --- Dons. --- Prêts.

Il est à peine besoin de dire que l'épargne est
le moyen le plus sûr de se rendre indépendant.
C'est une vérité que tout le monde reconnaît,
mais qui n'est pas pour cela moins difficile à
mettre en pratique. L'épargne n'est qu'une sor-
dide avarice au delà de justes limites ; et d'un
autre côté, elle est impossible à réaliser si on ne
sait pas se soumettre à des privations. C'est de
bonne heure qu'il faut songer à économiser, et
c'est là le difficile ; car la jeunesse aime le plaisir, et le plaisir coûte. Plus tard on regrette l'ar-

gent si follement dépensé ; on veut faire des
économies, mais les charges ont augmenté, les
habitudes de dépense sont devenues des besoins,
et souvent on s'arrête devant l'impuissance réelle
ou apparente de mettre quelque argent de côté.

Un jeune homme prévoyant doit donc placer
le superflu de ce qu'il gagne, quand il a pourvu
à son entretien et à quelques menus plaisirs,
dont on ne sait pas encore se passer à cet âge. Il
doit se dire qu'il commence ainsi à former le capital avec lequel il s'établira un jour. Le capital
qu'on acquiert de cette manière ne se perd généralement jamais, tandis que celui qui provient des
emprunts ou des héritages est plus exposé à être
gaspillé, parce qu'il est venu sans peine. Les efforts
que l'on fait pour acquérir le capital donnent cette
habitude des affaires dont nous avons montré la
nécessité pour réussir dans ce qu'on entreprend.
En général, ceux qui font le mieux leurs affaires
sont ceux qui se sont élevés par leurs propres
moyens. Un mot dit tout : sans économie point
de prospérité.

Mais avant de commencer à économiser, il
faut payer ses dettes : par dette on n'entend
pas seulement ce qu'on a emprunté, mais encore
ce que coûtent l'éducation des enfants, les secours à ses vieux parents, et de plus la charité

envers ses semblables. La charité est une dette,
que chacun doit acquitter sous peine de banqueroute morale ; on n'est exonéré de cette dette que
si l'on est dans l'impossibilité matérielle de
l'acquitter.

Le prêt sans intérêt est une autre manière de
faire du bien à son prochain. Le prêt n'humilie
pas comme l'aumône ; mais pour qu'il soit réellement un bienfait, il faut prévoir que l'argent
prêté pourra n'être jamais rendu. Par cette pensée, d'un côté on ne se laisse pas aller à plus de
générosité qu'on ne le peut, et de l'autre on n'est
pas porté à exiger durement le remboursement.

La part de la charité étant faite, il est juste
de rendre productif l'argent fruit de l'épargne.
Quand on ne l'emploie pas en acquisition d'immeubles, ou en spéculation sur les marchandises, on le place de diverses manières, mais toujours pour qu'il produise un revenu. Occupons-
nous d'abord du prêt à intérêt fait à des individus. Il va sans dire que l'honnête homme ne
prête qu'à un intérêt modéré. La prudence con-
seille d'user de circonspection dans ses prêts.
Rien n'est plus facile que de trouver des emprunteurs, mais il faut savoir faire un choix parmi
eux. Il est inutile de recommander de ne prêter
qu'à des gens réputés solvables ; la plus vulgaire

prudence l'indique. Pour ceux-là, il n'y a pas à s'inquiéter de l'usage qu'ils feront de votre argent, l'essentiel pour vous est qu'ils vous le rendent à l'époque convenue. Mais quand il s'agit d'un ami qui vous emprunte, l'affaire devient délicate. Vous devez vous demander ce qu'il vous convient le mieux de vous exposer à perdre, votre argent ou son amitié. Si c'est votre argent dont vous êtes disposé à faire le sacrifice, prêtez. Si, au contraire, votre argent vous tient plus à cœur que tout, examinez l'usage que votre ami se propose de faire de votre argent : s'il a chance d'en tirer du bénéfice, prêtez; si non, refusez; car quand vous le redemanderiez, votre ami qui l'aurait perdu ne pourrait pas vous le rendre, et peut-être vous reprocherait-il de ne l'avoir pas détourné d'une mauvaise affaire, et dût-il ne pas être injuste à ce point, il s'irriterait de se voir pressé de payer sans le pouvoir, et vous finiriez par perdre et votre argent et son amitié.

Il faut souvent une grande fermeté pour résister aux sollicitations des emprunteurs, qui, dans leurs embarras, ne sont que trop portés à donner des raisons ou des prétextes plausibles aux dépens de la vérité. Le meilleur mode de refus, celui qui offense peut-être le moins, est le refus

7.

pur et simple, sans explication. On s'incline devant une volonté inflexible, tandis qu'on cherche à combattre les raisons alléguées par d'autres raisons.

Quelques gens prêteront de l'argent à leurs amis pour acheter le droit de remontrance; ce droit est sans valeur. On peut acheter l'oreille d'un homme, mais non pas son cœur; il vous écoutera, mais il ne se conformera pas à vos conseils, s'ils ne sont pas d'accord avec ses idées et ses penchants.

XVII.

Des Propriétés immobilières.

Les Propriétés urbaines ou rurales, les maisons, les fermes, les terres, etc. doivent être gérées avec des soins vigilants. Nous n'avons pas à rechercher ici quels sont les meilleurs placements de fonds. Les immeubles rendent peu, et demandent beaucoup plus de surveillance que les prêts, les actions industrielles, etc., mais ce sont les placements les plus solides, ceux qui sont le moins exposés à se perdre. Il ne faut pas l'oublier, les biens de ce monde sont périssables, il n'y en a aucun qu'on ne puisse perdre ; Dieu l'a voulu ainsi ;

tous sont plus ou moins exposés à périr ou à êtres perdus pour le possesseur. Les maisons peuvent se brûler, mais l'assurance les garantit, cependant une compagnie d'assurance peut tomber en faillite, ou chercher des chicanes. La terre ne se brûle pas, mais la grêle détruit les récoltes, la guerre les ravage, les révolutions dépouillent quelquefois le légitime propriétaire. Malgré cela, on a bien plus de chances défavorables dans les autres placements ; on y est très souvent exposé à une grande dépréciation, et même à une perte totale du capital.

Maisons.

Le propriétaire d'une maison a deux choses importantes à observer pour la bien gérer ; l'entretenir en bon état et la bien louer. C'est déjà un bon moyen pour la bien louer que de la bien entretenir.

L'entretien comprend la conservation et l'embellissement. Conserver, c'est tenir les toitures en bon état, les faire visiter souvent, empêcher que les eaux pluviales ne s'y infiltrent ; recrépir, peindre à l'huile ou badigeonner les murs extérieurs, changer les bois véreux, les pierres salpêtrées, réparer les fenêtres qui ferment mal, repeindre les fermetures de toute espèce, rétablir le carrelage, rejontoyer les dallages, etc. Embellir, c'est restaurer les peintures intérieures, les tentures, augmenter les commodités de toute espèce, etc. Tout le monde comprend cela ; mais pour tous ces travaux, il faut employer des ouvriers, et c'est ici qu'on peut arriver à de bons ou à de mauvais résultats, si l'on n'observe pas certaines règles fournies pas l'expérience. L'important est d'employer des ouvriers honnêtes et habiles; habiles pour qu'il fassent l'ouvrage le mieux possible, honnêtes pour qu'il ne trompent pas sur les comptes de journées et de fournitures. En général, il vaut mieux les faire travailler à la journée qu'à prix fait, pour les réparations. Quant aux constructions nouvelles, on peut les faire faire à prix fait, si l'on a un architecte pour surveiller et recevoir l'ouvrage. De quelque manière qu'on le fasse faire, la capacité et la probité de l'ouvrier sont la meilleure garantie qu'il sera bien fait et qu'on ne le surpayera pas.

Il est des gens qui croient gagner en faisant des rabais aux ouvriers, bien entendu des rabais non motivés. Soyez sûr que l'ouvrier qui s'y soumet forcément, enflera ses comptes une autre fois pour rentrer dans ce qu'il croit lui être légitimement dû. Tâchez de vous mettre bien au courant de la valeur des matériaux, tenez bien compte des journées, et quand viendra le règlement, les justes réductions que vous ferez avec preuves en mains seront acceptées, et vous aurez ainsi trouvé le meilleur moyen d'être bien servi, et de ne pas surpayer.

Voilà votre maison en bon état, offrant toutes les commodités désirables, il vous reste à trouver un bon locataire. Qu'est-ce qu'un bon locataire ? C'est celui qui ne donne pas à une maison une mauvaise réputation, qui la prend pour longtemps, etc. Un locataire de ce genre ne veut pas payer au delà d'un loyer raisonnable ; il sait ce que coûtent les loyers du même genre, et si vous exigez davantage il se retirera ; un autre se présentera qui se soumettra à votre prix, mais qui peut-être fera traîner les payements, ou présentera d'autres inconvénients. Ou bien, si vous tenez, comme votre intérêt l'exige, à n'avoir que des locataires respectables et qui payent bien, votre maison restera longtemps sans être louée et vous perdrez par ces non valeurs ce que vous vouliez gagner par des loyers plus chers. Donc loyer modéré, locataires bien choisis, maison bien entretenue, assurée contre l'incendie, et vous aurez toute chance d'avoir un revenu convenable et certain.

Maisons de Campagne. — Fermes.

Les maisons de campagne ont à la fois pour objet l'agrément et le produit, les fermes n'ont que le produit. Il y a aussi des petites maisons de campagne appellées *bastides, pavillons, mazets,* etc., suivant les pays, qui ne servent qu'à l'agrément. Ces dernières propriétés servent au délassement des marchands, des ouvriers aisés, qui sont occupés de leurs affaires ou de leur travail toute la semaine, et qui, le dimanche, préfèrent jouir de la vue de la campagne, soigner quelques fleurs, quelques arbres à fruit, quelques légumes, que de passer la journée dans les cafés, à dépenser plus d'argent que ne leur coûte leur petite propriété, car ce sont des propriétés qui coûtent plus qu'elles ne rendent. Par conséquent, avant de se décider à en faire l'acquisition, il est bon de consulter ses moyens, et de voir si l'on peut se permettre une dépense réellement superflue. Il faut aussi être bien décidé à ne pas négliger ses affaires ou son travail pour aller donner des soins à son petit jardin ; c'est un plaisir qui tente, mais qui peut devenir trop cher, s'il fait perdre un temps précieux, si le marchand quitte sa boutique, si l'ouvrier fait traîner son ouvrage.

Ces lieux d'agrément peuvent aussi être indi-
rectement la source d'une augmentation sensible
de dépenses, si l'on s'y régale trop souvent, si
l'on y invite des amis trop fréquemment.

La maison de campagne appartient ordinairement à quelqu'un qui a de la fortune, et qui peut
s'y procurer de l'agrément, parce que ses revenus le lui permettent. L'essentiel est de ne pas y
faire des embellissements disproportionnés avec les
moyens dont on dispose. Après avoir réservé pour
l'agrément une portion de terrain en rapport
avec l'étendue de la propriété, il faut songer sérieusement à tirer des terres tout le revenu possible.

Si le propriétaire d'une maison de campagne
a un état qui le retient à la ville, s'il fait le commerce, s'il occupe un emploi, il doit renoncer à
soigner lui-même la culture de ses terres, à
moins que sa femme ou ses enfants puissent le
suppléer dans la surveillance. Mais s'il n'est que
propriétaire, il peut lui-même diriger l'exploitation ; alors il doit passer la plus grande partie
de l'année dans la propriété. S'il a le bonheur
de rencontrer un fermier intelligent et honnête,
actif et dévoué, il a un collaborateur précieux,
qu'il doit s'attacher par une rémunération convenable. Avec le concours de cet homme, il pourra

espérer de tirer parti de sa propriété. Sans cette condition, il devra opter entre ces deux modes d'exploitation : se mettre lui-même à la tête des cultivateurs, chose difficile quand on n'est pas né dans cette classe, ou louer ses terres. Dans certains pays, on a des métayers, avec lesquels on partage les dépenses et les revenus, à des conditions qui varient suivant les usages des lieux, mais l'expérience a fait reconnaître que ce mode n'est fructueux que pour le métayer, qui s'enrichit souvent aux dépens du propriétaire.

Terres.

Ce que nous disons des difficultés qui s'opposent à ce qu'un propriétaire tire de sa maison de campagne ou de sa ferme un revenu suffisant, s'applique encore mieux aux terres isolées. A moins que ce ne soient des vignes, des prairies, des oseraies, etc., enfin des propriétés qui n'exigent que peu de culture. Il ne convient pas à un propriétaire qui ne peut pas mettre la main à la charrue ou à la bêche d'exploiter lui-même sa propriété, en la faisant cultiver par des paysans à la journée. En son absence, on travaillera peu et on fera du travail plus apparent que réel ; en sa présence, on travaillera plus ou moins bien, mais

dès qu'il aura tourné le dos, on se reposera
d'autant. S'il donne l'ouvrage à prix fait, on le
fera mal. Il est fâcheux que cela soit ainsi, mais
cela est, et il faut aviser à tirer de ses terres un
meilleur parti. Il est reconnu qu'on en tire un
revenu plus assuré en les louant, pourvu qu'on
observe de les louer pour de longues années, à
des gens honnêtes, intelligents, payant bien, et à
loyer modéré. Si les baux ne sont pas à long
terme, le fermier épuise la terre avant de la rendre, et cette terre épuisée, dépréciée, ne peut
alors se louer qu'à de mauvaises conditions. Si
les baux sont longs, renouvelés quelquefois de
père en fils, le locataire considère la terre comme
à lui, la soigne, l'entretient, l'améliore, parce
qu'il sait qu'il profitera des améliorations. Ordinairement ces locataires payent exactement, parce
qu'ils craignent que la terre leur soit ôtée, s'ils
négligeaient de payer. Des loyers modérés sont
nécessaires, parce que celui qui se soumet à un
loyer trop cher a souvent l'arrière pensée de mal
payer, ou bien c'est un homme qui ne sait pas
calculer, qui s'expose à faire des pertes, lesquelles
en définitive retombent sur le propriétaire. Avant
tout, recherchez des fermiers honnêtes, vous
aurez plus de chance d'être bien payé, et de ne
pas être trompé.

XVIII.

Des Propriétés Mobilières.

En parlant des prêts et des emprunts, du capital et de la manière de le faire valoir, nous
avons dit ce qu'il y avait de plus essentiel sur la
manière de placer son argent. Ce que nous avons
conseillé en général s'applique aux cas particuliers. Il n'y a pas de règle plus générale que
celle-ci : *Plus le revenu est élevé, moins le capital
est solidement placé.* Donc, il faut se tenir en
garde contre l'appât des gros intérêts. Les États,
les Compagnies, à qui l'on prête, sont des débiteurs de bonne foi, mais qui peuvent faire de
mauvaises affaires. S'ils empruntent à gros intérêt, c'est qu'ils sont gênés, ou qu'ils n'offrent
pas de garanties sûres. Les grands banquiers,
les grands capitalistes peuvent être plus ou moins
bien initiés à la véritable situation de leurs finances; mais le public en général n'en sait rien. Les
journaux, qui devraient lui dire la vérité, ne sont
en général que des instruments de publicité au profit de telles ou telles entreprises qui les ont dans la
main; de sorte que le petit capitaliste qui prend
des actions, des obligations, des effets publics,

s'il ne sait pas juger par lui-même de l'avenir de telle ou telle ligne de chemin de fer, de telle ou telle entreprise industrielle, etc. est exposé à faire souvent de très mauvais placements. Il y en a beaucoup qui, dans cette ignorance de la réalité des choses, préfèrent les placements à gros revenus ; ils agissent alors comme ceux qui mettent à la loterie, et ils espèrent que quelques années de gros intérêts les feront rentrer dans leur capital, et qu'ensuite ils n'exposeront plus que les revenus. Ce sont des chances qui peuvent réussir, mais qui peuvent aussi mal tourner. C'est du jeu, et non pas de la prudence ; et comme ce livre n'est pas fait pour les joueurs, nous n'avons rien à dire de cette manière de faire valoir son argent.

Aux gens qui ne veulent rien donner au hasard, nous dirons : si vous n'avez qu'un capital limité, dont la perte vous ruinerait, ne l'exposez pas dans des fonds publics, dans des actions à gros revenus ; recherchez plutôt des fonds, des actions à revenus modérés ; c'est ceux-là que préfèrent les capitalistes prudents. Vos revenus seront faibles ; économisez, travaillez ; votre travail et votre économie, joints à vos petits revenus, augmenteront petit à petit votre fortune. Beaucoup de gens qui ont quelque argent voudraient vivre sans rien faire, et pour cela il leur faut faire produire à leur argent de plus gros revenus. C'est la source de l'usure, et par suite de la déconsidération. Travaillez, amassez honnêtement votre fortune, vous en jouirez plus tard et avec elle vous jouirez de la considération publique, qu'on n'achète pas avec de l'argent, mais par une longue pratique des lois de l'honneur et de la probité. Ne vous laissez pas éblouir par des fortunes rapidement faites ; les unes sont dues au hasard, un autre hasard peut les renverser ; les autres sont peut-être le fruit de manœuvres déloyales, d'injustices, etc.; vous n'en voudriez pas à ce prix. Songez que ces richesses vous ne les emporterez pas. Un jour viendra où il faudra les laisser, et quand vous vous présenterez les mains vides devant celui qui rétablit toute chose dans la justice, vous aurez un compte terrible à rendre, si vous ne pouvez pas montrer au Juge suprême que vos biens sont uniquement le fruit de vos travaux, et la récompense temporelle d'une vie sage et honnête.

XIX.

Mandats. --- Procurations.

Il arrive souvent que l'on ne peut pas soigner soi-même une affaire spéciale, surtout quand on n'habite pas le lieu où il faut la gérer. Quelquefois, il s'agit d'une affaire qui exige des connaissances spéciales. Quel que soit le motif qui oblige que l'on se rapporte à un autre du soin d'une affaire qui ne le concerne pas personnellement, le choix d'un mandataire mérite réflexion, quand l'objet est important. Les deux conditions indispensables exigées d'un mandataire sont la capacité et la probité; les autres qualités sont l'activité, la prudence, l'exactitude. Pour que le mandataire puisse agir légalement, il doit être muni d'une procuration. Cet acte, passé ordinairement par devant notaire, doit spécifier clairement l'objet pour lequel la procuration est donnée, et indiquer avec détails tous les pouvoirs pour faire les actes que le mandant aurait à faire lui-même s'il conduisait son affaire. Faute d'avoir prévu tous les cas qui peuvent se présenter, une procuration peut devenir insuffisante sur un point très essentiel, et causer des obstacles ou des retards nuisibles.

On est heureux quand on trouve un mandataire réunissant toutes les qualités exigées, et devenant un autre vous-même. Il arrive souvent qu'un tel homme mène une affaire à meilleure fin que celui même qu'elle concerne, parce qu'il la voit avec plus de sang-froid, et que désintéressé dans la question, il n'est pas emporté par son attachement à ses intérêts, et ne s'expose pas à échouer par des prétentions exagérées, ou un entêtement aveugle.

Voici quelques précautions à prendre avec les mandataires. S'ils ont agi contrairement à vos instructions, il faut vous hâter de les désavouer. Quand ils ont fait quelque acte important, ne le ratifiez qu'après mûr examen. Soyez de la plus grande sévérité dans le choix d'un mandataire, car s'il était infidèle, ses actes pourraient avoir pour vous les plus fâcheuses conséquences.

Si un bon mandataire est un homme précieux, il ne doit pas lui-même se charger légèrement d'une affaire qui n'est pas la sienne. Celui qui consent à s'occuper des affaires d'autrui le fait gratuitement ou avec une rémunération. Dans ce dernier cas, son mandat lui crée une position, ou augmente ses ressources, et alors il ne doit pas hésiter à l'accepter, s'il a le temps et la volonté de le remplir consciencieusement. Mais si

le mandat est gratuit, s'il ne l'accepte que par
obligeance, qu'il ne se dissimule pas le travail,
les ennuis, les difficultés, la responsabilité qui
vont naître pour lui. S'il n'a pas d'affaires à lui
qui réclament sont temps et ses soins, il peut
rendre ce service à un ami, à un parent; mais
qu'il réfléchisse bien auparavant, car il ne saurait
prévoir jusqu'où peut l'entraîner ce désir d'o-
bliger. Sans parler des soucis, des sollicitudes,
des démarches, de la correspondance et d'une
foule de détails qui accompagnent une affaire
d'une certaine importance, il s'expose à se créer
des ennemis, à ne pas réussir même au prix de
beaucoup de peines, et par là même à mécon-
tenter celui qu'il a voulu obliger. Car, il ne doit
pas se le dissimuler, s'il réussit, la reconnaissance
sera médiocre ; s'il échoue, on lui en attribuera
la faute, au moins en partie, ouvertement ou en
secret. Est-ce à dire qu'il vaudrait mieux refuser tout mandat ? Non, il faut l'accepter par devoir, par amitié, par charité même, mais sans en
attendre d'autre récompense que le témoignage
de sa propre conscience, et le désir de faire
une chose agréable à celui qui ne laisse pas
sans récompense un verre d'eau donné en son
nom.

Un mandataire gratuit ou rétribué doit obser-

ver certaines règles de conduite ; par exemple :
ne jamais se servir de l'argent de son mandant
pour ses propres affaires ; prendre garde de ne
jamais prendre des engagements en son nom
personnel ; ne contracter que comme mandataire ;
se conformer strictement aux ordres qu'il a reçus, à moins qu'on ne l'ait autorisé à agir à sa
volonté ; tenir son mandant toujours au courant
de ses actes ; quand il traite avec un agent, s'assurer toujours de la réalité des pouvoirs de
celui-ci.

XX.

Contestations. — Procès.

Connaître les droits et les devoirs qui ont leur
source dans la justice, et qui sont réglés par les
lois, c'est un moyen d'éviter les contestations, et
d'avoir la loi pour soi quand un procès injuste vous
est suscité. Nous ne conseillerons jamais d'inten-
ter soi-même un procès, même quand une cause paraît évidemment juste ; le meilleur procès, sans parler des ennuis et des frais qu'il entraîne, ne donne
jamais pleine satisfaction à celui qui le gagne.
Quand on est livré au jugement des hommes, on
est exposé à leurs erreurs, à leurs préjugés, à

leurs fausses appréciations, et quoique les tribunaux n'offrent pas d'exemple de la violation de la
justice, il sera toujours plus prudent d'en venir
à un arrangement quel qu'il soit, plutôt que de
plaider ; parce qu'il est rare que les juges voient
les choses exactement du même œil que les parties, qu'ils creusent une affaire complètement à
fond, et le fissent-ils, les avocats s'évertuent chacun de leur côté pour égarer leur jugement, en grossissant les circonstances secondaires, en atténuant
les importantes, de sorte qu'il faudrait que tous
les tribunaux ne fussent composés que d'hommes
du mérite le plus rare, du jugement le plus sûr,
de l'attention la plus constante, pour que leurs
décisions fussent inattaquables. Or cela ne peut
pas être, et quelles que soient les qualités des
hommes appelés à terminer légalement les contestations des particuliers, leurs arrêts seront
toujours empreints de l'imperfection inhérente à
la nature humaine. Il est donc prudent de prévenir les fâcheuses conséquences d'un procès par
un arrangement tel quel, toutes les fois que le
sacrifice qu'on croit devoir faire n'est pas plus
grand que les plus mauvaises chances à craindre
de la perte d'un procès.

Si, en affaires, on reçoit l'influence d'autres
motifs que ceux de l'intérêt bien entendu, il faut

8

encore éviter les procès, en écoutant les bons
sentiments, tels que l'amour de la paix, la charité,
le souvenir d'anciens rapports, le pardon des in-
jures, et fouler aux pieds les mauvais, tels que
l'amour-propre, le ressentiment, la jalousie, etc.

Malheureusement, il n'est pas toujours possible de se soustraire à la nécessité d'un procès.
On vous l'intente, il faut le subir. Alors, il faut
faire choix d'un bon avocat, d'une capacité reconnue, réputé pour refuser les causes douteuses, ennemi de la chicane; cela se trouve. Vous
lui exposez votre affaire, vous lui confiez tous
les documents qui peuvent l'éclairer, vous lui
dites franchement le fort et le faible, sans réti-
cence, et si c'est un travailleur, il saura vous tirer
le meilleur parti de votre procès. Souvent, en
s'adressant à l'avocat le plus habile, vous allez
à un homme surchargé d'affaires, et vous avez à
craindre qu'il soit dans l'impossibilité de donner
à la vôtre toute l'attention dont elle a besoin.
Dans ce cas, si vous vous sentez capable de
mettre par écrit avec clarté et méthode tous les
points principaux de la contestation, rédigez un
mémoire et mettez-le sous les yeux de votre
avocat. Il vous sera reconnaissant de le soulager
dans son travail excessif; votre mémoire le dis-
pensera de s'arrêter sur les points secondaires

de votre cause, il n'en donnera que plus d'attention aux objets essentiels, et votre collaboration,
qu'il n'aurait pas osé vous demander, l'intéressera
au succès de votre procès, stimulera son zèle,
et il arrivera à l'audience avec des avantages qui
contribueront à vous faire atteindre une issue
favorable.

En général, un avocat qui débute soigne mieux
une affaire; s'il manque d'expérience, il est plus
laborieux dans ses recherches, et il y a souvent
avantage à le prendre pour conseil, et à se l'attacher. Un avocat qu'on consulterait toutes les fois
qu'on aurait une affaire importante à conclure
préviendrait bien des procès, en soignant la rédaction des actes auxquels il donnerait la clarté
nécessaire pour éviter toute équivoque, et dont
il écarterait toutes les clauses qui pourraient
faire naître des contestations. On trouverait probablement de jeunes avocats qui, moyennant une
somme fixe par an, vous assisteraient de leurs
lumières toutes les fois que vous en auriez besoin.

XXI.

Mariage. --- Tutelle. --- Testament.

Notre cadre ne nous permet que de toucher
même légèrement à ces graves matières. Se marier,

marier ses enfants, les élever, partager entr'eux
sa fortune, ce sont les actes les plus importants
de la vie. Avant de les faire, les plus mûres réflexions sont indispensables, et nous ne saurions
donner que des conseils généraux, car les cas
particuliers sont extrêmement divers.

Faut-il se marier ? Oui, si l'on se sent en état
d'entretenir et d'élever une famille. Non, si l'on
n'a que le nécessaire pour soi. Alors, comme le
mariage vaut mieux que le célibat, sauf le célibat
religieux, il faut vivre dans la vue de se marier
plus tard, et faire des économies, pour pouvoir
former un établissement convenable.

Que doit-on rechercher dans le mariage ? Les
qualités personnelles, la santé, et assez de fortune pour que la pauvreté ne vienne pas affliger
le toit domestique, quand les besoins croîtront
avec l'augmentation de la famille.

Légalement, le père et la mère sont tuteurs de
leurs enfants. Le principal devoir de leur vie est
de les élever chrétiennement, de leur donner de
bons exemples avec de bons principes, de leur
procurer une éducation proportionnée à leur position sociale, de les initier à la lutte de la vie
en leur en faisant connaître les devoirs et les
dangers. L'avenir des enfants doit être l'objet
constant des pensées et des travaux des parents,

au prix même des sacrifices. Que jamais les plaisirs, les passions, l'intérêt ne fassent perdre de
vue ce premier des devoirs du mariage.

Si l'on devient tuteur d'orphelins, et la loi ne
permet pas qu'on refuse cette charge, on doit
soigner leur éducation et leurs intérêts comme
ceux de ses propres enfants. C'est tout dire.

De bonne heure, sans attendre la maladie ou
la vieillesse, songez à régler vos affaires pour le
cas de mort, car la mort vient plus tôt qu'on ne
l'attend, et elle n'avertit pas. Si vous avez des
enfants, le partage égal entr'eux est celui qui
conserve le mieux la paix dans votre famille. Si
vous n'en avez pas, n'oubliez pas vos parents
dans le besoin. Laisser aux plus riches, c'est
une indice d'attachement excessif à ses biens,
dont on ne voudrait pas se séparer, et qu'on veut
conserver intacts en les donnant à celui qui paraît
le plus propre à ne pas les dissiper. Ce sentiment en présence de la mort, n'est pas chrétien.
Que vos biens vous servent à faire du bien, à vos
proches d'abord, à ceux qui vous ont rendu des
services, et à votre prochain en général.

Des trois formes de testament que la loi a
établies, la plus sûre est le testament authentique, devant un notaire et quatre témoins ; mais
si l'on veut tenir ses dispositions secrètes, on

8.

peut se servir du testament sous forme mystique, ou simplement du testament olographe. Le testament sous forme mystique doit être au moins signé du testateur qui le cachète de son cachet, et qui le remet au notaire en présence de six témoins. C'est une forme sûre, mais accompagnée de formalités, qui rebutent ceux qui ne veulent pas même faire savoir qu'ils font leur testament. Ceux-là ont recours au testament olographe, qui doit être écrit en entier, daté et signé de la main du testateur, à peine de nullité. Il est bon de remettre ce testament à un notaire, à un ami sûr, car il est très exposé à s'égarer ou à être anéanti par ceux qui auraient intérêt à le faire disparaître. En écrivant son testament olographe, on doit avoir soin de le faire lisiblement, de ne pas laisser d'expressions équivoques, d'approuver toute rature et surcharge, et surtout de de ne pas oublier de dater et de signer.

XXII.

Résumé. — Règles générales pour mener à bien ses affaires.

Les règles suivantes résument, sous une forme concise et claire tous les conseils qui composent ce livre. Nous les empruntons, en très grande partie à un homme qui a acquis une grande célébrité en Amérique, et même en Europe, par l'habileté qu'il a déployée dans les affaires, et par le succès de la plupart de ses opérations. Arrivé à une immense fortune, il a le droit de dire : Voilà ce que j'ai fait ; faites de même.

1. Choisissez le genre d'affaires qui convient le mieux à votre caractère et à vos inclinations naturelles.

II. Que votre parole soit toujours sacrée.

III. Quoi que vous fassiez, appliquez-y toutes les ressources de votre esprit et de votre intelligence.

IV. Soyez sobre. Abstenez-vous de l'usage des liqueurs fortes.

V. Espérez toujours le succès dans vos affaires, mais prenez garde que vos espérances ne se fondent pas sur de pures illusions.

VI. Ne vous occupez que d'une seule affaire, suivez-la avec fermeté, et ne l'abandonnez qu'après mûre réflexion. Eparpiller ses facultés, ses ressources, c'est les gaspiller.

VII. Choisissez de bons employés.

VIII. Faites de la publicité. La meilleure affaire qui n'est pas connue ne réussit pas, à moins que par sa nature, elle n'ait pas besoin de publicité.

IX. Evitez les dépenses folles, et ne dépensez pas tout votre revenu, si vous pouvez le faire sans de trop grandes privations.

X. Ne comptez pas sur les autres ; ne comptez que sur vous seul.

A ces règles de conduite qui sont assez claires pour se passer d'explications et de preuves, et dont l'expérience a démontré l'utilité, nous joignons quelques axiomes de droit qu'on ne doit jamais perdre de vue, et qui, une fois gravés dans la mémoire, doivent servir de bases fondamentales à toutes les actions importantes de la vie.

1. Le titre qui est sans valeur à l'origine ne peut pas devenir valide par le laps de temps.

2. Un droit personnel s'éteint par la mort de la personne.

3. La loi ne contraint pas à faire l'impossible.

4. On ne peut pas être poursuivi deux fois pour une seule et même cause.

5. Qui peut le plus, peut le moins.

6. La loi est en faveur des choses qui sont sous la protection de la loi.

7. Le mari et la femme ne font qu'un.

8. Lorsque deux titres sont en concurrence, le plus ancien l'emporte sur le plus récent.

9. Les accords font la loi.

10. Celui qui retire les avantages d'une affaire, doit en supporter les charges.

11. Quand l'équité est égale de part et d'autre, c'est la légalité qui l'emporte.

12. La fraude ne saurait créer un droit.

13. Cacher la fraude, c'est fraude.

14. Un acte non fondé en droit ne peut produire un profit légitime.

15. La loi assiste ceux qui veillent et non ceux qui dorment sur leurs droits.

16. L'ignorance de la loi n'excuse personne.

17. Celui qui ne fait pas d'opposition quand il le pourrait, semble consentir.

18. Quand deux lois paraissent se contredire, celle qui émane d'un pouvoir supérieur l'emporte sur l'autre ; la loi spéciale sur la loi générale, la loi nouvelle sur la loi ancienne, la loi de Dieu sur la loi de l'homme.

Les conseils qui composent cette première partie auraient pu recevoir de plus grands développements, mais ils nous ont semblé suffisants, dans leur brièveté, pour guider sûrement les personnes sensées, honnêtes, intelligentes et réfléchies qui les méditeront. Ils sont le fruit d'une longue expérience, et ceux qui les observeront arriveront, avec l'aide de Dieu, si non à une grande fortune, qui est rarement un bonheur, au moins à l'aisance, à cette *aurea mediocritas* qui n'exempte pas, il est vrai, de toutes les peines de la vie, mais qui en écarte les plus pénibles à supporter. Quoi qu'il fasse, l'homme ne pourra jamais se soustraire à la maladie, à la mort, à la perte des êtres chéris, à la vue de leurs souffrances ; mais, s'il se conduit avec la sagesse qui est recommandée dans ces pages, il a toutes chances d'éviter la pauvreté, la misère, le dédain, le mépris et le déshonneur ; et quoique rien ne soit préférable au témoignage d'une bonne conscience, il pourra de plus jouir de la considération de ses concitoyens, non pas de cette considération apparente qui semble s'attacher à la richesse, mais de cette considération réelle et fondée sur l'estime, qui ne s'acquiert pas avec de l'argent, mais par l'observation constante des lois de la justice et de l'honneur pendant une vie entière.

FIN DE LA PREMIÈRE PARTIE.

GUIDE PRATIQUE

POUR

LES AFFAIRES

SECONDE PARTIE

MODÈLES D'ACTES SOUS SEING-PRIVÉ

Instructions générales.

Les actes sous seing-privé sont ceux que les parties font elles-mêmes, pour régler leurs affaires. Pour être produits en justice, ils doivent être enregistrés. C'est l'enregistrement qui leur donne une date certaine, ou bien la mort d'une des parties qui les ont signés. Ils doivent être datés, faits en autant d'originaux qu'il y a de parties ayant un intérêt distinct. Les signatures doivent

être précédées de ces mots *approuvé* ou *approuvé
l'écriture* quand celui qui signe n'a pas écrit le
corps de l'acte. On trouvera d'ailleurs les règles
essentielles des actes sous seing-privé au Code
Napoléon, articles 1322 et suivants.

La rédaction des actes sous seing-privé est
une chose très importante, et si les parties qui
contractent ne se sentent pas parfaitement capables d'exprimer bien clairement leurs conventions,
elles doivent s'adresser, au moins pour les actes
de grand intérêt, à des personnes de confiance
ou à des hommes d'affaires, pour ne pas s'exposer
plus tard à des difficultés résultant des expressions ou des phrases obscures qui prêtent à des
interprétations diverses.

On doit observer de ne rien mettre de superflu
dans les actes, de ne rien y oublier d'essentiel,
et de ne pas chercher à tout prévoir, ce qui est
impossible. Ce qui n'aura pas été prévu sera
réglé par la loi ou par la justice.

Il y a des inconvénients à vouloir mettre trop
de choses dans les actes, car alors on paraît avoir
prévu tous les cas, et les omissions qu'on aura
pu faire seront interprétées dans un sens contraire
à celui qu'on aura eu en vue, parce qu'on pourra
dire : Vous avez stipulé avec de grands détails
toutes les chances dont vous étiez convenus ; or,

vous n'avez pas exprimé celle-là, donc vous n'en étiez pas convenus. Au contraire si l'on n'exprime que les choses essentielles, il s'en suit que les autres seront réglées par la loi ou les usages qui sont toujours conformes à l'équité. Par exemple, si vous faites sous seing-privé un acte de bail à loyer, et si vous n'y indiquez que le prix du bail, son commencement et sa durée, vous avez dit tout ce qui était essentiel, et le reste a la loi ou les usages des lieux pour règle. Au contraire, si vous écrivez minutieusement une foule de conditions particulières, ce sera souvent la plus importante qui vous aura échappé.

Formules générales.

Tout acte sous seing-privé doit commencer par exprimer quelles sont les personnes qui le font, leurs noms, prénoms, profession, domicile ; par exemple :

Je soussigné, Pierre Joseph Gauthier, marchand de meubles, demeurant et domicilié à Lyon, rue Grenette, n° 5, déclare, etc.

Et s'il y a plusieurs contractants :

Entre les soussignés, Dominique Ignace Leroy, menuisier, demeurant à Paris, rue des Bons-Enfants, n° 6, d'une part ;

9

*Et d'autre part, Louis Ambroise Colin, mar-
chand de bois, demeurant et domicilié à Auxerre,
grande rue, n° 8 ;*

Il a été convenu ce qui suit :

Ces formules étant bien faciles à suivre, ou à
modifier suivant le besoin, nous ne les répèterons
pas à chaque modèle d'acte ; il nous suffira d'indiquer les clauses principales, qui devront toujours être précédées d'un préambule, destiné à
exprimer les qualités et domicile des personnes.

Quelquefois, il y a utilité à indiquer d'une
manière générale quel est le but de l'acte, par
exemple.

*Les soussignés.... voulant mettre un terme à leur
contestation....*

Ou bien :

Le soussigné voulant pourvoir aux besoins de....

Ou encore :

*Le soussigné, pour remplir l'obligation que la loi
lui impose....*

Le *corps de l'acte* contient l'objet même des
stipulations. Si elles sont nombreuses, on peut les
diviser par *articles* ou simplement par 1°, 2°, 3°,
etc. Cette division aide beaucoup à la clarté. Le
plus souvent, les premiers articles contiennent
les clauses principales, et les derniers les accessoires.

Voici comment on peut terminer les actes sous seing-privé :

Ainsi fait et convenu en double (ou triple, etc.) original, à Rouen le quatre mai mil huit cent soixante-six.

Puis viennent les signatures, précédées des mots *lu et approuvé*, ou *approuvé l'écriture*, ou simplement *approuvé*.

Remarquez que la date doit toujours être en toutes lettres et non pas en chiffres, et qu'elle doit indiquer le lieu, le jour, le mois et l'année.

On peut encore terminer ainsi :

Fait double (ou triple, ou quadruple, etc.) à Amiens le vingt avril mil huit cent soixante-six.

Quand l'acte est fait par une seule personne, il suffit qu'elle mette la date et qu'elle signe, si c'est elle qui l'a écrit. Si ce n'est pas elle, sa signature doit être précédée des mots *approuvé* ou *approuvé l'écriture*.

Quand l'acte est un pouvoir, la signature doit être précédée des mots *bon pour pouvoir*.

Si c'est une promesse de payer, il est nécessaire que la signature soit précédée des mots *bon pour la somme de....* La somme doit être en toutes lettres.

Tous les mots *approuvé, bon pour....* doivent être de la main de celui qui signe.

D'après l'article 1326 du Code Napoléon, les marchands, artisans, laboureurs, vignerons, gens de journée et de service, sont exceptés de l'obligation de mettre les mots *approuvés ou bon pour...* avant leur signature. Leur signature toute seule est suffisante pour la validité de l'acte.

Ces observations générales étant bien comprises, devront être appliquées aux actes dont nous allons donner les modèles. L'intelligence des lecteurs suppléera sans peine aux détails qui seront particuliers à chaque affaire.

Pour aider à la rédaction de ces actes, et pour les rendre plus conformes aux lois, nous indiquerons les numéros des articles des codes qui s'y rapportent. Après les avoir consultés, on aura toutes les lumières nécessaires pour régler les conventions avec équité, précision et clarté.

Tous les actes sous seing-privé doivent être faits sur papier timbré. Les personnes qui veulent faire usage de ces actes écrits sur papier non timbré, sont obligées de les présenter aux receveurs de l'enregistrement, pour être visés pour droit de timbre ; alors elles sont tenues d'acquitter le droit de timbre, et de payer une amende pour la contravention à la loi.

Les actes sous seing-privé obligent ceux qui les signent ; une simple lettre suffit même pour

lier celui qui l'écrit. Mais il faut observer, en
général, que 1° on ne peut rien demander en
justice sur ces actes, à moins qu'ils ne soient
enregistrés. * Il faut en excepter les billets à
ordre , lettres-de-change et autres effets de
commerce.

2° Ils ne font foi que lorsque la partie qui les a
signés les a reconnus et avoués, soit en justice,

---

* On appelle *enregistrement* et autrefois contrôle, l'inscription des actes sur un registre *public* destiné à cet usage ; il
sert à rendre leur date certaine, et à prévenir le faux. On peut
passer un acte sous seing-privé sans le faire enregistrer, et
le défaut d'enregistrement n'entraîne point sa nullité ; mais il
faut observer que la date de cet acte, d'après l'article 1328 du
Code Napoléon, n'est reconnue en justice pour certaine ou que
cet acte n'a d'effet contre les tiers que du jour où il a été enregistré, ou du jour de la mort de celui ou de l'un de ceux qui
l'ont souscrit, ou du jour où sa substance est constatée dans
un acte dressé par un officier public, tel que procès-verbal de
scellé ou d'inventaire ; et la raison, c'est qu'il dépend toujours des parties qui signent un pareil acte, de l'antidater.

Les actes sous signature privée, qui portent transmission
de propriété ou d'usufruit de biens immeubles ; les baux à
ferme ou à loyer, sous-baux, cessions et subrogations de baux,
et les engagements de biens de même nature, doivent être
enregistrés *dans les trois mois de leur date*, sous peine du
double droit d'enregistrement.

soit devant un notaire, ou lorsqu'ils ont été reconnus par un jugement.

3° On ne peut contraindre la partie qui refuse de l'exécuter, qu'après un jugement qui l'y condamne.

4° On ne peut stipuler la convention d'hypothèque dans un acte sous seing-privé ; les actes de notaires sont les seuls dans lesquels on puisse valablement stipuler la convention d'hypothèque. Mais quand un écrit sous seing-privé a été tenu pour reconnu par un jugement, le créancier peut, à défaut de paiement de l'obligation, et après son échéance ou son exigibilité, prendre un inscription hypothécaire sur les biens du débiteur.

5° Les billets portent intérêt du jour que la demande de paiement a été formée en justice.

Tous les actes doivent, à peine de nullité, être écrits en un seul et même contexte, lisiblement, sans abréviations, blanc, lacune, ni intervalle. Ils doivent énoncer en toutes lettres les sommes et dates, afin d'éviter les abus qui pourraient résulter de la facilité à dénaturer les actes, et à surcharger principalement les dates et les sommes qui ne seraient portées qu'en chiffres. Pour éviter les abus qu'on pourrait faire des signatures, on doit aussi observer de signer près du dernier mot qu'on a écrit.

Il ne doit y avoir dans un acte, ni interligne, ni addition, et les mots surchargés, interlignés ou ajoutés sont nuls. Si on est obligé de faire des ratures dans un acte, elles doivent être faites par un seul trait de plume ou de barre, passant sur les mots qu'on veut rayer, afin de pouvoir les distinguer et compter facilement le nombre de ces mots dont on doit faire mention au bas de l'acte, et approuver la rature, à peine de nullité.

Les renvois et apostilles, qu'on est quelquefois obligé de faire dans un acte, doivent être placés en marge de l'acte ; ils doivent être signés ou paraphés par les parties, à peine de nullité des dits renvois et apostilles. Si un renvoi est trop long pour être écrit en marge, il peut être transporté à la fin de l'acte ; mais dans ce cas il doit être non seulement signé ou paraphé comme les renvois écrits en marge, mais encore expressément approuvé par les parties, à peine de nullité du renvoi.

Toutes les parties intéressées dans l'acte doivent le signer, et signer tous les originaux qui en sont faits. Si quelques-unes des parties qui ont un intérêt distinct dans un acte ne le signent pas, l'acte est radicalement nul, et toutes peuvent exciper de la nullité ; mais cette nullité peut se couvrir par une signature donnée ensuite par les parties qui auraient omis ou refusé d'abord de signer tous les originaux.

Enfin les actes sous seing-privé, reconnus ou tenus pour reconnus, font foi non seulement contre ceux qui les ont souscrits, mais aussi contre leurs héritiers, leurs successeurs et ayants-cause.

De la Capacité des Parties contractantes.

Suivant les dispositions de l'article 1123 du Code Napoléon, toute personne peut contracter, si elle n'est pas déclarée incapable par la loi. Or, toute personne qui peut contracter, peut passer acte sous seing-privé.

L'article 1124 du Code Napoléon déclare incapables de contracter les *mineurs*, les *interdits*, les *femmes mariées* dans les cas exprimés par la loi, et généralement tous ceux à qui la loi a interdit certains contrats.

Du Consentement.

Le *consentement* est le fondement de toutes es conventions : dans le contrat de vente, il doit être mutuel. Il faut que le vendeur et l'acheteur aient accepté le marché ; jusqu'alors chacun peut se rétracter. Quand l'un et l'autre ont été d'accord

sur la chose et sur le prix, si l'un refuse d'exécuter, l'autre peut l'y forcer, pourvu toutefois
qu'il prouve la convention : à défaut de preuve,
celui qui refuse est cru à son serment.

La promesse de vente vaut vente, lorsqu'il y a
consentement réciproque des deux parties sur la
chose et sur le prix ; et le vendeur est obligé de
délivrer la chose vendue, comme l'acheteur à la
payer (art. 1589 du Code Napoléon).

Le consentement, sans lequel il n'y a point de
convention, ne peut être valable, s'il n'a été
donné que par *erreur*, ou s'il a été extorqué par
violence, ou surpris par *dol* (art. 1109 du Code
Napoléon).

Des *arrhes*. Quelquefois, pour mieux assurer
l'exécution de la promesse de vente, on donne
des arrhes ; tantôt c'est le vendeur qui les
demande, craignant qu'on ne lui laisse sa marchandise ; tantôt l'acheteur les veut donner pour
mieux lier celui qui les reçoit, et former une
preuve de la convention. Quelquefois l'on donne
des arrhes pour tenir lieu de dédommagement
en cas d'inexécution : mais il faut que les parties
en soient convenues. L'intention que les parties
ont eue en les donnant règle les contestations
qu'elles peuvent faire naître.

Lorsque les parties n'ont fait aucune convention

9.

particulière sur le sort des arrhes, leur effet est toujours d'obliger celui qui les a données à les perdre, s'il n'exécute pas la vente ; ou celui qui les a reçues, à rendre le double, si c'est lui qui manque au marché (art. 1590 du Code Napoléon).

MODÈLES

D'Actes sous Seing-privé.

———◦◦◦———

DU MARIAGE.

Livre I, Titre V du Code Napoléon.

Consentement au Mariage.

Le soussigné. . . Déclare consentir au mariage de son fils, Jean Louis Granier, avec mademoiselle Louise Eugénie Barrot, fille de M. Pierre Barrot, et de dame Adélaine Vergier.

Autre.

Les soussignés. . . mariés, consentent au mariage de leur fille Louise Eugénie Barrot avec le sieur Jean-Louis Granier.

Autre.

Le soussigné. . . aïeul paternel du sieur Augustin Bernard. . . déclare consentir, à défaut de ses père et mère décédés, à son mariage avec la demoiselle Amélie Rougier.

Ces actes doivent être enregistrés avant d'être fournis à l'officier de l'État-Civil.

Fournitures d'Aliments.

Je soussigné. . . m'engage à servir à mon père. . . un pension mensuelle de. . . francs, payables d'avance, pour accomplir l'obligation que la religion, la nature et la loi s'accordent à m'imposer pour assurer son existence.

Autorisation du mari à la femme.

Je soussigné. . . Autorise mon épouse, Jeanne-Marie Rouvière, à ester en jugement, dans l'affaire de. . .

Ou bien, à donner quittance de la somme de. . . qu'elle doit toucher à titre de. . .

TUTELLE.

Livre I, Titre X du Code Napoléon.

Compte sommaire des Biens d'un Mineur.

Le soussigné. . . Tuteur de. . . voulant s'assurer si son pupille a des revenus suffisants pour son entretien et son éducation, a fait le compte suivant :

Recettes. Loyer d'une maison sise à. . . F.

Rentes sur l'État. . . . .

Créance sur M. . . . . .

Total des Recettes. F.

Dépenses. Logement, Nourriture, Habillements, etc. . . . . . F.

Éducation. . . . . . .

Total des Dépenses. F.

Il résulte de ce compte que les dépenses excèdent les recettes de . . . . F.

Affirmé la sincérité de ce compte sommaire.

A. . .   le. . .

Compte de Tutelle.

Je soussigné. . .   Tuteur de. . .

Ai dressé le compte suivant de la gestion de la tutelle, depuis le. . .   où mes fonctions ont commencé jusqu'au. . . jour de la majorité de mon pupille.

Détailler toutes les recettes importantes avec leur date, indiquer mois par mois, ou année par année, les dépenses ordinaires d'entretien et d'éducation, et date par date les dépenses extraordinaires, et présenter le résultat final qui doit consister en une somme placée ou disponible, ou bien indiquer le déficit, s'il existe.

Duquel compte il résulte que je tiens à la disposition de mon pupille la somme de. . .   *ou bien* que mon pupille m'est redevable de la somme de. . .   *ou bien* qu'il est dû à diverses personnes la somme de. . .

Approbation d'un Compte de Tutelle.

Je. . .   ayant reçu de M. . .   mon tuteur, son compte de gestion et de tutelle, après l'avoir examiné attentivement, déclare que je l'ai trouvé parfaitement exact, et je lui exprime ici mes remercîments pour les soins dévoués qu'il a eus pour ma personne et pour mes biens.

SUCCESSIONS.

Livre III, Titre I du Code Napoléon.

Inventaire d'une Succession faite entre les Héritiers.

Nous. . . héritiers de. . . ayant résolu de procéder à l'inventaire de la succession, avons reconnu qu'elle se composait des biens meubles et immeubles suivants :

Biens-Meubles.

Argent monnayé. *Mettre les sommes.*

Bijoux. *Les indiquer en détail, ainsi que tous les autres objets désignés.*

Argenterie.

Titres de placements de fonds. *Indiquer leur nature, si ce sont des placements sur les particuliers, sur les entreprises industrielles, sur les États, si les titres sont au porteur ou nominatifs, etc.*

Meubles meublants. Lits, chaises, fauteuils, canapés, tables, etc., etc.

Meubles d'ornement. Tableaux, vases, pendules, etc.

Instruments de musique, pianos, etc.

Vaisselle, batterie de cuisine.

Linge de corps, de lit, de table.

Matelas, paillasses, couvertures, etc.

Matériel relatif à la profession.

Biens immeubles.

Une maison, sise à. . .   rue. . .   n°. . .
d'une superficie de. . .   mètres carrés, avec. . .
étages couverts en. . .

Une maison de campagne sise à. . .   quartier
de. . .   dont les bâtiments se composent de l'habita-
tion de maître, d'une ferme et de ses dépendances, et
des terres d'une contenance de. . .   savoir. . .
hectares en terres arables, et. . .   hectares en
jardins, bosquets, pièces d'eau, allées, etc.

Une terre plantée en vigne située à. . .   quartier
de. . .   de la contenance de. . .   hectares. . .
ares. . .   centiares.

Une prairie sise au bord de la rivière de. . .
de la contenance de. . .   hectares.

Ainsi fait et arrêté entre nous à. . .   le. . .

Partage.

Les soussignés Louis Roudier, Ambroise Roudier,
Désiré Renard et Auguste Renard, les deux premiers
fils et les deux derniers petits fils, par leur mère, de feu
Jérôme Roudier, voulant partager à l'amiable la succession de leur père et grand' père, sont convenus de ce qui
suit :

ARTICLE 1. La portion de Louis Roudier se composera de la maison, rue. . .   évaluée à la somme de
vingt mille francs, sur laquelle il aura à payer une soulte
de quatre mille francs.

ART. 2. La portion d'Ambroise Roudier se composera de la terre au quartier de. . . évaluée dix mille francs, de quatre mille francs qui lui seront comptés par son frère Louis, et de deux mille francs qu'il aura à recevoir de ses neveux Désiré et Auguste Renard.

ART. 3. La portion de Désiré et Auguste Renard se composera de la vigne au quartier de. . . évaluée à huit mille francs, et d'une créance de dix mille francs, sur laquelle ils paieront deux mille francs à Ambroise Roudier.

ART. 4. Les frères Désiré et Auguste Renard se partageront comme ils l'entendront la vigne et la créance de dix mille francs, qui leur obviennent dans le présent partage.

ART. 5. Il sera fait trois lots du mobilier, des bijoux, de l'argenterie, lesquels lots seront tirés au sort. Celu qui obviendra aux frères Renard, sera partagé entr'eux deux comme ils l'entendront.

ART. 6. Moyennant l'exécution des conventions ci-dessus, les co-héritiers se tiennent mutuellement quittes, et renoncent à toute réclamation relative à l'héritage de leur père et grand' père.

Fait en triple original, à. . .

TESTAMENTS.

Livre III, Titre II du Code Napoléon.

Testament qui établit un légataire universel.

Je soussigné. . .

Lègue à M. Honoré Vallier, mon neveu, tous les biens meubles et immeubles que je possède, sans aucune exception.

Testament d'un mari en faveur de sa femme.

Je soussigné. . .

Lègue à mon épouse, Marie-Thérèse Audin, la totalité de mes biens meubles et immeubles, en toute propriété.

Ou s'il y a des enfants.

Je lègue à mon épouse tout ce dont la loi me permet de disposer en sa faveur.

Ou bien.

Je lègue à mon épouse le quart de mes biens en propriété, et le quart en usufruit.

Ou bien, s'il y a des enfants d'un premier lit.

Je lègue à mon épouse une part d'enfant.

Testament d'un père.

Je lègue à mes enfants la totalité de ma fortune, avec réserve de la jouissance de la moitié des revenus de mes biens en faveur de leur mère.

Autre.

Je lègue à chacun de mes enfants une part égale de ma fortune, à la réserve d'une somme de. . . à prélever avant tout partage, comme préciput et hors part, en faveur de mon fils aîné, qui m'a aidé par son travail à élever le reste de ma famille.

Autre.

Je dispose de tous mes biens en faveur de mes enfants. de la manière suivante :

Je lègue à mon fils aîné ma maison de campagne sise à. . . avec toutes les terres qui y sont annexées.

Je lègue à ma fille aînée la somme de. . .

Je lègue à mon second fils, ma maison sise à. . . rue. . .

Je lègue à ma seconde fille la somme de. . .

Les sommes léguées à mes filles leur seront payées, 1o par égale part sur les sommes d'argent, ou titres d'effets publics, d'actions ou d'obligations existant à mon décès ; 2o le surplus, toujours par égale part, à ma fille aînée par mon fils aîné, et à ma seconde fille par mon second fils, avec hypothèque sur les immeubles que je lègue à ceux-ci respectivement.

Il sera fait des lots égaux de mes meubles, bijoux, argenterie, etc., lesquels lots seront tirés au sort entre mes quatre enfants.

Testament d'une femme en faveur de son mari.

Je lègue tout ce que je possède à mon bien-aimé mari,

sans autre réserve que ce que la loi alloue à mon père et
à ma mère, s'ils sont encore vivants à l'époque de ma
mort.

Je m'en rapporte à l'amour de mon mari, pour faire
dire des messes pour le repos de mon âme.

Testament d'un homme qui n'a ni femme ni enfants.

Étant moi-même l'artisan de ma fortune, et ne devant
rien à mes parents qui ne me regardaient pas tant que
j'ai été pauvre, et qui ne se sont rapprochés de moi que
quand ils m'ont cru riche, je lègue tous mes biens aux
hospices de ma ville natale, aux conditions suivantes :

Il sera servi une pension viagère de mille francs à mon
petit-cousin A. qui s'est toujours bien conduit sans pouvoir arriver à l'aisance ; une autre pension viagère de
mille francs à B. ma servante, qui m'a soigné dans mes
maladies, même quand elle n'avait rien à attendre de moi.

Il sera dit cent messes basses le plus tôt possible dans
l'année de mon décès, et une grand' messe chaque année
le jour anniversaire de ma mort. A cet effet je lègue à la
fabrique de Saint-P. ma paroisse, la somme de deux cent
francs pour les cent messes basses, et une somme de
quinze cents francs sur le revenu de laquelle la fabrique
prendra les frais de la grand' messe annuelle.

Compte d'un exécuteur testamentaire.

Le soussigné Paul Imbert, nommé exécuteur testamentaire par testament de feu Jacques Montholon, rend

compte de sa gestion aux héritiers du dit, MM. Joseph et Gustave Thomas.

Il a été trouvé à la mort du testateur une somme de. . . . . F.

Le produit de la vente du mobilier, hardes, etc. a été de. . . . .

Dont le total est de. . . . .

Le comptable a payé :

A M. le Juge de Paix pour apposition et levée des scellés. . . . .

Au commissaire-priseur pour la vente du mobilier. . . . .

Au receveur de l'enregistrement, pour les droits de succession. . . . .

Au sieur Louis Nicolas, pour le legs à lui fait par le testateur. . . . .

Total. . . . .

Il reste disponible la somme de. . . . . .

Arrêté de compte d'un exécuteur testamentaire.

Les soussignés, vu le compte à eux rendu de sa gestion par le sieur Paul Imbert, exécuteur testamentaire nommé par testament de feu leur parent Jacques Montholon, d'après lequel le dit exécuteur testamentaire reste reliquataire d'une somme de. . . ont reconnu le dit compte exact. De plus ils lui donnent décharge de la dite somme de. . . qu'il leur a comptée.

Ratification d'un majeur d'un acte fait par lui pendant qu'il était mineur.

Je soussigné reconnais que la cession de ma créance sur B. de la somme de cinq cents francs que je lui ai faite le. . . époque où je n'avais pas encore atteint ma majorité, a été légitimement faite, et je viens par le présent la ratifier et lui donner une pleine validité.

CONTRATS OU OBLIGATIONS.

Livre III, Titre III du Code Napoléon.

Du Prêt.

Le *prêt* est un acte par lequel une des parties livre à l'autre une ou plusieurs choses, à la charge par cette dernière, de les lui rendre en même nombre, espèce et qualité.

L'obligation qui résulte d'un prêt en argent n'est toujours que de la somme numérique énoncée au contrat. S'il y a eu augmentation ou diminution d'espèces avant l'époque du paiement, le débiteur doit rendre la somme numérique prêtée, et ne doit rendre que cette somme dans les espèces ayant cours au moment du paiement (art. 1895 du *Code*). Si ce sont des lingots ou des denrées qui ont été prêtés, quelles que soient l'augmentation ou la diminution de leur prix, le débiteur doit toujours rendre la même quantité et qualité, et ne doit rendre que cela (art. du *Code*, 1897).

Le prêteur ne peut pas redemander les choses prêtées avant le terme convenu. S'il n'a pas a été fixé de terme pour la restitution, le juge peut accorder à l'emprunteur un délai suivant les circonstances. (art. 1899 et 1900 du *Code*).

Si l'emprunteur ne peut pas rendre les choses prêtées, en même quantité, qualité, et au terme convenu, il est tenu d'en payer la valeur, eu égard au temps et au *lieu* où *la chose devait* être rendue d'après la convention. Si ce temps et ce lieu n'ont pas été réglés, le paiement se fait au prix du temps et du lieu où l'emprunt a été fait (art. 1903 du *Code*). Enfin, si l'emprunteur ne rend pas les choses prêtées ou leur valeur au terme convenu, il en doit l'intérêt du jour de la demande en justice (art. 1904 du *Code*).

Obligation simple pour argent dû.

Je soussigné L. . . reconnais devoir à **M. B.** . . la somme de. . . pour. . . *(exprimer la cause)*; laquelle somme je promets et m'oblige à lui rendre avec intérêts, à raison de cinq pour cent par an, *ou sans inté-*

rêts, le. . . ou à sa première réquisition, en un seul paiement. A Paris.

Autre.

Je soussigné L. . . reconnais devoir à M. . . la somme de. . . pour. . . laquelle je promets et m'engage lui rembourser dans un an de ce jour, avec intérêts à cinq pour cent, en quatre payements égaux, de chacun. . . dont le premier s'effectuera le. . . le second le. . . le troisième le. . . le quatrième et dernier le. . . A. . . ce. . .

Caution simple pour le paiement d'une somme.

Je soussigné H. . . promets et m'engage en mon nom personnel, comme caution de M. G. . . de payer à M. E. . . la somme de. . . que le dit M. G. . . lui doit en vertu d'une obligation sous seing-privé, en date du. . . payable le. . . dans le cas où le dit M. G. . . n'effectuerait pas le paiement de la dite obligation au temps fixé ; renonçant au bénéfice de discussion préalable, et déclarant n'entendre en rien profiter quant au présent cautionnement.

Caution solidaire pour le paiement d'une somme.

Je soussigné H. . . promets et m'engage en mon nom personnel, comme caution solidaire de M. G. . . de payer à M. E. . . la somme de. . . que le dit M. G. . . lui doit en vertu d'une obligation sous seing-privé, en date du. . . payable le. . . dans le cas où le dit M. G... n'effectuerait pas le paiement de la dite obligation au temps fixé ; renonçant au bénéfice de discussion, et déclarant n'entendre en rien profiter quant au présent cautionnement.

Convention avec plusieurs cautions solidaires pour paiement.

Entre nous soussignés L... d'une part ;
Et D... d'autre part ;
A été convenu de ce qui suit, savoir :
Moi L... porteur d'une obligation de la somme de... souscrite par le sieur D... sous la date du... exigible de ce jour, consent par le présent, accorder au dit sieur D... un nouveau délai de paiement de trois mois, et annuler la dite obligation, qui sera remplacée par le présent ; à condition que le dit sieur D... me tiendra compte, à partir de ce jour jusqu'à celui de l'échéance, des intérêts de la dite somme de... à raison de cinq pour cent par an, et qu'il me donnera pour caution solidaire de la dite somme de... deux personnes solvables.

Ce à quoi le dit D... a consenti, et a de suite présenté les sieurs B... et G... que j'ai acceptées ; lesquels ont déclaré se rendre et constituer par le présent cautions solidaires du dit sieur D... envers moi L... pour le paiement de la somme de... et des intérêts de la dite somme, dans trois mois de ce jour, dans le cas où le dit sieur D... n'effectuerait pas ce paiement à cette époque : renonçant les dits sieurs B. . . et G. . . au bénéfice de discussion, dont ils n'entendent en rien profiter quant au présent cautionnement.

Fait et signé quadruple, à. . . ce. . .

Obligation solidaire pour payement.

Nous soussignés J. . . et L. . . reconnaissons devoir à M. G. . . la somme de. . . pour. . . (désigner l'objet), qu'il nous a fourni à tous deux conjointement ; laquelle somme de. . . nous promettons et nous nous obligeons solidairement l'un pour l'autre de payer, dans un mois de ce jour, au dit M. G. . . avec les intérêts, à raison de cinq pour cent par an.

Acte de Cautionnement.

Entre les soussignés R. et S.

Il a été convenu ce qui suit :

R. se rend caution envers S. du payement d'une somme de mille francs que T. a empruntée au dit S. suivant son obligation sous seing-privé de ce jour.

En conséquence R. s'engage envers S. dans le cas où T. ne serait pas exact à lui rembourser les mille francs qu'il lui a prêtés, de les lui payer lui-même, aux termes et conditions stipulées avec T., mais seulement après discussion préalable des biens de T.

Ou bien : R. renonce au bénéfice de discussion préalable.

Fait double...

10

Acte de Cautionnement avec Obligation solidaire.

Entre les soussignés A. B. et C.

Il a été convenu ce qui suit :

A. reconnaît devoir à B. la somme de mille francs que B a consenti à lui prêter et qu'il lui a ici même comptée en espèces, mais à la condition que A. lui présenterait une caution solvable qui s'engagerait solidairement avec lui.

En conséquence A. présente à B. qui l'accepte, C. comme caution, et C. s'engage à payer à B. dans le cas où A. ne payerait pas les mille francs prêtés, à les payer lui-même, en principal, intérêt, et accessoires, et C. renonce au bénéfice de discussion, sauf son recours contre B.

Fait triple à ...

Cautionnement mis à la suite d'une Obligation.

Le soussigné,

Vu l'obligation souscrite ci-dessus par A. en faveur de B. s'engage à être caution du payement de la somme de mille francs prêtée par B. à A. en principal, intérêts et accessoires, dans le cas où A. ne payerait pas à l'époque convenue, renonçant au bénéfice de discussion préalable.

Ou bien. Le soussigné ne sera obligé de payer qu'après que le débiteur principal aura été discuté dans ses biens, et pour la somme qui restera réellement due à B.

lorsque les biens n'auront pas produit une somme suffisante pour le paiement intégral.

Fait à ....

Contrat de Gage.

Entre les soussignés A. et B.

Il a été convenu ce qui suit.

A. reconnaît qu'il a reçu en prêt de B. la somme de mille francs, pour sûreté de laquelle créance A. a remis en gage et par forme de nantissement... *(désigner les objets)* que B. gardera par devers lui jusqu'au remboursement de la somme prêtée.

A défaut de payement de ladite somme, A. autorise B. à vendre les objets remis en gage, aux enchères publiques; l'excédant du prix sur la somme due sera remis à A. sous déduction des frais.

Fait double

Convention avec obligation solidaire.

Entre nous soussignés L. . . d'une part;

Et A. . . et B. . . d'autre part;

A été convenu ce qui suit, savoir :

Le sieur L. . . s'engage à fournir aux sieurs A. . . et B. . . le nombre de. . . *(désigner l'objet)*, à raison de. . . sans interruption jusqu'à l'entière et parfaite livraison du nombre de. . . pour le prix de. . . à condition que les dits sieurs A. . . et B. . . lui paieront solidairement l'un pour l'autre, en deux paiements égaux, de chacun la moitié de

la dite somme de. . . dont le premier aura lieu
huitaine après la moitié de la livraison des dits. . .
et le second, huitaine après l'entière livraison des dits. . .

Les dits sieurs A. . . et B. . . de leur côté,
adhérant à la dite convention, s'obligent conjointement et
solidairement l'un pour l'autre au paiement de la dite
somme de. . . de la manière et aux époques ci-
dessus déterminées.

Fait et signé triple, à. . . ce. . .

Reconnaissance de gage donné pour sûreté d'une somme due.

Entre nous soussignés L. . . d'une part ; et
J. . . d'autre part, a été arrêté ce qui suit, savoir :

Moi, L. . . reconnais que le sieur J. . . m'a
ce jourd'hui remis *(détailler les objets)* pour sûreté et
nantissement jusqu'à parfait et entier paiement de la
somme de. . . qu'il me doit pour *(énoncer la
cause)* ; laquelle somme le dit sieur J. . . s'oblige
par le présent, de me rendre le. . . du mois
de. . . à défaut de quoi le dit sieur J. . .
consent que, d'après une simple sommation à lui faite de
payer à l'époque ci-dessus fixée, et sans qu'il soit besoin
d'obtenir jugement, je fasse vendre aux enchères *(l'objet
donné en gage)*, pour, sur le prix desdits objets, être
payé de la dite somme de. . . que le dit sieur
J. . . me doit ; et le surplus du produit de la dite
vente, s'il en reste, tous frais payés, être remis au dit
sieur J. . .

Fait et signé double, à. . . ce. . .

Autre.

Entre nous soussignés L. . . . d'une part ; et
T. . . d'autre part, a été arrêté ce qui suit, savoir :

Moi, L. . . reconnais que le sieur T. . .
mon débiteur de la somme de. . . pour sûreté et
garantie de la dite somme, qu'il promet et s'engage me
payer dans trois mois, de ce jour, avec les intérêts de
cinq pour cent par an, m'a remis ce jourd'hui, à titre de
nantissement. . . (désigner l'objet), pour conserver
entre mes mains jusqu'au remboursement de la dite
somme en entier et des intérêts ; après lequel le
dit. . . (l'objet) lui sera remis.

Moi, T. . . consens qu'à défaut de paiement de
la dite somme, au terme ci-dessus fixé, le dit sieur
L. . . sans aucune formalité de justice qu'une simple sommation, fasse vendre aux enchères ledit. . .
(objet), pour, sur le prix qu'il sera vendu, être payé de
la dite somme de. . . que je lui dois, ainsi que des
intérêts et frais qui pourront être dus, et le surplus
m'être remis.

Fait et signé double, à. . . ce. . .

Acte de Nantissement à titre d'Antichrèse, pour sûreté de la somme due.

Entre nous soussignés L. . . d'une part ; et
R. . . d'une autre part, a été convenu de ce qui
suit, savoir :

10.

Moi, L. . . créancier en vertu d'un acte sous seing-privé, en date du. . . du sieur R. . . pour la somme de. . . laquelle somme de. . . est dès à présent exigible, consent accorder au dit sieur R. . . tel délai de paiement qu'il lui conviendra, sous la condition de me payer l'intérêt de la dite somme à raison de cinq pour cent par an jusqu'à parfait et entier remboursement, lesquels intérêts seront payables de trois mois en trois mois; et pour sûreté et garantie du paiement, tant de la dite somme de. . . que des intérêts, le dit sieur R. . . s'oblige de me remettre et abandonner, à titre d'antichrèse, la jouissance de la maison *ou* de la ferme *(désigner l'objet)* à lui appartenant, pour, par moi, en toucher les revenus, *ou* fermages et produits sur mes simples quittances, tant des fermiers ou locataires que de tous autres, à compter de ce jourd'hui; lesquels revenus *ou* fermages seront d'abord compensés avec les intérêts, et le surplus sera imputable sur le capital, jusqu'à l'entier acquittement de la dite somme de. . . à la charge, par moi, d'acquitter les contributions foncières imposées sur la dite maison *ou* la dite ferme, tant que durera l'antichrèse; de pourvoir à l'entretien et aux réparations utiles et nécessaires, sauf à prélever sur les revenus toutes les dépenses; en sorte qu'il n'y aurait lieu, aux compensations ci-dessus expliquées, qu'avec l'excédant.

Sous la condition enfin que, si le bail *ou* les baux de la dite maison *ou* de la dite ferme, venaient à expirer avant l'entier acquittement de la dite somme de. . .

je serai autorisé à les renouveler aux mêmes locataires *ou* aux mêmes fermiers, aux mêmes prix, charges et conditions ; comme aussi, dans le cas où il n'y aurait pas lieu de les renouveler aux mêmes locataires *ou* aux mêmes fermiers, je serai autorisé à en passer baux à d'autres locataires *ou* fermiers d'une solvabilité reconnue, ou avec des sûretés suffisantes, au même prix et conditions, ou plus avantageusement. Et s'il ne se trouvait pas de locataires ou de fermiers qui voulussent prendre l'immeuble au même prix, je pourrai faire adjuger les baux aux enchères par devant notaire, et sur une seule publication : le tout sans le consentement du dit sieur R . . . propriétaire ; mais seulement après l'en avoir prévenu par un avertissement notifié par un huissier un mois auparavant.

Ce que le dit sieur R . . . a agréé et consenti.

Fait et signé double, à . . ce . . .

Simple Reconnaissance de prêt d'argent.

Je soussigné L . . . reconnais, par le présent, que le sieur D . . . m'a ce jourd'hui prêté la somme de . . . laquelle somme je promets et m'engage lui remettre et rembourser le . . . *(la date)*.

Contrat de Prêt à intérêt.

Entre les soussignés A. et B.

Il a été convenu, sous mutuelle acception.

A. prête à B. la somme de mille francs, que B. reconnaît avoir reçue ici même, en espèces de cours, et qu'il s'engage à rendre à A. en mêmes espèces dans le délai d'un an, à dater de ce jour, avec intérêts à cinq pour cent l'an.

B. se réserve (ou s'interdit) de rembourser la somme prêtée avec le terme convenu.

Fait double . . . .

Reconnaissance de prêt de marchandises.

Je soussigné L. . . reconnais, par le présent, que le sieur E. . . m'a ce jourd'hui prêté. . . *(désigner la nature, la qualité, quantité de marchandises)*, lesquelles je promets et m'oblige lui rendre le. . . en telles *(nature, qualité et quantité)* que je les ai reçues.

Dans le cas où je serais en retard, ou dans l'impossibilité de rendre les mêmes marchandises en telles *(nature, qualité et quantité)*, je promets et m'engage à payer au dit sieur E. . . la valeur, eu égard au temps et au lieu où les choses prêtées devaient être rendues, et à payer l'intérêt du prix à compter du jour fixé pour la restitution des choses prêtées, et sans qu'il soit besoin, par le dit sieur E. . . d'en faire la demande en justice.

Acte de Délégation.

Entre les soussignés A... B... C...

Attendu que A. s'est reconnu, par acte sous seing-privé du . . . enregistré, débiteur de B. pour la somme de mille francs et que, d'un autre côté C. est débiteur de A. pour une somme de cinq cents francs.

Il a été convenu ce qui suit :

A. délègue à B. la somme de cinq cents francs qui lui est due par C. à valoir sur les mille francs qu'il lui doit.

B. consent à avoir C. pour débiteur à la place de A. pour la dite somme de cinq cents francs.

C. s'engage à payer B. au lieu de A. à l'expiration du terme qui lui a été accordé.

Pour les cinq cents francs que A reste devoir à B., il les lui a comptés ici même, dont quittance.

Ou bien

Pour les cinq cents francs restant dûs à B. par A., celui-ci s'engage à les lui payer dans six mois à dater de ce jour avec intérêts à cinq pour cent, et B. consent à lui accorder ce délai.

Fait triple, à . . .

Acte de Remise d'une dette.

Entre les soussignés B. et C. Le premier restant débiteur envers le second d'une somme de deux cents francs ;

Attendu l'état malheureux de B.

Vu les payements déjà faits, et l'impossibilité par B. d'en faire d'autres.

C. consent à faire remise pleine et entière à B. de sa dette de deux cents francs, avec capital et intérêts.

Par cette remise que B. accepte avec reconnaissance, la dette de B. envers C. se trouve éteinte.

Fait double à . . .

Acte de Subrogation par le créancier à un tiers qui le paye.

Entre les soussignés Guillaume Pernot, et Jacques Amouroux, il a été convenu ce qui suit.

Le sieur Guillaume Pernot reconnaît avoir reçu ici même du sieur Jacques Amouroux, la somme de quinze cents francs qui lui était due par le sieur Pierre Charrin, suivant son obligation à lui souscrite sous seing-privé enregistrée.

Et pour donner au sieur Jacques Amouroux le moyen d'obtenir du dit sieur Charrin le remboursement des quinze cents francs qu'il paie pour lui, le dit Pernot déclare le subroger à tous les droits, actions, priviléges et sûretés qui lui ont été concédés par le débiteur.

Fait double à. . .

Acte de Novation.

Entre les soussignés Pierre Colombe, propriétaire, et Auguste Champein, serrurier ;

Il a été observé

Que Champein a reconnu devoir à Colombe une somme de cinq cents francs qu'il lui avait prêtée en son besoin, et qu'il se trouve dans l'impossibilité de lui rendre actuellement.

Colombe, voulant se prêter aux convenances de Champein, consent à ce que ce dernier s'acquitte envers lui au moyen des fournitures et du travail qu'il se propose de lui faire faire dans sa maison en ouvrages de

serrurerie, aux prix usuels, dont le montant sera d'environ six cents francs.

En conséquence, et moyennant l'exécution des dits
ouvrages, la dette de cinq cents francs sera éteinte, et
le surplus revenant au dit Champein, lui sera compté en
argent.

Fait double à. . .

Reconnaissance de dépôt de divers objets.

Je soussigné L. . . reconnais, par le présent,
que M. P. . . m'a remis en dépôt *(désigner la
chose)*, pour lui être rendue à sa première réquisition.

Reconnaissance de dépôt de marchandises.

Je soussigné L. . . reconnais, par le présent,
que M. G. . . m'a remis en dépôt. . . *(désigner les marchandises)*, que je promets lui remettre à
sa réquisition ou à la personne fondée de pouvoirs de
lui à cet effet, en tel état que je les ai reçues de lui ;
sauf le cas où, par événement imprévu ou force majeure,
les dites marchandises viendraient à périr.

Séquestre volontaire d'un cheval.

Entre nous, soussignés L. . . d'une part; et
B. . . d'autre part, a été convenu de ce qui suit :
Que le cheval, etc., qui est l'objet de la contestation
qui existe entre nous, lequel est maintenant dans l'écurie
du sieur R. . . sera mis en séquestre chez le sieur
S. . . où il restera jusqu'à ce que la dite contestation

qui nous divise soit terminée, soit par arbitrage, soit par jugement du tribunal de. . . sans qu'aucun de nous puisse le retirer du dit séquestre qu'après la décision des arbitres, ou du jugement qui l'y autorisera ; sous peine, de la part de celui de nous qui contreviendrait à la présente convention, de. . . *(désigner la somme)*, de dommages et intérêts envers l'autre. Les frais de séquestre et de nourriture du dit cheval seront à la charge de celui contre qui il sera prononcé.

A ce, est intervenu le sieur S. . . lequel a déclaré consentir à se charger du séquestre du dit cheval (*ou marchandises*), et se conformer à la présente convention.

Fait et signé triple, à. . . ce. . .

Quittances, Décharges, Reçus, Récépissés.

La *quittance*, la *décharge*, le *reçu*, le *récépissé*, sont des actes par lesquels on tient quitte un débiteur de ce qu'il doit ; on reconnaît qu'une personne a remis ce qu'on lui avait prêté, ou ce qu'on lui avait confié à titre de prêt, de dépôt ou autrement. La remise pure et simple que fait à son débiteur un créancier du titre en vertu duquel il s'est obligé, n'est pas suffisante, si ce titre a été enregistré, parce qu'il n'y a qu'une quittance qui puisse rendre nul et anéantir l'effet de ce titre.

Il n'est pas nécessaire, dans ces sortes d'actes,

d'exprimer la cause de l'obligation : la seule déclaration de celui qui donne cet acte, qu'il *quitte* et *décharge*, opère la libération.

On doit observer, dans la délivrance de ces actes, que si un débiteur doit autre chose que ce qu'il paye, de ne faire la quittance que sous des réserves, et de n'imputer le paiement que sur la dette la moins assurée. La quittance du capital, donnée sans réserve des intérêts, en fait présumer le paiement et opère la libération. (art. 1908 du *Code Napoléon*). Les quittances des trois dernières années d'arrérages d'une rente impliquent le paiement des précédentes, si elles ne portent expressément la clause, *sans préjudicier à ce qui est dû des précédentes.*

Quittance simple.

Je soussigné L. . . reconnais avoir reçu de T. . . la somme de. . . que le dit sieur T. . . me devait en vertu de. . . de laquelle somme je le tiens quitte et décharge.

Quittance avec réserve.

Je soussigné. . . reconnais avoir reçu de. . . la somme de. . . à compte de celle de. . . qu'il me doit pour les frais, et celle de. . . pour les intérêts ; sans préjudice du surplus, et de ce qu'il pourrait me devoir d'ailleurs.

11

Décharge d'un co-débiteur.

Je soussigné L. . . reconnais avoir reçu de M. B. . . la somme de. . . pour sa part et portion de la somme de. . . qui m'est due par. . . de laquelle somme je le tiens personnellement quitte et décharge pour sa dite part et portion, sans que la présente quittance puisse nuire ni préjudicier à ce qui m'est dû par les sieurs. . . sur la dite somme de. . .

Reçu d'un Dépôt en nature.

J'ai reçu de M. . . un (*désigner l'objet*), que je lui avais laissé en dépôt, et qu'il m'a fidèlement rendu, dont décharge.

Fait à. . . le. . .

Reçu d'un Dépôt en argent.

J'ai reçu de M. . . la somme de. . . que j'avais déposée entre ses mains, et qu'il m'a exactement et intégralement remise, dont décharge.

A. . . le. . .

Quittance d'un Fermage.

J'ai reçu de M. . . cultivateur, la somme de. . . montant du fermage échu le 22 juillet dernier, d'une terre labourable, sise en cette commune, au quartier de. . . que je lui ai donnée à bail, suivant acte du. . . dont quittance.

A. . . le. . .

Quittance de Loyer.

J'ai reçu de M. . . locataire d'un appartement au premier étage dans ma maison, rue. . . la somme de. . . montant d'un trimestre de loyer échu ce jour.

Fait à. . . le. . .

Quittance de Paiement pour une Caution.

J'ai reçu de M. . . la somme de. . . qu'il me paie à la place du sieur A. . . dont il s'est rendu caution, suivant acte du. . . Moyennant ce payement, je le tiens quitte et déchargé de toute obligation envers moi, et je le substitue à tous mes droits contre le dit sieur A. . . débiteur principal.

Fait à. . . le. . .

Quittance du Paiement d'un Objet dû.

J'ai reçu de M. . . la somme de. . . montant de (désigner l'objet), que je lui ai vendu et livré.

A. . . le. . .

De la Vente.

La vente est un contrat par lequel l'un s'oblige à livrer une chose, et l'autre à la payer. Elle peut être faite par acte authentique ou sous *seing-privé*. Le prix de la vente doit être désigné par les parties. Les frais d'actes et autres accessoires sont à la charge de l'acheteur. (Voyez les articles 1582 à 1593 du *Code Napoléon*).

Tout ce qui est dans le commerce peut être vendu, lorsque des lois particulières n'en ont pas prohibé l'aliénation. La vente de la chose d'autrui est nulle. On ne peut vendre la succession d'une personne vivante, même de son consentement (art. 1598, 1599, 1600 du *Code Napoléon*.)

Vente d'un objet quelconque.

Il est convenu entre M. L. . . . d'une part ; et le nommé B. . . d'autre part. . .

Que moi, L. . . vend à B. . . telle chose. *(Il faut détailler les circonstances et les dépendances de la chose, s'il y en a qui soient douteuses, ou qui puissent faire naître quelques difficultés) ;* laquelle chose, le sieur L. . . vendeur, promet livrer, et le sieur B. . . acheteur, enlever dans tel lieu et tel

temps. . . ou bien, laquelle, le dit acheteur est dès
à présent libre de faire enlever de tel lieu. La dite vente
étant faite au prix de. . . ou moyennant le prix de
la somme totale de. . . le dit prix payable en tel
temps. . . ou lors de la livraison.

Fait double, à. . .

Vente d'un Bien rural.

Entre nous soussignés, L. . . d'une part ;
Et B. . . d'autre part ;
A été convenu de ce qui suit, savoir :

Moi L. . . par le présent, vends, cède, quitte et
délaisse, et promets garantir de tous troubles, dons,
restitutions, hypothèques, évictions et autres empêchements généralement quelconques,

Au sieur B. . . à ce présent et acceptant, acquéreur pour lui, ses héritiers et ayant cause. . .

Une ferme située à. . . *(le lieu)*, consistant
en. . . *(désigner en quoi elle consiste, et faire
l'énumération des pièces de terre, bâtiments, etc.)* ou
tant de pièces de terre en labour, prés, vignes, bois),
situés , à. . . *(le lieu)*, contenant. . . *(la
mesure)*.

Ainsi que les dits biens sus-énoncés se poursuivent et
comportent, sans en rien excepter, réserver ni retenir par
le vendeur, qui les livre en tel état que les énoncent les
titres qu'il remet entre les mains du dit sieur B. . .
acquéreur ; sans que le dit sieur L. . . vendeur, soit
garant envers le dit sieur B. . . acquéreur, de la

mesure des dites terres, dont le plus ou le moins sera au profit ou perte du dit sieur B. . . acquéreur, qui déclare les bien connaître pour les avoir vus et visités, et s'en contente.

La propriété des dits biens appartient au sieur L. . . vendeur, comme les ayant acquis du sieur. . . par contrat passé devant Mᵉ G. . . notaire à. . . le. . . *ou*, lui provenant de succession de. . . (*désigner*), ou (*de legs*), ou (*donation de*). . .

Pour, par le dit sieur B. . . acquéreur, faire et disposer des dits biens à lui cédés, comme de chose à lui appartenant en toute propriété, et entrer en jouissance à compter du. . . et en toucher et recevoir les loyers et fermages, à partir de cette époque.

A la charge cependant par le dit sieur B. . . acquéreur, de maintenir les baux des sieurs. . . faits par moi sous seing-privé, le. . . des. . . (*désigner les baux faits, l'époque où ils doivent finir*); desquels baux il touchera les fermages, comme moi, dit vendeur, les recevais en ma qualité de propriétaire et bailleur de ferme.

Et en outre, moyennant la somme de. . . dont le sieur B. . . m'a ce jourd'hui payé. . . et dont je le tiens quitte et déchargé ; et dont. . . seront payés le. . . et le restant à. . . le. . . avec les intérêts, à raison de cinq pour cent, par an. (*S'il était fait des délégations ou des réserves pour douaires et préciput, ou autres payements à faire à quelqu'un sur la dite somme, il faudrait en faire mention ici.*

Les biens ci-dessus vendus demeurent, par privilége primitif, spécialement affectés, obligés et hypothéqués au paiement du prix entier de la présente vente.

Moi, dit vendeur, m'oblige aussi de passer contrat de la dite vente par devant notaire à la première réquisition du dit sieur B. . . acquéreur ; lequel sera tenu de payer les frais du dit contrat et les droits d'enregistrement.

Je m'oblige encore moi, dit vendeur, de remettre au dit sieur B. . . acquéreur, aussitôt l'entier paiement du prix de la présente vente, tous les titres et papiers concernant la propriété des biens ci-dessus vendus. Fait et signé double, à. . . ce. . .

Vente d'une Maison.

Entre les soussignés K. . . et L. . .

Il a été convenu ce qui suit, sous mutuelle acceptation.

K. . . vend à L. . . une maison à lui appartenant, comme héritage paternel, sise à. . . rue. . . laquelle maison se compose de trois étages outre le rez-de-chaussée et la cave ; chacun des étages est divisé en trois pièces principales avec leurs cabinets.

L'entrée en jouissance aura lieu le. . . jour où échoit le terme des locataires.

Cette vente est faite aux charges et conditions suivantes, que L. . . promet d'accomplir.

1º D'acquitter le prix de la vente fixé à. . . aussitôt que les formalités d'enregistrement, de transcription, de purgation d'hypothèque, etc., auront été accomplies. Faute d'avoir accompli ces formalités dans le délai de quatre mois, le prix deviendra exigible à l'expiration de ce délai.

2o D'acquitter les droits d'enregistrement et autres auxquels la présente vente donnera lieu.

3o D'acquitter les contributions de toute nature qui pèsent sur la maison à dater du jour de l'entrée en jouissance.

4o D'entretenir tous les baux verbaux ou écrits.

K. . . a remis ici même ses titres de propriété de cette maison à L. . . qui les a examinés.

Fait double à. . .

Vente d'une Terre.

Entre nous soussignés P. . . d'une part ;

Et M. . . d'autre part,

A été convenu de ce qui suit, savoir :

Que moi P. . . vend à M. . . sous promesse de garantie, une terre labourable située au tènement de. . . commune de. . . de la contenance de. . . confrontant, etc.

Et je me démets et dessaisis du fonds vendu, circonstances et dépendances au profit du dit M. . . avec consentement qu'il en prenne, dès ce jour, la possession réelle et personnelle, et qu'il en jouisse comme de son bien propre aux charges de droit.

Cette vente est faite moyennant la somme de. . .

que le dit acquéreur M. . .   s'oblige à me payer dans six mois prochains avec l'intérêt légal.

Fait et signé double, à. . .   ce. . .

Vente de coupe de bois.

Entre les soussignés D. . .   et E. . .

Il a été convenu ce qui suit :

D. . .   vend à E. . .   la coupe, pour une fois seulement, de six hectares de bois taillis, à lui appartenant, sis dans la commune de. . . quartier de. . .

Les limites de la coupe sont indiquées par des poteaux placés aux angles saillants de son périmètre.

Le bois qui en proviendra appartiendra en toute propriété à l'acheteur, qui devra se conformer aux règlements et usages relatifs aux bois et forêts.

L'acheteur s'oblige à avoir effectué cette coupe et enlevé le bois, dans le délai de . . .

Cette vente est faite moyennant le prix de . . . payable moitié comptant, et moitié à trois mois. La première moitié a été payée ici même, dont quittance. La seconde moitié a été réglée à un billet à ordre, au . . . lequel étant payé à l'échéance, servira de quittance définitive du prix de la présente vente.

Fait double . . . .

Vente à l'essai.

Entre les soussignés X. . . et Y. . .

Il a été convenu ce qui suit :

X. . . vend à Y. . . un harmonium à six jeux, pour le prix de cinq cents francs.

La dite vente est faite sauf l'essai, qui devra être fait dans l'espace de dix jours. S'il est satisfaisant, la vente sera définitive, et le prix sera payé à l'expiration des dix jours.

Dans le cas contraire, l'harmonium sera repris par le vendeur, et l'acheteur payera seulement les frais de transport d'aller et de retour.

Fait double, à . . .

Vente de récolte.

Entre les soussignés M. . . et N. . .

Il a été convenu ce qui suit :

M. . . vend à N. . . la récolte de foin prête à couper dans son pré, sis à . . . quartier de . . . à raison de F. . . . par are de superficie. Tous les frais de coupe, fanage, ratelage, chargement et transport sont à la charge de l'acheteur, qui sera tenu d'avoir effectué tous ses travaux dans le délai de . . . jours à partir d'aujourd'hui.

Fait double, à . . . .

Vente d'un fonds de Commerce.

Entre les soussignés F. . . et G. . .

Il a été convenu ce qui suit, sous mutuelle acceptation.

F. . . vend à G. . . le fonds de commerce de. . . qu'il exerce à. . . rue. . . lequel fonds se compose des marchandises évaluées à dix mille francs, suivant l'inventaire qui en a été fait d'un commun accord, du mobilier de commerce évalué à mille francs, et de la clientèle évaluée à trois mille francs.

G. . . s'engage à payer les quatorze mille francs montant du dit fonds savoir : quatre mille francs comptant, et deux mille francs par an pendant cinq ans ; l'échéance de ces deux mille francs partira du jour où G. . . entrera en possession.

Les quatre mille francs ont été payés ici-même à. F. . . dont quittance.

F. . . s'engage à ne prendre aucun établissement d'un genre semblable dans la même ville, sous peine de payer à G. . . la somme de quatre mille francs à titre de dommages-intérêts.

De plus, F. . . cède à G. . . son droit au bail du magasin et partie de maison où il exerce son commerce, lequel bail a encore une durée de cinq années, à la charge par G. . . de se conformer à toutes les obligations qui lui sont imposées par cet acte, dont G. . . déclare avoir pris connaissance.

Fait double, à. . .

Vente d'une Ferme.

Entre les soussignés N. . .   et O. . .

Il a été convenu ce qui suit, sous mutuelle acceptation.

N. . .   vend à O. . .   un corps de ferme composé du logement du fermier, écuries, étables, bâtiments d'exploitation, de la contenance de dix hectares, tant en terres labourables, qu'en prés, vignes, oseraies.

La dite vente est faite pour le prix convenu de quarante mille francs, payables un quart comptant, et le reste à raison de dix mille francs par an, avec intérêts à cinq pour cent l'an jusqu'à parfait payement.

Les parties s'engagent à passer un acte public de la présente privée, dans le délai d'un mois, et à défaut, à la première réquisition de l'une d'elles.

Fait double. . .

Vente de Meuble.

Entre les soussignés A. . .   et B. . .

Il a été convenu ce qui suit :

A. . .   vend à B. . .   un piano, pour la somme de mille francs, laquelle A. . .   reconnaît avoir reçue de B. . .   ici-même dont quittance. B. . .   de son côté reconnaît que le piano lui a été livré en bon état.

Fait double, à. . .

Autre.

Entre les soussignés C... et D...
Il a été convenu ce qui suit :

C... vend à D... un meuble, composé d'un canapé et de six fauteuils, dont le prix est de quatre cents francs, que D... s'engage à payer à C... dans le délai de trois mois à dater de ce jour. C... consent à ce délai, et D... reconnaît avoir reçu le meuble en bon état.

Fait double à...

Transport de Créance.

Les soussignés, sieur... d'une part ; et sieur... d'autre part, sont convenus de ce qui suit, savoir :

Que le sieur... cède et transporte au dit sieur... la somme de... à lui due par... suivant le billet ou suivant l'obligation, ou l'arrêté de compte du dit... lequel billet ou obligation, ou, etc., etc., a été présentement remis par le cédant au dit sieur... avec la simple garantie de droit, que la chose est bien et légitimement due au dit sieur cédant.

Ou avec telle autre clause de garantie que le cédant voudra donner... Remettant le dit cédant au dit sieur... tous ses droits, actions, hypothèques et priviléges, relativement à la dite somme. Le présent transport fait moyennant la somme de... qui a été présentement comptée au dit sieur cédant... *ou le présent transport fait en paiement de la somme de...* due au sieur... par le dit cédant, pour telle cause ;

moyennant quoi le dit sieur. . . le tient quitte de la dite somme.

Fait double à Paris, le. . .

Transport de droits litigieux.

Entre les soussignés A. . . et B. . .

Il a été convenu ce qui suit, sous mutuelle acceptation :

A. . . expose qu'il est actuellement en contestation avec le sieur C. . . au sujet de (*indiquer l'objet du litige*).

B. . . reconnaît qu'il est parfaitement au courant de cette contestation, qui a donné lieu à un commencement de procès entre A. . . et C. . .

En conséquence, B. . . consent à se charger de courir les chances favorables ou défavorables d'un procès, s'il y a lieu, ou d'un arrangement, moyennant la somme de. . . qu'il a payée ici-même à A. . . lequel renonce à tous ses droits contre C. . . en faveur de B. . . mais sans aucune garantie.

A. . . subroge B. . . à tous ses droits, actions et priviléges contre C. . . à la charge par B. . . de les faire valoir comme il le jugera convenable.

Fait double, à. . .

Échange de biens.

Entre nous, soussignés, L. . . d'une part ; et S. . . d'une autre part, a été convenu de ce qui suit :

Moi, L. . . céde, délaisse et abandonne, à titre
d'échange, avec garantie de tous troubles, évictions et
empêchements quelconques, au dit S. . . ce acceptant pour lui, ses héritiers et ayants-cause. . .
(désigner l'objet), pour en jouir et disposer, par le dit
S. . . comme de chose à lui appartenant en toute
propriété, à compter de ce jour.

Moi, dit S. . . de mon côté, cède, abandonne et
délaisse en contre-échange au dit sieur L. . . ce,
acceptant pour lui, ses héritiers et ayants-cause *(désigner l'objet)*, pour en jouir et disposer, par le dit sieur
L. . . co-permutant en toute propriété et jouissance, à compter de ce jour.

Le présent échange est fait de but à but, sans soulte ou
retour de part ni d'autre. Déclarons tous deux nous tenir
respectivement quittes relativement au dit échange, et
renonçons à nous rien demander pour augmentation ou
diminution de mesure des dits. . . *(objets)* échangés, dont nous avons l'un et l'autre parfaite connaissance, et que nous conserverons en tel état qu'ils se
composent et se trouvent. Reconnaissons aussi que nous
nous sommes fait réciproquement la remise des titres de
propriété des. . . *(objets)* échangés, et dont nous
nous tenons quittes l'un et l'autre.

Fait et signé double, à ce. . .

Des Baux.

Le bail est un acte par lequel une personne donne à une autre la jouissance ou l'usage d'une chose pendant un temps déterminé, moyennant un certain prix.

La durée du bail ne peut être que d'un certain temps ; car. si elle était à perpétuité, ce serait une véritable vente moyennant une rente, laquelle serait rachetable lorsque le désirerait l'acquéreur.

On peut faire des baux à vie, c'est-à-dire qui finissent avec la vie du preneur ou celle du bailleur. On appelle *bail emphythéotique*, celui qui se fait pour longues années. et qui n'excède point cependant quatre-vingt-dix-neuf ans.

On appellle *bail à loyer* celui qui concerne le louage des maisons, des appartements, des chambres. des habitations quelconques.

On appelle *bail à ferme* le louage des biens ruraux, tels que terres en labour, bois, prairies, vignes, etc. Ce contrat suppose la location d'une chose qui, par sa nature, donne des fruits.

On appelle *bail à cheptel* une espèce de société qui se fait entre un propriétaire de bestiaux et celui qui se charge de les garder et de les nourrir : les conditions en varient selon les provinces,

ou au gré des contractants. On peut donner à
cheptel toute espèce d'animaux susceptible de
croît ou de profit pour l'agriculture ou le commerce.

On appelle *bailleur* celui qui donne à loyer ou
à ferme ; *preneur* ou *locataire,* celui qui prend à
loyer ou à ferme.

Le *preneur* ou locataire a le droit de sous-louer,
c'est-à-dire de donner à un autre une portion des
biens qu'on lui a loués, même de céder son bail
à un autre ; mais il faut que cette faculté ne lui
soit pas interdite par le bail, et elle peut l'être
pour le *tout* ou partie : cette clause est toujours
de rigueur (art 1717 du *Code Napoléon*). Si donc
le preneur y contrevenait, le bailleur pourrait
demander la résiliation du bail, avec dommages
et intérêts.

Le bailleur est tenu, par la nature du contrat,
et sans qu'il soit besoin d'aucune stipulation particulière : 1º de délivrer au preneur la chose
louée en bon état de réparations de toute espèce ;
2º d'entretenir cette chose en état de servir à
l'usage pour lequel elle a été louée ; 3º de faire
jouir paisiblement le preneur pendant la durée de
son bail ; 4º de conserver, pendant la durée du
bail, la forme de la chose louée sans pouvoir la
changer (art. 1719, 1720 et 1723 du *Code
Napoléon*).

Le preneur, de son côté, est tenu de deux obligations principales : 1º d'user de la chose louée en bon père de famille, et suivant la destination qui a été donnée par le bail, ou suivant celle présumée d'après les circonstances, à défaut de convention ; 2º de payer le prix du bail aux termes convenus (art. 1728 du *Code Napoléon*).

Le preneur doit rendre la chose telle qu'il l'a reçue, excepté ce qui a péri ou a été dégradé par vétusté ou force majeure (art 1730 et 1731 du *Code Napoléon*). Il répond de l'incendie, des dégradations ou des pertes qui arrivent pendant sa jouissance, à moins qu'il ne prouve qu'elles ont eu lieu sans sa faute ou celle de ses domestiques, c'est-à-dire par cas fortuit ou force majeure, ou par vice de construction (art. 1732 et 1733 du *Code Napoléon*). Enfin, il doit garnir les lieux loués de meubles suffisants, ou donner des sûretés capables de répondre du loyer (art 1752 du *Code Napoléon*).

Le bail ne finit pas avec la mort du bailleur, ni par celle du preneur, ni par la vente de la chose louée, lorsqu'il y a bail authentique ; mais à l'expiration du terme fixé. Il finit par le défaut respectif du bailleur et du preneur, de remplir leurs engagements ; il finit par la perte de la chose louée en partie ou en totalité ; il finit, lorsque les réparations à faire sont de telle nature, qu'elles rendent inhabitable ce qui est nécessaire au logement du preneur et de sa famille. Enfin, il finit par la vente de la chose louée, lorsque le bailleur a réservé, par le bail, pour celui qui acquerrait de lui, par la suite, le droit d'expulser le locataire (art. 1724, 1737, 1741, 1742 et 1743 du *Code Napoléon*).

S'il a été convenu, lors du bail, qu'en cas de vente l'acquéreur pourrait expulser le fermier ou locataire, et qu'il n'ait été fait aucune stipulation sur les dommages et intérêts, le bailleur est tenu d'indemniser le fermier ou locataire de la manière suivante; s'il s'agit d'une maison, appartement ou boutique, le bailleur paye, à titre de dommages et intérêts, au locataire évincé, une somme égale au prix du loyer, pendant le temps qui, suivant l'usage des lieux, est accordé entre le congé et la sortie. S'il s'agit des biens ruraux, l'indemnité que le bailleur doit payer au fermier est du tiers du prix du bail pour tout le temps qu'il reste à courir. L'indemnité se réglera par experts, s'il s'agit de manufactures, usines, ou autres établissements qui exigent de grandes avances (art. 1744, 1745, 1746, 1747 du *Code Napoléon*).

L'acquéreur qui veut user de la faculté réservée par le bail, d'expulser le fermier ou le locataire en cas de vente, est en outre tenu d'avertir le locataire au temps d'avance usité dans le lieu pour les congés ; il doit avertir le fermier de biens ruraux au moins un an à l'avance. Les fermiers ou locataires ne peuvent être expulsés, qu'ils ne soient payés par le bailleur, ou à son défaut, par le nouvel acquéreur, des dommages et intérêts ci-dessus expliqués. Si le bail n'est pas fait par acte authentique, ou n'a point de date certaine, l'acquéreur n'est tenu d'aucuns dommages et intérêts. L'acquéreur à pacte de rachat ne peut user de la faculté d'expulser le preneur, jusqu'à ce que, par l'expiration du délai fixé pour le réméré, il devienne propriétaire incommutable (art. 1748, 1749, 1750, 1751 du *Code Napoléon*).

Si le preneur d'un héritage rural ne le garnit pas des bestiaux et des ustensiles nécessaires à son exploitation ; s'il abandonne la culture, s'il ne le cultive pas en bon père de famille, s'il emploie la chose louée à un autre usage que celui auquel elle a été destinée, ou en général, s'il n'exécute pas les clauses du bail, et qu'il en résulte un dommage pour le bailleur, celui-ci peut, suivant les circonstances, faire résilier le bail. En cas de résiliation, provenant du fait du preneur, celui-ci est tenu des dommages et intérêts (art. 1764 et 1766 du *Code Napoléon*).

Tout preneur de bien rural est tenu d'engranger dans les lieux à ce destinés d'après le bail. Il est tenu, sous peine de tous dépens, dommages et intérêts, d'avertir le propriétaire des usurpations qui peuvent être commises sur les fonds : cet avertissement doit être donné dans le même délai que celui qui est réglé en cas d'assignation, suivant la distance des lieux (art. 1767 et 1768 du *Code Napoléon*).

Si le bail est fait pour plusieurs années, et que, pendant la durée du bail, la totalité ou la moitié d'une récolte au moins soit enlevée par des *cas fortuits*, le fermier peut demander une remise du prix de sa location, à moins qu'il ne soit indemnisé par les récoltes précédentes. S'il n'est pas indemnisé, l'estimation de la remise ne peut avoir lieu qu'à la fin du bail, auquel temps il se fait une compensation de toutes les années de jouissance ; et cependant le juge peut provisoirement dispenser le preneur de payer une partie du prix, en raison de la perte soufferte (art. 1769 du *Code Napoléon*).

Si le bail n'est que d'une année, et que la perte soit de la totalité des fruits, ou au moins de la moitié, le preneur sera déchargé d'une partie proportionnelle du prix de la location : il ne pourra prétendre aucune remise, si la perte est moindre de moitié. Le fermier ne peut obtenir de remise, lorsque la perte des fruits arrive après qu'ils sont séparés de la terre, à moins que le bail ne donne au propriétaire une quotité de la récolte en nature ; auquel cas le propriétaire doit supporter sa part de la perte, pourvu que le preneur ne fût pas en demeure de lui délivrer sa portion de récolte. Le fermier ne peut également demander une remise, lorsque la cause du dommage était existante et connue à l'époque où le bail a été passé (art. 1770 et 1771 du *Code Napoléon*).

Le preneur peut être chargé des cas fortuits par une stipulation expresse ; cette stipulation ne s'entend que des cas fortuits ordinaires, tels que grêle, feu du ciel, gelée ou coulure. Elle ne s'entend point des cas fortuits extraordinaires, tels que les ravages de la guerre, ou une inondation, auxquels le pays n'est pas ordinairement sujet, à moins que le preneur n'ait été chargé de tous les cas fortuits, prévus ou imprévus (art 1772 et 1773 du *Code Napoléon*). Un fermier n'est pas recevable à alléguer la sécheresse ou la pluie.

Le bail sous seing-privé doit être fait et signé double des deux parties ; à défaut de cette formalité, il est nul. La raison de cette décision est que chacune des parties étant obligée, doit avoir un titre contre l'autre ; autrement la partie qui n'aurait pas un double du bail entre ses mains, ne pourrait pas contraindre l'autre à l'exécution de la convention. Chaque double du bail doit contenir la mention qu'il a été fait double.

La promesse de bail vaut bail ; mais, pour cela, il faut, comme le bail même, qu'elle contienne le consentement réciproque des parties qui se proposent de traiter, leurs conventions sur le commencement et la fin du bail, sur le prix de la location ; enfin qu'elle soit faite double. Autant, et même mieux vaut faire de suite le bail qu'une simple promesse, qui n'est, pour ainsi dire, que le bail lui-même.

Le bail, sans écrit, d'un fond rural est censé fait pour le temps qui est nécessaire, afin que le preneur recueille tous les fruits de l'héritage affermé : ainsi le bail à ferme d'un pré, d'une vigne et de tout autre fonds dont les fruits se recueillent en entier dans le cours de l'année, est censé fait pour un an. Le bail des terres labourables, lorsqu'elles se divisent par soles ou saisons, est censé fait pour autant d'années qu'il y a de soles. Le bail des héritages ruraux, quoique fait sans écrit, cesse de plein droit à l'expiration du temps pour lequel il est censé fait, selon les dispositions ci-dessus. Si, à l'expiration des baux ruraux écrits, le preneur reste et est laissé en possession, il s'opère un nouveau bail dont l'effet est réglé comme le bail sans écrit (art. 1774, 1775 et 1776 du *Code Napoléon*).

Le fermier sortant doit laisser à celui qui lui succède dans la culture, les logements convenables et autres facilités pour les travaux de l'année suivante ; et réciproquement, le fermier entrant doit procurer à celui qui sort les logements convenables et autres facilités pour la consommation des fourrages et pour les récoltes restant à faire. Dans l'un et l'autre cas, on doit se conformer à l'usage des lieux. Le fermier sortant doit aussi laisser les pailles et engrais de l'année, s'il les a reçus lors de son entrée en jouissance ; et, quand même il ne les aurait pas reçus, le propriétaire pourra les retenir suivant l'estimation (art. 1777 et 1778 du *Code Napoléon*). Pour plus d'instruction sur le louage des choses, *lisez* les articles du *Code Napoléon*, depuis 1714 jusqu'à 1779.

Bail à ferme.

Entre nous soussignés, A. . . d'une part ; et B. . . d'autre part, a été convenu ce qui suit :

Moi. . . (*le nom du bailleur*), donne par le présent à bail à ferme, pour. . . années consécutives, qui commenceront au. . . et finiront au. . .

à. . . (*le nom du preneur*), cultivateur au dit. . .
(*lieu*), et **J.** . . son épouse, qu'il autorise à l'effet
du présent ; ce acceptant preneurs pour eux, le dit
temps durant, les maisons, terres, prés, vignes, etc.,
ci-après déclarés ; tous lesquels biens m'appartenant de
mon chef ou du chef de (*nom et prénoms de la femme
du bailleur*) ma femme, savoir :

1º Une maison, sise à. . . consistant en. . .
(*décrire cette maison, indiquer s'il y a cour, puits,
clos ou jardin*), tenant d'un bout à. . . d'autre
à. . . d'un côté à. . . d'autre à. . .

2º Une pièce de terre labourable, située quartier
de. . . lieu dit. . . d'environ. . . tenant
d'un bout, *etc.*

3º Une pièce de prés, etc. (*désigner la nature,
contenance et situation de chaque pièce de terre, de
prairie, de vigne, de bois*).

Ainsi que tous ces biens s'étendent et se composent,
sans en rien excepter ni réserver, sans aucune garantie
de mesure ; en sorte que le bailleur ne sera point tenu
de parfaire ce qui s'en manquerait ; et réciproquement,
les preneurs jouiront, sans aucune augmentation de fermage, de ce qui se trouverait excéder les dites mesures :
les preneurs déclarant connaître parfaitement le tout,
pour l'avoir vu et visité, et n'en pas désirer une plus
ample désignation.

De tous lesquels biens le bailleur s'oblige à faire jouir
les preneurs, à titre de fermiers, pendant les dites. . .
années.

12

Ce bail à ferme est fait aux charges, clauses et conditions suivantes, que les preneurs s'obligent solidairement
entre eux, sous toute renonciation au bénéfice de droit,
d'exécuter et accomplir en tout leur contenu, sans pouvoir prétendre pour ce aucune diminution de fermages
ci-après fixé, savoir :

1° De garnir la dite ferme et la tenir garnie de meubles, grains, fourrages, chevaux, bestiaux et autres
objets exploitables et suffisants pour répondre des fermages.

2° D'entretenir les bâtiments de toutes réparations
locatives, et de les rendre, à l'expiration du bail, avec
toutes ces réparations bien faites, conformément à l'état
des lieux, qui sera dressé entre nous avant l'entrée en
jouissance des dits preneurs.

3° De souffrir les grosses réparations qu'il conviendra
de faire, et de fournir les voitures et charrois pour
transporter les matériaux qui sont nécessaires pour faire
ces grosses réparations.

4° De labourer, fumer et ensemencer les terres en
saisons convenables. De convertir toutes les pailles et
autres fourrages en fumier, pour l'engrais des dites
terres, sans pouvoir en distraire ni vendre aucune partie,
et de laisser, à la fin du bail, tous ceux qui s'y trouveront.

5° De tenir les prés nets et en bonne nature de fauche.
D'entretenir les clôtures qui se trouvent sur la dite
ferme, de replanter de nouvelles haies partout où il en
pourra manquer, et de faire vider ou curer les fossés
quand ils en auront besoin.

6° De bien façonner et cultiver les vignes, suivant

les usages des lieux, les provigner et en replanter d'autres à la place de celles qui périraient ou qu'il faudrait arracher, et les entretenir d'échalas.

7° D'écheniller les arbres toutes les fois qu'il en sera besoin ; de replanter d'autres arbres à la place de ceux qui mourraient.

8° D'avertir le bailleur des usurpations, empiétements et dégâts qui pourraient être faits sur les dits biens présentement loués.

9° De payer, sans aucune imputation sur les fermages, l'impôt foncier des dits biens pendant la durée de ce bail.

10° De rendre, à l'expiration du dit bail, les ustensiles de culture et de labourage qui y sont compris ; et ce en bon état, et tels qu'ils les auront reçus ; et tous les dits biens en bon état de culture et de labourage.

Ce bail est fait en outre moyennant le prix et la somme de. . . francs de fermages, que les preneurs s'obligent, pour la solidarité ci-dessus exprimée, de payer, par chaque année du présent bail, à moi, dit bailleur, et en ma demeure, ou au porteur de ma quittance, ou à M. A. . . mon fondé de pouvoirs, en deux paiements égaux (*fixer l'époque des paiements*) ; le premier desquels écherra et sera fait le. . . le second, le. . . et ainsi continuer de terme en terme jusqu'à la fin du bail.

(*Si le paiement est convenu en grains ou denrées, ou moitié argent et moitié grains, il faut en faire mention*).

Faute de paiement du dit prix, trois mois après le

terme échu, le présent bail demeurera nul et résolu, si bon semble au dit bailleur ; lequel alors pourra disposer de la jouissance des dits biens ci-dessus affermés, envers telles personnes que bon lui semblera, pour le temps qui restera à expirer du dit bail, aux risques et périls des dits preneurs.

Ne pourront les dits preneurs prétendre aucune diminution de prix de leur bail, sous prétexte de stérilité, pluie, débordement d'eau, gelée, sécheresse et autres cas prévus et imprévus. Comme aussi les dits preneurs ne pourront céder ni transporter leurs droits au présent bail, sans le consentement exprès et par écrit du dit bailleur.

De son côté, le dit bailleur s'oblige de tenir les bâtiments clos et couverts suivant l'usage. Fait et signé double, à. . . ce. . .

Bail à loyer.

Entre les soussignés C. . . et D. . .

Il a été convenu ce qui suit sous mutuelle acceptation.

C. . . donne à loyer pour six années à dater du premier juillet prochain une maison sise en cette ville rue. . . n°. . . que D. . . a visitée et qu'il a trouvée à sa convenance.

Ce bail est fait pour le prix de mille francs par an, payables et portables au domicile du bailleur, par trimestre échu, *ou bien* par semestre anticipé.

Le bailleur et le preneur restent libres l'un et l'autre de résilier le présent bail au bout de trois ans, à condition de s'avertir réciproquement, au moins trois mois à l'avance.

La contribution foncière et celle des portes et fenêtres restent à la charge du propriétaire ; le locataire étant tenu de payer la contribution mobilière seulement.

Le preneur se réserve le droit de sous-louer.

Ou bien. Le preneur ne pourra ni sous-louer, ni céder son bail sans le consentement du bailleur.

Les frais d'enregistrement, s'il y a lieu, seront à la charge du preneur.

Fait double. . .

Bail d'une Maison de campagne.

Entre nous soussignés, C. . .   d'une part ;

Et N. . .   d'autre part ;

A été convenu de ce qui suit, savoir :

Que moi C. . .   donne par le présent bail à loyer et à prix d'argent à B. . .   à N. . .   ce acceptant, preneur pour (*trois, six,* ou *neuf*) années entières et consécutives qui commenceront à courir (*indiquer l'époque de l'entrée en jouissance*) une maison de campagne sise à. . .   terroir de la commune de. . . et appelée (*désigner le nom de la maison*).

La dite maison consistant, en maison de maître, composée de (*désigner les diverses pièces*), maison de fermier ou de jardinier, composée de (*désignation*), remises, bûcher, écurie, vacherie, poulailler, pressoir, jardins, bosquets, parcs, terres adjacentes, (*décrire séparément chacun de ces objets et leur contenance*),

12.

laquelle maison, bâtiments et dépendances, le dit *preneur* déclare bien connaître pour les avoir vus et visités.

Le présent bail fait moyennant la somme de. . . que le dit N. . . promet et s'oblige payer à moi C. . . dit bailleur en ma demeure ou au porteur de ma quittance en deux payements égaux de six en six mois aux deux termes accoutumés de l'année, dont le premier écherra le. . . (*désigner la date*) prochain, et ainsi continuer de terme en terme, jusqu'à la fin du présent bail, et en outre aux charges et conditions suivantes, savoir : par le dit preneur de garnir la dite maison de meubles suffisants pour la sûreté du dit loyer, d'entretenir la dite maison de réparations locatives nécessaires à y faire pendant tout le temps du dit bail, et à la fin d'icelui, de la rendre et délaisser en bon état d'icelle, et entièrement conforme à l'état qui en sera fait entre nous ; de souffrir faire les grosses réparations, si aucunes conviennent dans le cours du dit bail ; de payer l'impôt des portes et fenêtres et autres dûs personnellement par les locataires ; d'acquitter les charges de ville et de police dont les locataires sont tenus ; le tout sans pouvoir prétendre aucune diminution du dit loyer ; enfin, de ne céder ni transporter son droit au présent bail, en tout ou en partie, à qui que ce soit, sans le consentement exprès et par écrit de moi, dit bailleur, qui, de mon côté, promets tenir le dit preneur clos et couvert dans la dite maison et lieux en dépendant.

Aura le dit preneur la liberté de chasser et faire chasser dans toute l'étendue des terres qui dépendent de la dite maison de campagne ; pêcher, faire pêcher au filet dans les fossés, ruisseaux, rivières, qui se trouvent dans le domaine, en se conformant aux lois et règlements sur la chasse et la pêche. Le dit preneur fera entretenir, tailler les allées de charmilles, espaliers et contre-espaliers, fera tondre en saison convenable les arbres des allées, (*insérer ici les autres clauses particulières*).

Bail d'un moulin.

Entre nous soussignés A. . . propriétaire d'un moulin (*désigner à quel usage*), sis. . . (*désigner l'endroit, et si c'est à vent, à eau, sur terre ou sur bateau*), d'une part ;

Et B. . . d'autre part ;

A été convenu de ce qui suit, savoir :

Moi, A. . . reconnais par le présent avoir donné à bail à loyer au sieur B. . . ce prenant et acceptant, le dit moulin. . . pour le temps et espace de. . . ans accomplis, à commencer du. . . avec promesse de garantir le dit preneur de tous troubles et empêchements quelconques ; le dit moulin garni de ses meules, tournant, travaillant et ustensiles nécessaires, dont du tout sera, avant l'entrée en jouissance du dit preneur, fait prisée et estimation par gens experts et à ce se connaissant, dont nous conviendrons ensemble, pour, par le preneur, les rendre en pareil état où ils auront été trouvés à la fin du dit bail, parce que, dans le cas où cette prisée et estimation, qui sera renouvelée à la fin du présent bail, se trouverait plus ou moins haute, nous nous tiendrions compte réciproquement l'un à l'autre de la différence en plus ou en moins.

Le présent bail fait moyennant la somme de. . .
payable en. . . payements de chacun. . . à. .
(*désigner l'époque*), et ainsi continuer d'année en année,
jusqu'à la fin du dit bail, à la charge en outre par le
preneur (*spécifier les charges, clauses et conditions
particulières*).

Fait double, entre nous, à. . . . ce. . . .

Bail à ferme.

Entre nous soussignés (*nom, prénoms, qualités,
profession et demeure du bailleur*); d'une part ;
et. . . (*nom, prénoms et demeure du preneur*),
d'autre part, a été convenu de ce qui suit, savoir :

Moi. . . (*le nom du bailleur*) donne par le présent à bail à ferme, pour. . . années consécutives,
qui commenceront au. . . et finiront au. . .
à. . . (*le nom du preneur*), cultivateur au dit. . .
(*lieu*), ce acceptant preneur pour lui, le dit temps
durant, les maisons, terres, prés, vignes, etc., ci-
après déclarés :

1º Une maison, sise à. . . consistant en. . .
(*décrire cette maison, indiquer s'il y a cour, ou
jardin*).

à. . . confrontant d'un côté à. . . d'autre à. . .

2º Une pièce de terre labourable, située canton de. . .
lieu dit. . . d'environ. . . confrontant d'un
bout, etc.

3º Une pièce de prés, etc. (*désigner la nature,*

contenance et situation de chaque pièce de terre, de prairie, de vigne, de bois).

Ainsi que tous ces biens s'étendent et se composent, sans en rien excepter ni réserver, sans aucune garantie de mesure ; le preneur déclarant connaître parfaitement le tout, pour l'avoir vu et visité, et n'en pas désirer une plus ample désignation.

De tous lesquels biens le bailleur s'oblige à faire jouir le preneur, à titre de fermier, pendant les dites. . . . années.

Ce bail à ferme est fait aux charges, clauses et conditions suivantes , que le preneur s'oblige d'exécuter et accomplir en tout leur contenu, sans pouvoir prétendre pour ce aucune diminution de fermages, ci-après fixés, savoir :

1o De garnir la dite ferme et la tenir garnie de meubles, grains, fourrages, chevaux, bestiaux et autres objets exploitables et suffisants pour répondre des fermages.

2o D'entretenir les bâtiments de toutes réparations locatives, et de les rendre à l'expiration du bail, avec toutes ces réparations bien faites, conformément à l'état des lieux, qui sera dressé entre nous.

3o De souffrir les grosses réparations qu'il conviendra de faire, et de fournir les voitures et charrois pour transporter les matériaux qui seront nécessaires pour faire ces grosses réparations.

4o De labourer, fumer et ensemencer les terres en saisons convenables. De convertir toutes les pailles et autres fourrages en fumier, pour l'engrais des dites terres, et de laisser, à la fin du bail, tous ceux qui s'y trouveront.

5° D'entretenir les clôtures qui se trouvent sur la dite ferme, de replanter de nouvelles haies partout où il en pourra manquer, et de faire vider ou curer les fossés quand ils en auront besoin.

6° De bien façonner et cultiver les vignes, suivant les usages des lieux, les provigner et en replanter d'autres à la place de celles qui périraient.

7° De replanter d'autres arbres à la place de ceux qui mourraient.

8° D'avertir le bailleur des usurpations, empiétements et dégâts qui pourraient être faits sur les dits biens présentement loués.

9° De payer, sans aucune imputation sur les fermages, l'impôt foncier des dits biens pendant la durée de ce bail.

Ce bail est fait en outre moyennant le prix et la somme de. . . que le preneur s'oblige de payer, par chaque année du présent bail, à moi, dit bailleur, et en ma demeure, (*fixer l'époque du paiement*).

Faute de paiement du dit prix, trois mois après le terme échu, le présent bail demeurera nul et résolu, si bon semble au dit bailleur.

Le dit preneur ne pourra prétendre aucune diminution de prix de son bail, sous prétexte de manque de récolte pour quelque cause que ce soit.

Fait et signé double, à. . . ce. . .

Bail à moitié fruits.

Entre nous soussignés L. . . propriétaire de. . .
Et B. . . cultivateur, habitant de. . .

A été convenu de ce qui suit, savoir :

Que moi L. . . donne à titre de bail à moitié fruits pour neuf ans consécutifs, qui commencent à fur et mesure de la levée aux récoltes de la présente année, au dit B. . . un domaine situé à. . . consistant en maison, granges, terres labourables, vignes, prés, bois et friches, de la contenance de. . . le tout appartenant à moi L. . . *bailleur*, et est parfaitement connu de B. . . *preneur*.

Les meubles, ustensiles aratoires et bestiaux qui sont dans le dit domaine et que le dit B. . . *preneur*, sera tenu de rendre au dit L. . . *bailleur*, à la fin du bail, soit en nature, consistent en, etc., etc.

Le prix annuel du dit bail est fixé à la moitié des produits généralement quelconques, que donneront les dits immeubles et bestiaux pendant les dits neuf ans. La moitié des impôts du dit domaine sera payée pendant la durée du dit bail.

Le dit prix annuel, la dite moitié d'impôts comprise est évalué à. . .

Fait et signé double, à. . . ce. . .

Bail à Cheptel.

Entre nous soussignés, L. . . d'une part ;
Et G. . . d'une autre part ;
A été convenu de ce qui suit, savoir :

Moi, L. . . donne, par le présent, à titre de bail à cheptel simple, pour trois années consécutives, à compter de ce jour, au sieur G. . . le bétail ci-après désigné, savoir :

1° . . . Brebis et. . . béliers (*désigner le nombre et la marque*) ;

2° . . . Vaches laitières et. . . taureaux (*désigner le nombre, la couleur du poil et l'âge de chacun*) ;

3° . . . Bœufs de labour (*désigner le nombre, la couleur du poil et l'âge de chacun*) ;

4° . . . Chevaux de labour (*désigner le nombre, la couleur du poil et l'âge de chacun*) ;

Tous lesquels bestiaux appartiennent à moi, dit bailleur.

Pour indemniser le *preneur* de ses peines et soins, il aura et il jouira seul des profits des laitages et fumiers, ainsi que du travail et des labours de ceux des dits bestiaux et animaux qui doivent naturellement servir aux charrois et à la culture des terres.

Le fond du cheptel est ici estimé par les parties valoir la somme de. . . sur laquelle elles entendent régler le profit ou la perte qu'il pourra y avoir à l'expiration de la jouissance du *preneur*.

Pour constater le profit ou la perte qui pourra se trouver sur le fonds du cheptel, lorsque le *preneur* cessera d'en jouir, il en sera fait, à l'expiration du présent bail, une nouvelle prisée par des experts dont les parties conviendront.

Si le cheptel se trouve valoir alors plus qu'il ne vaut actuellement, le *bailleur* ayant une fois prélevé, soit en bestiaux, soit en argent, la somme de. . .   à laquelle son cheptel vient d'être estimé, l'excédant de la valeur sera partagé également entre lui et le *preneur* ; et si, au contraire, le cheptel est alors prisé au-dessous de l'estimation ci-dessus faite, le *preneur* sera tenu de faire raison au *bailleur* de la *moitié* de ce dont le cheptel aura *diminué* de valeur ; la convention étant que la *perte* comme le *profit* soient également communs entre eux.

Il est au surplus convenu que le *preneur* ne pourra disposer, vendre ni échanger aucun des dits animaux, bestiaux, ni aucune bête du troupeau, sans le consentement du *bailleur*, à peine de poursuite en dommages et intérêts.

Le preneur ne pourra pareillement tirer des bêtes à laine aucune laine avant le temps de la toison, à peine de. . .   francs de dédommagement au profit du *bailleur*, par chaque bête tondue et dépouillée.

Quand au *croît* des dits bestiaux et animaux, le *bailleur* et le *preneur* auront réciproquement la faculté de faire priser le cheptel, et d'exiger le partage du dit croît, soit à la fin de chaque année, soit même en tout

13

autre temps, lorsque bon leur semblera ; et il en sera de même à l'égard des laines.

Néanmoins, si quelques-unes des bêtes du cheptel viennent à périr, sans qu'il y ait de la faute du *preneur*, celui-ci devra d'abord les remplacer par les croîts, et il n'y aura que le surplus des dits croîts qui demeurera sujet à partage entre les parties.

Mais arrivant le cas que les dits animaux et bestiaux périssent ou se perdent par la faute et négligence du *preneur*, il sera tenu de payer sur-le-champ au *bailleur* la somme de. . . (s'il s'agit de la totalité) tant pour lui tenir lieu de son cheptel que par forme de dommages et intérêts ; et si, dans les dits bestiaux et animaux, il n'y a que quelques-uns péris ou perdus, par la même faute ou négligence, il sera payé, par le *preneur* au *bailleur*, pour chacun des dits bestiaux et animaux, savoir : *telle somme* pour chaque brebis, *tant* pour chaque mouton, *tant* pour chaque agneau, *tant* pour chaque bélier, *tant* pour chaque cheval, *tant* pour chaque vache, *tant* pour chaque jument, *tant* pour le taureau, et *tant* pour chaque bœuf.

A l'égard des cas fortuits ou autres circonstances qui pourraient causer la mort ou la perte des dits bestiaux, sans que le *preneur* fût en faute, il n'en sera tenu que pour la *moitié* envers le *bailleur*, lequel, de son côté, supportera la moitié de la perte.

Et, attendu que le *preneur*, ayant lui-même intérêt de conserver les dits bestiaux et animaux, ne peut être présumé en faute, quoique leur nombre vienne à diminuer, il est arrêté entre les parties que ce sera le *bailleur* qui demeurera chargé de la preuve, supposé qu'il prétende ou pose en fait que c'est par la faute du *preneur* qu'il se trouve une diminution dans le nombre des dits bestiaux et animaux, etc.

Modèle de Bail à ferme.

Entre nous (*tous les noms, qualités et demeure du bailleur*), propriétaire d'une ferme ou d'une métairie, dite. . . sise à. . . et terres en dépendant, d'une part ; et (*tous les noms, profession et demeure du preneur*), d'autre part, sommes convenus de ce qui suit :

Moi, L. . . (*les noms du bailleur*), reconnais avoir fait bail à ferme et loyer de la ferme appelée. . . consistant en une maison, grange, étables, écurie, bergerie, et terres labourables, ci-après énoncées et détaillées, du jour de la Toussaint prochaine, et pour neuf ans, et neuf récoltes entières, et consécutives et accomplies, dont la première se fera en l'an. . . pour, par le dit preneur, jouir durant le dit temps du tout, et des fruits et revenus appartenant à la dite ferme, ainsi qu'en a joui ou dû jouir le précédent fermier.

Les terres dépendantes de la dite ferme sont dix hectares de terres labourables, dont l'état par mesures, tenants et aboutissants, est joint au présent bail. . . sans cependant que le dit bailleur entende s'obliger à fournir et indemniser pour ce qui manquerait aux mêmes terres et prés ; comme il renonce à rien demander au preneur, dans le cas où les pièces auraient une contenance plus forte que celle qui est énoncée. Toutes lesquelles pièces de terre le dit preneur déclare bien connaître pour les avoir vues et visitées, *ou* pour en jouir.

Ce présent bail est fait moyennant la quantité de (*énoncer cette quantité*), blé-froment rendu à. . . dans les greniers du dit bailleur ; et encore de payer au dit bailleur, par chacun an, la somme de. . .

En outre du loyer de ferme ci-dessus, le premier s'oblige aux charges qui suivent :

1° De fournir et apporter au dit bailleur, en sa demeure à. . . par chacune des dites neuf années, six chapons gras. . . poulets, œufs, etc., etc.

2° De labourer, cultiver, fumer et ensemencer les dites terres, tant proches qu'éloignées, en saison convenable ; d'engranger toutes les récoltes dans la ferme, et non ailleurs ; de convertir les pailles et autres fourrages en fumier, pour l'amendement des dites terres comme il convient, selon leur nature, espèce et qualité ; sans pouvoir enlever ni vendre aucune portion de ces pailles, fourrages ou fumiers, même à la fin du bail.

3° D'occuper et habiter en personne les bâtiments de la dite ferme, les garnir de meubles, chevaux, bestiaux et ustensiles de labourage à lui appartenant, et suffisants pour répondre de l'exécution des paiements du présent bail ; d'entretenir les dits bâtiments de toutes réparations locatives et nécessaires pendant la durée dudit bail, et souffrir les grosses, s'il convient en faire.

4° De faire la tonte des saules et élagage des peupliers, ormes, etc., de trois en trois ans ; laisser à la fin du présent bail, environ le tiers des arbres d'une feuille, le second tiers de deux feuilles, et le troisième à botter pour le bail suivant ; de ne couper la cime d'aucun arbre de tige, de telle nature qu'il soit ; de prendre pour son usage les arbres qui mourront, et de mettre des plançons de saules ou peupliers convenables, ou autres arbres en racines, que le bailleur jugerait à propos d'y faire mettre.

5° De tenir les prés nets et en bonne nature de fauche, d'en rabattre les taupinières ; d'en curer les fossés tous les ans, et en faire jeter les vidanges à terre perdue dans les prés pour les élever ; et de rendre les dits prés en fin de leur jouissance en meilleur état même qu'il ne les a reçus, ainsi que les autres terres de labour.

6° D'entretenir en bon état les haies qui entourent le verger. . ., etc. ; de nettoyer, émousser et écheniller les arbres fruitiers, de même que ceux du jardin, et d'en remettre à la place de ceux qui manqueront, au choix du bailleur, pour la qualité des fruits ; enfin de rendre en bon état, à la fin du présent bail, tous les bâtiments et héritages qui composent ladite ferme.

Il a été expressément convenu que le preneur ne pourra prétendre indemnité, ou diminution de fermage en cas de gelées, sécheresses, grêles, inondations et autres accidents fortuits.

Le preneur renonce à pouvoir céder et transporter son droit au présent bail, à qui que ce soit, sans le consentement par écrit du sieur. . . (*bailleur*). Le bailleur s'engage à tenir le preneur clos et couvert dans la maison qu'il lui loue, et remplir vis-à-vis du preneur, les obligations dont les propriétaires de fermes.

sont ordinairement tenus envers leurs fermiers ou locataires.

Fait double entre nous, à. . .

Désistement volontaire de bail.

Entre nous soussignés, etc. . .　(*comme aux
autres modèles*).

Nous nous sommes, par ces présentes, volontairement
désistés et départis de l'effet et exécution du bail à
loyer, *ou* à ferme, fait entre nous, le. . .　par acte
sous seing-privé de. . .　(*désigner en quoi consiste
ce bail*) ; consentant l'un et l'autre réciproquement, que
le dit bail soit et demeure nul et résolu, sans aucuns
dépens, dommages ni intérêts de part ni d'autre, pour
le temps qui en reste à expirer, à compter du. . .
(*fixer l'époque*) prochain, auquel jour, le dit sieur
D. . .　preneur, sera tenu et promet vider la dite
maison (*ou délaisser les biens, si c'est une ferme*), la
rendre libre et en bon état de réparations dont les locataires sont tenus, pour par moi, dit bailleur, en faire et
disposer comme bon me semblera. Sous la condition
néanmoins que le dit sieur D. . .　preneur, acquit-
tera, au dit jour ci-dessus indiqué pour la cessation du
bail, tous les loyers alors dûs et échus, conformément au
dit bail ; lequel, pour ce seulement, aura son entière
force et vertu.

Fait et signé double, à. . .　ce. . .

Transport de Bail.

Entre nous soussignés. . .   (*tous les noms, pro-*
fession et demeure du teneur à bail), d'une part ;

Et. . .   (*tous les noms, profession et demeure de*
celui à qui on cèdera le bail), d'autre part ;

A été convenu ce qui suit :

Moi G... *(le nom du teneur à bail)*, ayant bail
d'une maison, sise à.. consistant (*décrire cette maison*),
par acte sous seing-privé passé entre moi et *(le nom du*
propriétaire ou principal locataire), propriétaire ou
principal locataire de ladite maison, reconnais avoir cédé
et transporté le droit dudit bail, pour tout le temps qu.
en reste à expirer, à *(le nom de celui auquel le bail est*
cédé), à commencer du.... moyennant le même prix
et somme de (*énoncer la somme portée au bail*), que
ledit (*le nom*) s'oblige et promet payer en mon lieu et
place audit (*le nom du propriétaire*), conformément
audit bail, dont ledit a pris lecture et communication
entière, et dont je lui ai remis le titre, ainsi qu'il le déclare et le reconnaît ; le tout, ainsi que je m'y étais
moi-même obligé.

S'il y a payement de six mois d'avance on ajoute la
clause suivante :

Ledit sieur... m'a présentement payé la somme de...
pour le remboursement de six mois d'avance de loyer
payé au sieur.... suivant le bail susdaté qui en contient quittance. Ces six mois payés d'avance ayant été
stipulés imputables sur les six derniers mois de jouissance du bail, l'ordre ci-dessus fixé pour le payement

des loyers ne sera point interverti ; mais le cessionnaire jouira pendant les six derniers mois du bail sans payer le loyer, ainsi que moi.... dit cédant, en avais le droit.

Le présent transport est fait au moyen du consentement par écrit que j'ai obtenu dudit (*le nom du propriétaire* ou *principal locataire*), le... lequel écrit j'ai également remis audit... ainsi qu'il le reconnaît.

Fait double entre nous... le....

Si le propriétaire *ou* principal locataire est présent et donne son consentement, on dira :

Le présent transport a été fait en présence de (*le nom du propriétaire* ou *principal locataire*), qui l'a consenti et approuvé dans tout son contenu.

Fait triple entre nous, à.... le...

Continuation de Bail.

Entre nous soussignés, etc. . .   (*comme aux autres modèles*).

Sommes convenus que le bail sous seing-privé de... (*désigner l'objet*), fait entre nous, le. . .   (*la date*), et qui doit expirer le. . .   (*la date*), continuera d'avoir un nouveau cours et effet pour le même temps et aux mêmes clauses, charges et conditions que celles qui y sont exprimées, et moyennant le même prix pour chacune des dites trois (*ou six, ou neuf*) années, que le preneur s'oblige et promet de payer à moi, bailleur, aux termes et ainsi qu'il est porté au bail ci-dessus relaté.

Fait et signé double, à. . .   ce. . .

Congé volontaire.

Entre nous soussignés, etc. . . . (*comme aux autres modèles*) :

Est convenu que le bail sous seing-privé, fait entre nous, le. . . . (*la date*), d'une maison (*ou autres lieux*), sise. . . . (*l'endroit*), au moyen du congé que me donne le dit sieur C. . . . locataire, lequel j'accepte volontairement et librement ; *ou* que moi, dit L. . . . bailleur, donne au dit sieur C. . . . locataire, lequel il accepte volontairement et librement, est et demeure résolu pour le terme de. . . . (*désigner l'époque*), auquel jour le dit sieur C. . . . promet rendre les dits lieux vides et quittes de toutes réparations locatives.

Fait et signé double, à. . . . ee. . . .

Quittance de Loyer ou de Bail.

Je soussigné propriétaire, *ou* principal locataire d'une maison (*ou tout autre objet*), reconnais avoir reçu du sieur D. . . . locataire *ou* fermier, la somme de. . . pour trois *ou* six mois de loyer échus au. . . (*la date*), de la dite maison (*ou ferme ou autre objet*) tient de moi, en vertu d'un bail sous seing-privé, en date du. . . (*la date*) ; dont quittance pour solde du dit loyer jusqu'à ce jour, et ce sans préjudice du terme courant.

A. . . . ce. . . .

13.

Décharge d'une Remise de clefs.

Je soussigné, L. . . propriétaire *ou* principal locataire d'une maison, sise à. . . (*ou de tout autre local*), reconnais que le sieur B. . . locataire (*ou fermier*), m'a fait la remise des clefs de la maison et appartements en dépendant que je lui avais loués ; pour quoi, et vu les paiements de ces loyers que le dit sieur B. . . a acquittés exactement jusqu'à ce jour, et les réparations locatives qu'il a faites, je le tiens quitte et décharge de toutes choses généralement quelconques relatives à la dite location.

A. . . ce. . .

Désistement de Bail.

Entre les soussignés F. . . et G. . .

Il a été convenu ce qui suit :

Le bail sous seing privé existant entr'eux d'une maison sise en cette ville, rue. . . ayant encore deux années à courir à dater du premier juillet prochain, est résilié d'un commun accord et cessera d'avoir son effet le 31 mai prochain, sans aucune indemnité de part ni d'autre.

Ou bien, avec une indemnité en faveur du bailleur (ou du preneur) de F. . .

Le preneur laissera les lieux en bon état d'entretien.

Quittance de Loyer.

Je soussigné, propriétaire d'une maison sise à . . . . rue . . . . que j'ai donnée à bail à G. ai reçu de lui la somme de cinq cents francs montant d'un semestre anticipé de loyer, échéant ce jour, dont quittance.

A. . . . le . . .

Quittance de Fermage.

Je soussigné, propriétaire de la ferme.... reconnais avoir reçu de L. cultivateur, la somme de trois cents francs montant du terme échu le 10 du mois passé, des fermages de la dite ferme, dont quittance.

Congé.

Entre les soussignés F. et G.

Il a été convenu ce qui suit :

F. donne congé à G. pour le . . . . prochain de l'appartement qu'il occupe dans sa maison, sise à . . . . . rue . . . .

G. déclare accepter le congé pour le dit jour . . . . prochain.

Fait double, à . . . .

Des Mandats ou Procurations.

Quand on ne peut pas ou qu'on ne veut pas faire soi-même ses affaires, la loi permet de se faire représenter par une personne de confiance qu'on autorise, par un acte, à traiter et à contracter à sa place. Tous les actes de cette personne, faits dans la limite des pouvoirs qu'elle a reçus, obligent celui qui les lui a donnés aussi

fortement que s'il avait lui-même contracté et
signé ces actes.

L'acte qui donne à quelqu'un le pouvoir d'agir
au nom et à la place d'un autre s'appelle *procuration* ou *mandat*. Celui qui donne la procuration
se nomme le *mandant, le constituant* ; et celui
qui accepte une procuration est le *mandataire*, le
procureur constitué, le *fondé de pouvoirs*. L'acceptation du mandataire est indispensable.

On distingue deux sortes de procurations : les
procurations spéciales et les *procurations générales*.
Les procurations *spéciales* sont celles qui ne donnent le pouvoir que de faire une chose spécialement exprimée, comme un prêt, un achat, une
vente, etc. Les procurations *générales* sont celles
qui donnent le pouvoir de gérer toutes les affaires
du constituant. Toutefois , pour prévenir tout
abus, il importe que les pouvoirs donnés soient
clairement indiqués et nettement limités.

En donnant un mandat, il faut bien s'assurer
si le mandataire à bien la probité et les connaissances nécessaires, pour ne pas s'exposer aux
conséquences de ses fautes ou de sa déloyauté,
et aux procès qu'il faudrait soutenir contre lui
pour en faire retomber sur lui la responsabilité.

Celui qui a accepté un mandat est tenu de le
remplir tant qu'il en demeure chargé. Il répond

des dommages qui résulteraient de son inexécution, et quoique la mort de son mandant mette fin
à son mandat, il doit achever la chose commen-
cée, s'il y a péril en la demeure.

Le mandataire, qui a donné à la personne avec
laquelle il contracte, en cette qualité, une suffisante connaissance de ses pouvoirs, n'est tenu
d'aucune garantie pour ce qui a été fait au-delà,
s'il ne s'y est personnellement soumis.

Le mandant est tenu d'exécuter les engagements contractés par le mandataire, conformément
au pouvoir qui lui a été donné. Il n'est tenu de
ce qui a pu être fait au-delà, qu'autant qu'il a
ratifié expressément ou tacitement.

Le mandant doit rembourser au mandataire
les avances et frais que celui-ci a faits pour
l'exécution du mandat, et lui payer ses salaires
lorsqu'il en a été promis. L'intérêt des avances
faites par le mandataire lui est dû par le mandant, à dater du jour des avances constatées.
Lorsque le mandataire a été constitué par plusieurs personnes pour une affaire commune,
chacune d'elles est tenue solidairement envers
lui de tous les effets du mandat.

Le mandat finit par la révocation du mandataire ; par la renonciation de celui-ci au mandat ;
par la mort naturelle ou civile, l'interdiction ou

la déconfiture, soit du mandant, soit du mandataire.

Le mandant peut révoquer sa procuration, quand bon lui semble, et contraindre, s'il y a lieu, le mandataire à lui remettre, soit l'écrit sous seing-privé qui la contient ; soit l'original de la procuration, si elle est délivrée en brevet ; soit l'expédition, s'il en a été gardé minute. La révocation, notifiée au seul mandataire, ne peut être opposée aux tiers qui ont traité dans l'ignorance de cette révocation, sauf au mandant son recours contre le mandataire.

Le mandataire peut renoncer au mandat, en notifiant au mandant sa renonciation. Néanmoins, si cette renonciation préjudicie au mandant, il devra en être indemnisé par le mandataire ; à moins que celui-ci ne se trouve dans l'impossibilité de continuer le mandat sans en éprouver lui-même un préjudice considérable.

Si le mandataire ignore la mort du mandant, ou l'une des causes qui font cesser le mandat, ce qu'il a fait dans cette ignorance est valide.

Dans les cas ci-dessus, les engagements des mandataires sont exécutés à l'égard des tiers qui sont de bonne foi.

En cas de mort du mandataire, ses héritiers doivent en donner avis au mandant, et pourvoir, en attendant, à ce que les circonstances exigent pour l'intérêt de celui-ci. (*Voyez* les articles 1984 à 2010 du *Code Napoléon*).

Procuration spéciale ou particulière.

Je soussigné, B. . .   , donne, par le présent, pouvoir à R. . .   , de. . .   , pour moi et en mon nom. . .   (*désigner le motif de la procuration.*) Promettant d'avoir pour agréable et de ratifier à sa volonté, *ou* à sa première réquisition, tout ce qu'il aura fait à cet égard.

Procuration pour recevoir une somme due.

Je soussigné, etc. . .

De recevoir pour moi, du sieur. . .   , la somme de. . .   , qu'il me doit en vertu de. . . (*désigner la cause*), d'en donner reçu, quittance et décharge ; et, à défaut de paiement, de faire contre lui toutes poursuites, diligences, oppositions, saisie-arrêt, saisie-exécution, expropriation forcée de biens, qu'il croira nécessaires ; traduire le dit sieur. . .   , ou tous autres, en conciliation, devant le tribunal de paix ou de première instance, plaider, transiger, élire domicile, substituer, donner toute main-levée, et généralement faire pour le recouvrement de la dite somme tout ce qu'il croira convenable.

Promettant, etc.

Mandat pour recevoir une somme due.

Je soussigné donne pouvoir à C.

De recevoir pour moi la somme de mille francs qui m'est due par B., de lui en donner quittance et décharge, et à défaut de payement de le poursuivre par toutes les voies de droit, par devant tous tribunaux compétents, de faire contre lui toutes oppositions, saisie-arrêt, saisie-exécution, expropriation forcée, plaider, transiger, élire domicile, donner main-levée de toute opposition, consentir à toute radiation d'hypothèques, en un mot faire tout ce que j'aurais le droit de faire pour obtenir le payement de cette somme, selon qu'il le jugera convenable.

Fait à . . . .

Procuration générale.

Je soussigné, G. . .   , donne, par le présent, pouvoir au sieur L. . .   , que je constitue mon procureur-général à l'effet de ce qui suit : de, pour moi, et en mon nom, régir et administrer tous mes biens ; recevoir tous les revenus, loyers et fermages de ces mêmes biens ; donner congé aux locataires ou fermiers en retard de paiement ; renouveler au prix et pour le temps qu'il jugera le plus convenable à mes intérêts, les baux des locataires ou fermiers sortants ou expulsés ; veiller à l'exécution des clauses et conditions spécifiées dans les baux existants et renouvelés ; recevoir rentes, arrérages de rentes, remboursements, pensions et toutes sommes généralement quelconques à moi dues par telles

personnes que ce soit ; régler, débattre, arrêter tous
comptes qui me concernent ; faire remise de pièces et
titres ; donner reçus, quittances et décharges ; emprunter de telle personne qu'il voudra, en mon nom,
jusqu'à la concurrence de la somme de. . .   , à raison de cinq pour cent par an pour. . .   , ans, soit
par billets, obligations, promesses, constitution ou autrement ; donner garantie et hypothèque sur tel de mes
biens qu'il avisera ; vendre, céder, transporter, échanger la maison *ou* la ferme, *ou* la terre. . .   , (*désigner l'objet*) comme il le croira convenable ; employer
les fonds provenants de recette de loyers, fermages,
revenus, rentes, remboursements, emprunts, ventes,
legs, donations *ou* autrement, à tel paiement qu'il
estimera *nécessaire* pour mes intérêts : accepter, recevoir tous les legs ou donations qui pourraient m'être
faits, en donner quittance et décharge ; recueillir toutes
successions qui pourraient m'échoir ; faire apposer les
scellés, s'il y a lieu, sur les effets provenant de pareilles successions, en faire faire inventaire, ou être
présent à la levée de ceux qui auront été apposés et à
leur inventaire ; faire toute opposition auxdits scellés ;
présenter tous soutiens et observations ; accepter pure-
ment et simplement toute succession, ou ne l'accepter
que par bénéfice d'inventaire ; renoncer pareillement à
toute succession ; faire lots et partages avec tous co-
héritiers. Et pour tout ce que dessus, faire saisie-arrêt,
oppositions, saisie-exécution de meubles et effets, expro-
priations de biens et autres poursuites et diligences
voulues par la loi ; citer en conciliation, traduire devant

les juges de paix, les tribunaux de première instance et
d'appel ; fonder, révoquer avoué et défenseur ; substituer
une ou plusieurs personnes, les révoquer à volonté, en
substituer d'autres ; élire domicile; procéder en deman-
dant comme en défendant, soit en conciliation, soit
devant les tribunaux ; obtenir tous jugements, les faire
mettre à exécution ; transiger, traiter et compromettre,
comme il avisera ; et pour toutes poursuites en général,
faire tous paiements nécessaires.

Promettant d'avoir le tout pour agréable, et de ratifier séparément chacune des parties du présent, lorsqu'il
en sera requis.

A. . . , ce. . .

Autre Procuration Générale.

Je soussigné constitue par la présente procuration
M. . . . . pour mon fondé de pouvoir pour la gestion
de mes affaires de toute nature ;

En conséquence je lui donne pouvoir de régir et
administrer tous mes biens, recevoir les revenus de
toute nature qui en proviennent, en donner décharge
et quittance ; donner congé aux locataires et fermiers,
renouveler les baux, en faire de nouveaux, recevoir
toutes rentes et intérêts, arrérages, pensions, remboursements de capitaux, et toutes sommes à moi dues par
toutes personnes ou établissements ; toucher tous divi-
dendes et intérêts sur les actions industrielles, intérêts
sur les fonds publics, donner reçus, décharges et quittances de toutes sommes touchées pour mon compte ;
régler, débattre et arrêter tous comptes, faire remise

de titres ; employer en tels placements qu'il jugera convenable les sommes qu'il aura touchées de mes débiteurs ; accepter tous legs et donations qui me seraient
faits, les recevoir et en donner décharge, recueillir toute
succession me revenant, faire toutes diligences et tous
actes conservatoires pour que rien n'en soit détourné,
faire faire les appositions et levées des scellés, inventaires, encans, faire opposition à la mise de scellés ;
accepter simplement, ou sous bénéfice d'inventaire,
toute succession ; y renoncer ; en provoquer le partage,
et y procéder, et faire tous autres actes destinés à m'y
faire entrer en possession ; soutenir toute contestation,
soit amiablement, soit par voie judiciaire ; citer en
conciliation, donner assignation devant tous tribunaux,
plaider, faire appel, se concilier, accepter des arbitres
amiables, obtenir tous jugements, les faire mettre à
exécution, transiger, traiter et compromettre ; se substituer telle personne qu'il choisira ; faire toutes poursuites et tous payements nécessaires.

Fait à . . . .   le   *Bon pour Pouvoir.*

Transactions.

On appelle *transaction* un contrat par lequel
deux ou plusieurs personnes terminent une
contestation née, ou préviennent une contestation
à naître. Ce contrat doit être rédigé par écrit.

Pour transiger, il faut avoir la capacité de disposer des objets compris dans la transaction
(*Code Napoléon*, articles 2044 à 2058.)

Transaction.

Les soussignés A... et B... voulant terminer le procès qui existe entr'eux au sujet de....
(*énoncer le motif du procès*) sont convenus de ce qui suit :

A... renonce à.... (*énoncer l'abandon qu'il fait.*)

En compensation de la renonciation faite par A.., B... consent à lui payer la somme de....

Les parties déclarent être satisfaites de la présente transaction, et s'obligent à n'élever aucune réclamation nouvelle au sujet du litige, qu'elles tiennent pour entièrement éteint.

Fait double, à....

Autre.

Le sieur..., soussigné d'une part ; et le sieur... ou les sieurs..., soussignés d'autre part ;

Pour terminer le différend élevé entre eux au sujet de... (*désigner la cause*) ; *ou* bien pour prévenir la contestation qui était prête à naître entre les parties à l'égard de... (*telle chose*) ; *ou* encore, pour terminer ce procès commencé entre eux en conséquence de l'assignation donnée au sieur..., à la requête du sieur..., tel jour..., sont convenus, à titre de transaction irrévocable, de ce qui suit, savoir : 1° le sieur L... promet et s'oblige de... (*énoncer l'action*) ; 2° et le sieur B..., de son côté, s'engage à... (*énoncer l'action*) ; ce que l'un et l'autre ont promis exécuter réciproquement, ainsi qu'il a été ci-dessus expliqué, sous peine de payer, de la part du contrevenant, à l'autre, la somme de. . .

Au moyen de la présente transaction, le différend qui était prêt à s'élever entre les parties, *ou* le procès pendant au tribunal de. . . , est et demeure éteint et terminé.

Fait et signé double, à. . . , ce. . .

Renonciation à une prescription.

Le soussigné déclare renoncer en faveur de B. qu'il reconnaît comme légitime propriétaire de la terre sise à . . . . qu'il détient, à la prescription qui lui est acquise, par le fait de ses fermiers qui n'ont pas cessé de cultiver cette terre, et de lui en payer le fermage pendant plus de trente ans.

En conséquence, il consent à ce que B. soit remis en possession, et rentre en jouissance de la dite pièce de terre, mais sans indemnité, attendu la bonne foi et l'ignorance où il était de cette usurpation, qu'il aurait fait cesser si elle lui avait été signalée.

Fait à . . .

Titre nouvel d'une rente constituée.

Entre les soussignés D . . .   et E . . .

Il a été convenu ce qui suit :

Attendu que par acte du . . . . D . . .   doit à l'hoirie E . . .   une rente perpétuelle de cinq cents francs ;

Vu l'acte de partage d'après lequel E . . .   est devenu possesseur du titre de cette rente,

D . . . reconnaît les droits de E . . . comme son créancier actuel, et s'engage à lui servir la dite rente, sans novation ni dérogation au titre primitif, le présent acte n'ayant pas d'autre objet que d'interrompre la prescription.

Fait double à . . .

Compromis.

Le compromis est une convention par laquelle des parties promettent de s'en rapporter à la décision des *arbitres*, ou de *l'arbitre* qu'elles choisissent pour décider leur différend. * Toutes personnes peuvent compromettre sur les droits dont elles ont la libre disposition.

Il faut avoir soin de fixer, par le compromis, le délai pendant lequel les arbitres doivent prononcer; à défaut de fixation de ce délai, le compromis n'est pas nul ; seulement la mission des arbitres ne dure que trois mois, à dater du jour du compromis.

Dans le compromis, les parties peuvent renoncer à appeler du jugement arbitral : si elles ne renoncent pas à l'appel, le jugement arbitral y reste assujéti. Il faut enfin prévoir le cas où les

---

* Les personnes choisies par les parties, en conséquence d'un compromis, se nomment *arbitres*.

arbitres ne seraient pas d'accord, et leur donner le pouvoir de choisir un tiers-arbitre ; pour ne pas s'exposer à des retards, il serait bon de s'entendre d'avance sur le choix de ce tiers-arbitre, car il peut arriver que les arbitres ne se mettent pas d'accord pour le désigner. (*Code de Procédure,* art. 1003 et suivants).

Compromis.

Nous soussignés, L. . . , d'une part ; et D. . . d'autre part ;

Ayant résolu, d'un parfait accord et libre consentement, de terminer, par la voie de l'arbitrage, la contestation qui existe entre nous, relativement à. . . (*désigner le motif*), sommes convenus de ce qui suit :

Moi L. . . , nomme pour mon arbitre, le sieur D. . .

Moi, D. . . , nomme, de mon côté, pour mon arbitre, le sieur M. . .

Réciproquement nous donnons, par le présent, auxdits arbitres, le pouvoir de juger notre différend sans être assujétis à suivre les formes de la procédure ; entendant y renoncer, et désirant qu'ils procèdent comme amiables compositeurs, conformément à l'article 1019, du *Code de Procédure.*

Lesdits arbitres auront à prononcer sur la question ou le fait suivant, qui forme le différend qui nous divise, savoir : (*Exposer la contestation.*)

Promettant, à cet effet, de remettre auxdits sieurs

arbitres nos pièces, titres et mémoires dans quinzaine. Convenu que lesdits arbitres pourront rendre leur jugement arbitral sur ce qui se trouvera par devers eux audit temps, sans qu'il soit besoin d'aucune signification ou sommation; et qu'ils pourront, s'ils ne sont pas d'accord, choisir un tel. . . , ou qui ils jugeront à propos pour sur ou tiers-arbitre. Il a été enfin convenu que celle des parties qui ne voudrait pas acquiescer au jugement arbitral, sera tenue de payer à celle qui y acquiescera la somme de. . . ; et ce, avant de pouvoir faire aucune procédure en cause d'appel, sans répétition et en pure perte, quand même l'appelant gagnerait sa cause.

Si les parties renoncent à l'appel, elles diront : Nous déclarons renoncer à toute ouverture de nullité, requête civile, appel et cassation.

Le présent compromis n'aura d'effet que pendant. . . mois, à partir de ce jour.

Fait et signé double, à. . . , ce. . .

Engagements, Devis, Marchés.

Les engagements dont nous donnons ci-après les modèles sont aussi forts que la loi vis-à-vis des parties qui en sont convenues et qui les ont signés; ceux qui ne les exécutent pas s'expose à payer des dommages-intérêts à ceux envers qui ils se sont engagés.

Quatre conditions sont essentielles pour la va-

lidité d'une convention : le consentement de la
partie qui s'oblige ; sa capacité de contracter ;
un objet certain qui forme la matière de l'engagement ; une cause licite dans l'obligation.

La cause est illicite, quand elle est prohibée
par la loi, quand elle est contraire aux bonnes
mœurs ou à l'ordre public.

Engagement d'ouvrier.

Entre nous soussignés L. . ., d'une part ; et R. . .,
d'autre part ; a été convenu de ce qui suit, savoir :

Moi, R. . .   , m'engage à entrer chez L. . .   ,
en qualité d'ouvrier, pour y travailler pendant. . . ,
mois consécutifs, à partir de ce jour, moyennant la
somme de. . .   par jour ; et, dans le cas où je ne
resterais pas chez lui pendant le temps ci-dessus fixé,
à moins que ce ne fût pour cause de maladie ou de
réquisition du gouvernement, je consens qu'il retienne
la paie d'un mois de mon travail, ou la somme de. . .

Moi, L. . .   , de mon côté, m'oblige à occuper
ledit sieur R. . .   , pendant. . .   mois consécutifs, au prix de. . .   , par jour, et dont le paiement lui sera fait tous les mois ; et, dans le cas où je
congédierais ledit sieur R. . .   avant la fin du temps
fixé, à moins que ce ne soit pour cause d'inconduite,
je m'engage à lui payer un mois de son travail en
sus de ce qui pourra lui être dû.

Fait et signé double, à. . .   , ce. . .

14

Convention dA'pprentissage.

Entre les soussignés

Jules R., imprimeur, et Jacques L., menuisier. Il a été convenu ce qui suit :

Jules R. s'engage à recevoir dans son imprimerie le jeune Charles L. fils du dit Jacques L., âgé de treize ans, pour lui enseigner la profession d'ouvrier imprimeur. Le dit Charles L. restera pendant l'espace de deux années sans rien gagner, et à partir de la troisième année, il gagnera six francs par semaine.

Le dit apprenti ne pourra aller travailler ailleurs jusqu'à l'expiration de ces trois années, et s'il quittait auparavant, le père s'engage à employer son autorité pour le faire revenir à l'atelier.

Fait double à . . .

Autre.

Entre les soussignés A . . . et B . . .

Il a été convenu ce qui suit :

A . . . voulant faire apprendre le métier de tourneur à son fils âgé de quatorze ans, qui y consent, l'a mis en apprentissage chez B . . . qui le reçoit comme apprenti, et s'engage à lui enseigner son état de tourneur, et en outre à le nourrir, loger et coucher.

De son côté A . . . s'engage à payer à B . . . la somme de trois cents francs, payables cent francs par an, et en outre de vêtir, chausser et blanchir son fils.

Le reste comme le dernier paragraphe du modèle précédent.

Devis et Marchés.

L'on nomme *devis*, *marché* ou *prix fait*, la convention par laquelle on règle avec un maître de profession le prix et la qualité des ouvrages qu'on veut lui faire faire. Si c'est l'ouvrier qui fournit la matière, l'acte doit marquer la qualité et la quantité de celle qu'il doit employer ; s'il ne fournit rien, on règle seulement le prix de son travail.

Dans le devis d'une maison à réparer, on doit détailler tous les ouvrages à faire dans chaque pièce, *article* par article, comme, par exemple : 1° à la cave. . . ; 2° à la cuisine. . . ; 3° à la salle. . . ; 4° à l'appartement du premier ou du second étage. . . ; etc.

A la suite du devis se met le marché suivant :

Marché.

Entre les soussignés L. . . , entrepreneur de bâtiments, demeurant à. . . , d'une part ; et P. . ., propriétaire, d'autre part ; a été convenu ce qui suit :

L. . . s'engage à faire et parfaire bien et dûment, au dire d'experts et gens à ce connaissant, toutes les réparations, reconstructions, et ouvrages de charpenterie, serrurerie, vitrerie, menuiserie, couverture, pavage et autres mentionnés au devis ci-dessus ; de fournir tous les matériaux et objets nécessaires ; de faire enlever

les gravois et terres, et de rendre ladite maison en bon
état de réparations sous le délai de. . . mois, à
dater de ce jour, et moyennant la somme de. . . ,
dont un tiers payable à la moitié des travaux, un tiers
à la fin, et un tiers trois mois après ; ce que consent et
accepte ledit P. . .

Fait et signé double, à. . . ce. . .

L'ouvrier encourt la responsabilité de son travail, et il s'expose à des rabais ou à des refus
de payement, s'il arrive des accidents par la
défectuosité de son ouvrage ou par son ignorance
des procédés de son état. La loi rend les archi-
tectes et entrepreneurs responsables pendant dix
ans des constructions faites par eux. La même
règle s'applique aux maçons, charpentiers, ser-
ruriers, etc. qui font des marchés à prix fait.

Quand les prix ont été convenus pour un travail à forfait, nul des contractants ne peut réclamer une augmentation ou une diminution, sous
prétexte d'une augmentation ou d'une diminution
dans les prix de la main-d'œuvre ou des matériaux, à moins que ces variations n'aient été prévues et qu'il n'ait été fait des stipulations à cet
égard.

Expertises.

L'expertise est une opération par laquelle des hommes compétents dans la matière en litige constatent la réalité des choses et expriment une opinion consciencieuse dans un procès-verbal ou dans un rapport destiné à éclairer les juges ou les arbitres. L'expertise est judiciaire ou amiable. Dans le premier cas, c'est le tribunal qui nomme un ou plusieurs experts ; dans le second, les parties s'accordent pour choisir l'expert, ou bien elles en désignent un chacune.

Nomination d'Experts pour estimation d'immeubles.

Nous soussignés M. . .   (*qualité et demeure*), N. . .   et O. . .   tous trois, en qualité d'héritiers majeurs de feu L. . .   notre père, en son vivant. . ., déclarons par les présentes, que n'ayant pu nous accorder ensemble sur la valeur des immeubles qui nous sont échus en commun par le décès de feu le dit L. . .   notre père, et qui sont spécifiés dans l'inventaire de sa succession dressé par Me N. . .   notaire à. . .   et désirant néanmoins procéder au plus tôt au partage en nature de ces mêmes immeubles, sommes unanimement convenus de ce qui suit, savoir :

Que nous avons nommé, et par les présentes nommons

14.

les sieurs P. . .   A. . .   B. . .   (*qualité et domicile*) pour experts, à l'effet de procéder dans la quinzaine, à la visite, appréciation des immeubles désignés au dit inventaire, lesquels, après avoir préalablement prêté devant M. le juge de paix du canton le serment en tel cas requis, dresseront rapport de leur opération selon leur âme et conscience, et auxquels nous promettons de nous en rapporter entièrement, sous peine de la part du contrevenant, de payer à chacun des co-héritiers une somme de. . .   pour dommages et intérêts à eux résultant de l'inexécution des présentes qui ont été faites en triples minutes, pour servir de titre à chacun de nous.

Fait à. . .   ce. . .

Rapport d'Experts pour estimation d'immeubles.

Nous soussignés M. . .   N. . .   O. . . (*qualités et domicile*), en qualité d'experts choisis par les sieurs G. . .   F. . .   P. . .   tous les trois héritiers de feu le sieur M. . .   leur père, suivant acte sous seing-privé fait triple entr'eux, le. . . et dont il nous a été remis copie en bonne forme, à l'effet de procéder à la visite et appréciation des immeubles dépendant de la succession du dit défunt, et désignés en l'inventaire, dressé le. . .   dont l'expédition nous a été également remise, après avoir prêté, devant M. le juge de paix du canton de. . .   le serment de bien et fidèlement procéder à la dite opération, nous nous sommes transportés, savoir :

1° Dans une maison (*désigner la situation, le nombre d'étages, son genre de construction, aisances et dépendances, les servitudes actives et passives, etc.*), laquelle nous avons en nos âmes et consciences, évaluée à la somme de. . .
ci. . . . . 000 fr. 00 c.

2° Sur un pré (*désigner la situation, l'étendue, les limites, etc.*), que nous avons également évalué à la somme de. . . ci. . . . . 000 fr. 00 c.

3° Sur une pièce de terre labourable (*même désignation*), dont nous avons fixé la valeur à la somme de. . .
ci. . . . . 000 fr. 00 c.

4° Sur une pièce de vigne (*même désignation*), que nous avons estimée valoir la somme de. . . ci. . . 000 fr. 00 c.

5° Continuer ainsi pour les autres immeubles.

Total ci. . . . . 0,000 fr. 00 c.

De tout quoi nous avons dressé le présent rapport que nous déclarons sincère et véritable, pour servir à telle fin qu'au cas il appartiendra.

Fait à. . , ce. . .

Procès-verbal pour l'Arpentage, l'Estimation et le partage de différentes pièces de terres entre plusieurs.

Nous déclarons qu'en vertu de la procuration qui nous a été passée en date du. . . par les sieurs. . . enregistrée le. . . laquelle nous autorise à délimiter, estimer et partager dans la proportion des droits respectifs des dits sieurs. . . tous (*exprimer le nombre*) des co-partageants, d'après le partage fait entr'eux par devant. . . enregistré le. . . nous nous sommes transportés sur les lieux, où étant accompagnés des sieurs. . . et à la vue de l'acte précité, nous avons procédé à l'estimation dont il s'agit.

Nous avons d'abord vérifié la contenance des pièces de terre énoncées dans le dit acte précité, et pris tous les renseignements nécessaires sur la nature des climats et la valeur des terres qui font l'objet de la dite opération (*les renseignements peuvent s'obtenir d'après le revenu des terres par hectares, auprès des anciens du pays, et par l'usage qui ne peut s'acquérir que par l'expérience*) ensuite nous avons formé des lots ainsi qu'il suit, savoir :

Premier Lot.

Il faudra assigner un numéro à chacun des lots ; énoncer les noms, prénoms, etc., du co-partageant auquel il est échu ; mentionner quelles sont les pièces de terre qui forment respectivement ces lots, la contenance de chacun d'eux, leur valeur, les climats et les aboutissants, etc.

Après avoir désigné et détaillé chaque lot suivant son numéro d'ordre, on terminera le procès-verbal par une des formules indiquée aux procès-verbaux.

Procès-verbal de Bornage.

Nous soussignés (*mettre sa qualité d'arpenteur*), demeurant à. . . déclarons que les sieurs C. . . et D. . . propriétaires à. . . arrondissement de. . . désirant jouir divisément de plusieurs pièces de terres formant partie des lots à eux échus dans le partage de fonds fait entr'eux le. . . enregistré à. . . le. . . suivant, nous ont appelés pour faire leur *sous-partage* partiel conformément à l'acte précité, nous dispensant de toute formalité de justice.

Etant autorisés par les sieurs C. . . et D. . . nous nous sommes transportés sur les lieux le. . . en présence des parties, et à la vue des titres, nous avons procédé à l'opération dont il s'agit.

Désirant nous assurer, avant de tracer les lignes de partage des contenances énoncées dans l'acte ci-dessus relaté, afin de faire une juste répartition nous avons arpenté les pièces partageables. Après avoir fait les calculs nécessaires, nous sommes retournés sur les lieux pour planter les bornes. Il faudra désigner le nombre de pièces partageables, la contenance de chacune d'elles, la situation respective des bornes qui déterminent les lignes de partage et les confins de ces propriétés. Les plans seront annexés au procès-verbal, et ou énoncera sur ces plans, les contenances en chiffres, ainsi que les différentes distances qui existent entre chaque borne, et les longueurs et largeurs totales des pièces arpentées.

A la suite des plans on ajoutera :

Par le présent acte de bornage les pièces de terre y désignées demeurent limitées invariablement entre lesdits sieurs C. . . et D. . . sans que par la suite l'un ou l'autre puisse jamais élever aucune contestation et se troubler réciproquement dans la jouissance des propriétés dont il s'agit.

Nous attestons qu'il a été convenu entre les sieurs C. . . et D. . . qu'ils supporteront également les frais résultant de la dite opération ; nous déclarons en outre que les dits sieurs C. . . et D. . . nous ont constamment servi d'indicateurs, que les lignes de séparation ont été déterminées en leur présence, et qu'eux mêmes étant d'un commun accord ont posé les bornes mentionnées au présent acte.

Ce que nous affirmons sincère et véritable ; en foi de quoi nous nous sommes soussignés, avec les parties et avons clos le présent procès-verbal pour servir et valoir ce que de raison.

Fait double, une expédition a été remise à chacune des parties.

A. . . . co.

Modèles d'actes commerciaux.

Des Lettres-de-change.

La lettre-de-change est un écrit par lequel un des contractants s'oblige de faire payer une certaine somme à un autre, par une tierce personne, ou à celle qui se trouvera avoir son ordre dans un endroit différent du lieu où elle a été tirée.

Une lettre-de-change doit contenir l'endroit où on la *tire*; une date, la somme à payer, le nom de celui qui doit la payer; l'époque et le lieu où le paiement doit s'effectuer; la valeur fournie en espèces, en marchandises, en compte, ou de toute autre manière; l'ordre d'un tiers ou du tireur lui-même. Si elle est par 1er, 2e, 3e, 4e, etc., on l'exprime.

Lettre-de-change à jour fixe.

Paris, ce......., 1866.   Bon pour 1000 francs.
M.

Au... (*la date, le mois*) prochain, il vous plaira payer par cette première lettre-de-change (*ou* par cette seconde lettre-de-change, la première n'ayant pas été. payée, *ou* ayant été égarée), à M. L... *ou* à son ordre, la somme de *mille francs*, valeur reçue comptant, *ou*

en marchandises, *ou* en compte, et que vous passerez
en compte suivant l'avis de

à Monsieur   Votre serviteur,

B. . .   *(Signature).*

à Versailles.

Autre Modèle de lettre-de-change.

Paris, le 10 janvier 1866   B. P. F. 1000.

A un mois de date, il vous plaira payer par cette
première de change, à mon ordre, la somme de MILLE
francs, valeur en moi-même que passerez suivant
avis de

Signé : Pierre B.

A Monsieur Louis R. . .

à Lyon.

Au dos on écrit : Payez à l'ordre de Monsieur B. . .
valeur reçue comptant. Paris, le 20 janvier 1866.

Signé : Pierre B.

Seconde de change.

Paris, le 10 janvier 1866.   B. P. F. 1000.

A deux mois de date, il vous plaira payer par cette
seconde de change (la première ne l'étant) la somme
de MILLE francs, valeur en moi-même que passerez
suivant l'avis de

Signé : Pierre B.

A Monsieur Louis R.

à Lyon.

Autre première de Change.

Paris, le 10 janvier 1866.　　B. P. F. 1000.

A trois mois de date, il vous plaira payer par cette première de change à l'ordre de Monsieur B... la somme de MILLE francs, valeur reçue comptant du dit que passerez au compte de Monsieur Ackermann, suivant avis de

Pierre B...

à Monsieur Louis R...
　　à Lyon.

Lettre-de-change à vue.

Paris, ce... 1866.　　Bon pour 1200 francs.

A vue, ou à dix jours de vue, ou à... mois de vue, il vous plaira payer, etc. (*comme à la précédente*).

Lettre-de-change à l'ordre du tireur.

Paris, ce... 1866.　　Bon pour 5000 francs.

Au... de ce mois, *ou...*, il vous plaira payer par cette seule lettre-de-change, à mon ordre, la somme de..., etc. (*comme à la précédente.*)

De l'Endossement.

La propriété d'une lettre-de-change ou billet à ordre se transmet par la voie d'*endossement*, c'est-à-dire qu'on écrit *au dos* de la lettre le nom de celui à qui, *ou* à l'ordre de qui on la passe. La valeur fournie doit être exprimée, avec la

15

date de l'endossement, et la signature de celui
qui transmet la lettre. L'endossement est ainsi
conçu :

Payez à l'ordre de M. . .   , valeur reçue comptant, *ou* en marchandises.
A. . .   , ce. . .

M. . .   peut passer à l'ordre d'un autre,
et ainsi de suite. Il est défendu d'antidater les
ordres, à peine de faux.

Lorsque la lettre-de-change n'est point payable
à vue, elle doit être présentée avant l'échéance
au payeur, pour être acceptée par lui ; dans ce
cas, il la signe avec ces mots : *Accepté pour la
somme de. . .* (écrire les sommes en toutes
lettres.)

A. . . . ce. . . *(la date, le mois, l'année.)*
Celui qui accepte une lettre-de-change, contracte l'obligation d'en payer le montant : si la
lettre n'est point acceptée, il faut la faire pro-
tester.

La lettre-de-change à vue ou à présentation
doit être payée quand elle est présentée. Celle à
plusieurs jours de vue est payable à autant de
jours après celui de l'acceptation, ou après celui
du protêt faute d'acceptation, si l'on a refusé de
accepter.

Lorsque l'échéance tombe un dimanche ou un jour légalement férié, elle est exigible la veille, mais le protêt ne peut être fait que le lendemain du jour férié.

Tous autres délais de grâce, de faveur ou d'usage, pour payement des lettres-de-change, sont abrogés (Articles 130 à 135 du *code de commerce.*)

Du Billet ou Reconnaissance simple.

Le billet simple est la reconnaissance d'une dette, avec l'engagement de la payer à telle personne et à telle échéance. Le débiteur le date, le signe et indique son demicile.

Billet simple.

Bon pour trois cents francs, que je reconnais devoir, et promets payer à M. . . le premier septembre prochain, pour valeur d'une paire de bœufs qu'il m'a vendue.

A. . . , ce. . . , mars 1866.

B. . P. . fr.

Billet au porteur.

Au porteur du présent, je paierai, le onze novembre prochain, la somme de cinq cents francs, pour valeur reçue comptant.

A. . . , ce. . . mai 1866.

B. . P. . fr.

Billet à ordre.

Le billet à ordre donne à celui en faveur de qui il est souscrit la faculté de le négocier comme une lettre-de-change.

Toutes les dispositions de la loi relatives aux lettres-de-change sont applicables aux billets à ordre souscrits par des commerçants.

Bon pour mille francs, que je paierai à M. . . , marchand de bœufs, ou à son ordre, le quinze janvier prochain, pour une paire de bœufs que je lui ai achetée le vingt-cinq décembre, foire de. . .

A. . . , ce. . . novembre 1866.

B. . P. . fr.

Tout billet ou reconnaissance doit donc contenir : 1° la somme qui doit être payée ; 2° l'époque du paiement, si le billet n'est point à vue ; 3° le nom du créancier, si le billet n'est point au porteur ; 4° la valeur fournie, soit en espèces, soit en marchandises, soit en compte, soit autrement ; 5° la date du billet ; 6° le domicile du souscripteur ou le lieu où le billet a été fait ; 7° la signature du débiteur.

Observation. Tout billet qui ne porte point le mot *ordre*, n'est point négociable ; et le débiteur peut en refuser le paiement, à moins qu'on lui ustifie d'un pouvoir spécial pour le recevoir.

Tous ceux qui ont signé, accepté ou endossé une lettre-de-change ou un billet à ordre, sont tenus à la garantie solidaire envers le porteur.

Du Protêt.

Le protêt est un acte par lequel on constate juridiquement qu'un effet, billet à ordre ou lettre-de-change n'a pas été accepté, ou acquitté à l'époque prescrite, afin de conserver son recours contre qui de droit.

Une lettre-de-change est protestée faute d'acceptation, dans le même temps qu'on présente la lettre ; alors les endosseurs et le tireur sont respectivement tenus de donner caution pour assurer le paiement à son échéance, ou d'en effectuer le paiement avec les frais, l'escompte, le rechange, etc. (*Code de commerce*, art. 120.) Une lettre-de-change est protestée faute de paiement, lorsqu'elle n'a point été acquittée le jour de son échéance.

Le protêt doit avoir lieu le lendemain du jour de l'échéance ; si ce jour est un jour de fête légale, le protêt doit être fait le jour suivant (*Code de commerce*, art. 161 et 162). Les protêts sont faits par deux notaires, ou par un notaire ou un huissier et deux témoins ; ils doivent être faits au domicile de celui sur qui la lettre-de-change est payable, ou à son dernier domicile connu.

Le porteur d'une lettre-de-change protestée faute de paiement, exerce son action en garantie, ou individuellement contre le tireur et chacun des endosseurs, ou collectivement contre l'un et les autres. Le dernier endosseur peut procéder de même envers ceux qui le précèdent et le tireur, si l'action en garantie n'a été exercée que contre lui individuellement.

La notification du protêt pour défaut de paiement doit être faite avec la citation en jugement dans la quinzaine qui suit la date du protêt, si le cédant réside dans la distance de cinq myriamètres ; ce délai est augmenté suivant les distances.

De l'Aval.

Quelquefois une lettre-de-change est acceptée par un autre que celui sur qui elle est tirée ; par exemple, par un parent, un ami qui se présente en son absence ; c'est ce qu'on appelle *aval*.

L'aval est donc une obligation sous signature privée, par laquelle on s'engage à payer le montant d'un billet à ordre ou lettre-de-change dû par un tiers, dans le cas où ce débiteur ne l'acquitterait point au terme convenu. On exige cette formalité, lorsque l'on doute de la solvabilité ou de l'exactitude du tireur, ou de celui sur lequel on tire ; alors on demande une caution connue, qui met au bas de la lettre ces mots : *pour aval*, et signe. Lorsqu'une lettre-de-change est acquittée, si elle n'est point au porteur, on doit mettre au bas ou au dos : *pour acquit*, et signer.

Toute action relative aux lettres-de-change et billets à ordre, souscrits par des négociants, marchands, banquiers, ou pour faits de commerce, se prescrivent par cinq ans, à compter du jour du protêt ou de la dernière poursuite, s'il n'y a eu condamnation, ou si la date n'a pas été reconnue par acte séparé. Néanmoins les prétendus débiteurs seront tenus, s'ils en sont requis, d'affirmer sous serment qu'ils ne sont plus redevables ; et leurs veuves, héritiers, ou ayants-cause, qu'ils estiment de bonne foi qu'il n'est plus rien dû. (*Code de commerce*, art. 189.)

Pouvoir pour représenter dans une Faillite.

Nous soussignés, T. . . ., négociants, demeurant et domiciliés à . . . . ., département de . . . ., en France, donnons pouvoir à MM. . . . de nous représenter dans la faillite de MM. M. . . . et B. . . . négociants, demeurant à . . .; et en conséquence de requérir toutes appositions, reconnaissances et levées de scellés, procéder à tous inventaires et recolements, revendiquer toutes marchandises que les faillis se seraient indûment appropriées, faire pour ce toutes poursuites devant tous tribunaux quelconques; faire en procédant tous dires, réquisitions et réserves, demander la nomination de tous syndics provisoires ou définitifs; présenter à cet effet toutes requêtes, et faire tous dires et observations; faire vérifier notre créance, en affirmer la sincérité, comme nous l'affirmons par le présent pouvoir, vérifier, admettre ou rejeter tous titres produits par les autres créanciers; se faire rendre compte de l'état de la dite faillite; prendre part à toutes les délibérations; consentir toutes remises, accorder termes et délais; traiter, transiger, composer; à cet effet, signer tous actes, tous concordats ou arrangements particuliers; s'y opposer même par les voies extraordinaires; remettre ou retirer tous titres et pièces; toucher tout dividende, en donner quittance; substituer tout ou partie des présentes; et généralement faire tout ce qui sera nécessaire quoique non prévu dans le présent.

Bon pour pouvoir, à . . . . le

Acte de Société en nom Collectif.

Les soussignés A. . . B. . . et C. . .

Etant convenus d'établir entr'eux une Société pour faire le commerce des grains, en ont stipulé les conditions comme suit :

ART. 1 La raison sociale sera A. . . B. . . et compagnie.

ART. 2. L'apport de A. . sera de F. . ., celui de B. . . de F. . . et celui de C. . . de F. . .

ART. 3. A. . . et B. . . auront seuls la signature sociale.

ART. 4. Il sera fait chaque année un inventaire, et les bénéfices ou les pertes seront portés dans un compte ouvert au grand livre.

ART. 5. La durée de la société sera de trois ans à partir du premier janvier prochain.

ART. 6. A l'expiration des trois années, il sera fait la répartition des bénéfices ou des pertes; qui seront partagés en proportion de l'apport de chacun.

ART. 7. A. . . et B. . . étant chargés de la gérance, prélèveront comme indemnité de leurs peines une somme annuelle de F. . . chacun. C. . . n'ayant fait qu'apporter ses fonds, sans s'occuper de la gestion des affaires, ne prélèvera rien.

ART. 8. La Société pourra être renouvelée pour trois

15.

autres années, s'il y a bénéfice au bout des trois premières, et si deux des associés le demandent. Elle ne le
sera pas, dans le cas où il y aurait perte, si un seul
demande à se retirer.

FIN DE LA SECONDE PARTIE.

GUIDE PRATIQUE

POUR

LES AFFAIRES

TROISIÈME PARTIE

LETTRES & PÉTITIONS

Du Cérémonial des Lettres.

On appelle cérémonial la forme extérieure, les formules diverses, les arrangements d'écriture, le papier, etc. enfin tout ce qui regarde la forme matérielle d'une lettre, indépendamment de ce qui en fait le fond.

Du Papier.

On se sert en France du papier coquille, plié dans le format in-4°. Il est connu vulgairement sous le nom de papier à lettre. Il faut toujours laisser les deux feuillets, à moins qu'on écrive à quelqu'un qui nous est très familier ou inférieur ; ne prendre qu'un feuillet pour une personne à qui l'on doit des égards, serait une impolitesse.

Pour écrire une pétition on se sert du papier plus long mais de même largeur que celui pour les lettres ; il se nomme *Tellière*.

Quand on n'écrit qu'un billet, et à des personnes avec qui l'on ne se gêne pas, on peut ne prendre qu'un feuillet qu'on ploie alors en deux.

De la Date.

La date, pour être complète, doit indiquer le lieu le jour, le mois et l'année. Ainsi : *Paris, 8 juillet* 1866. Elle se place au haut de la lettre à droite, dans les lettres entre égaux, ou de supérieur à inférieur, et au bas à gauche dans les lettres d'inférieur à supérieur.

Dans les simples billets, on met ordinairement la date en bas ; et quand on écrit à une personne du même lieu, on peut ne mettre que le jour de la semaine et la date du mois : *Mercredi 8 juillet.*

De la Subscription, et de l'Inscription.

On appelle *subscription*, le nom, les titres, les qualifications que l'on donne à la personne à laquelle on écrit. Ainsi : *A Monsieur le Préfet du département de la Seine*, etc., c'est la subscription ; elle se met avant l'inscription.

L'*Inscription* est le titre par lequel on apostrophe la personne à qui la lettre est adressée ; par exemple : *Monsieur le Préfet*. Elle se met isolément avant de commencer la lettre : cela s'appelle en vedette. Entre égaux, on peut la mettre dans la première phrase, après les premiers mots.

On donne, en général, aux hommes le titre de *Monsieur*, aux femmes celui de *Madame*, et celui de *Mademoiselle* aux filles.

Entre la qualification de la personne et le commencement de la lettre, vous laisserez un intervalle plus ou moins grand, suivant le respect que vous lui devez, et c'est là ce qu'on appelle communément *donner la ligne*. Vous observerez aussi de laisser au bas de la page un espace de deux ou trois doigts, et au revers commencez à la même hauteur où vous avez placé de l'autre côté le mot de *Madame* ou de *Monsieur*.

De la Subscription et de l'Inscription dans les placets ou lettres aux personnes élevées en dignité.

Pour l'Empereur.
A L'EMPEREUR,

Et plus bas :
SIRE,

—

Pour l'Impératrice.
A L'IMPÉRATRICE,

Et plus bas :
MADAME,

—

Pour les Princes du sang.
A SON ALTESSE IMPÉRIALE LE PRINCE N***
Et plus bas :
MONSEIGNEUR,

—

Pour les Ministres et autres personnages.
A Son Excellence Monsieur le Ministre d'État.
Et plus bas :
Monsieur le Ministre,

—

A Son Eminence Monseigneur le Cardinal N***
Et plus bas :
Eminence,

A Sa Grandeur Monseigneur l'Archevêque de P***
Et plus bas :

Monseigneur,

———

A Monsieur le Comte de.... Conseiller
d'État, Directeur général de....
Monsieur le Comte,

———

A Monsieur le Conseiller d'État, Directeur général de....
Monsieur le Directeur,

———

A Monsieur le Baron de.... Maître des
Requêtes,
Monsieur le Baron,

———

A Monsieur le Comte de.... Préfet du
département de....
Monsieur le Comte,

———

A Monsieur le Conseiller d'État, Préfet
du Département de....
Monsieur le Préfet,

———

A Monsieur le Préfet du département de...
Monsieur le Préfet,

On agit de même pour un Sous-Préfet, un Maire, un premier Président, un Président et toutes autres personnes constituées en dignité.

Lorsque ces personnes sont décorées de quelques ordres, on l'ajoute dans la subscription. Seulement il faut observer que lorsque la personne occupe un poste élevé, et n'a qu'une décoration d'un ordre inférieur, il vaut mieux supprimer cette dernière indication. Ainsi il ne faudrait pas dire : *A Monsieur le Préfet, chevalier de la légion d'honneur*; on peut le dire à un Maire ; on peut dire *A Monsieur le Préfet, commandeur ou officier de la légion d'honneur*.

Du Corps de la lettre.

Dans le corps de la lettre, il est bon de rappeler à propos le titre de *Monseigneur, Monsieur, Madame, Monsieur le. . .*

En quelque style que l'on ait commencé une lettre, il faut le soutenir jusqu'au bout, à moins qu'on ne se sente assez de talent pour passer d'un ton à un autre, sans faire de disparate. Surtout, n'oubliez jamais à qui vous écrivez : et n'allez pas prendre un ton enjoué avec une personne qui est dans le deuil, ou vous servir d'expressions familières avec ceux qui sont au-dessus de vous, ou que vous ne connaissez pas assez pour vous les permettre. Condescendez même aux faiblesses de ceux qui ont trop bonne opinion d'eux-mêmes, pourvu cependant que cela ne vous abaisse point trop. Cette observation n'est pas à dédaigner, car est-ce la peine d'écrire à quelqu'un pour l'offenser?

La politesse ne permet pas qu'on écrive par interrogation à une personne qui nous est supérieure, cela suppose de la familiarité. On peut cependant employer cette figure en l'accompagnant d'un correctif respectueux. Par exemple, si quelque curiosité nous portait à nous informer d'une chose : nous pourrions dire : *Pardonnez, Monsieur, la liberté que je prends de vous demander quelle est cette personne dont vous m'avez dit tant de bien.*

C'est une grande impolitesse que de parler à l'impératif, comme, *Ordonnez, Monsieur, que tout soit prêt quand nous irons chez vous.* Il faut user d'un correctif qui adoucisse l'expression, et dire : *Veuillez avoir la bonté, Monsieur, d'ordonner que tout soit prêt quand nous irons chez vous.*

Il y aurait aussi de l'incivilité à envoyer une lettre pleine de ratures : d'interlignes et d'apostilles ; ce serait annoncer de la négligence et de l'inattention. Il vaut mieux en recommencer une autre.

C'est encore une impolitesse, quand on fait mention des parents de ceux à qui on écrit, de dire crûment : *Votre frère, votre tante* ; on doit dire : *monsieur votre frère, madame votre tante.*

Il est convenu qu'on ne doit pas prier une personne au-dessus de soi de faire des compliments à une autre, quand même elle la toucherait de fort près ; ou si on le fait, c'est toujours avec quelque correctif. Par exemple : *Souffrez que madame* *** *trouve ici les assurances de mon respect.*

Il faut surtout bien se garder que ce compliment ne s'adresse pas à une personne au-dessus de celle à qui l'on écrit. A l'égard des personnes que l'on peut prier, ces compliments ne doivent jamais être insérés dans le corps d'une lettre ; mais dans un *post-scriptum*, à moins que la personne qu'on veut complimenter, ne donne sujet à une partie de la lettre.

Quand la matière de la lettre finit trop bas, il faut la ménager en sorte que l'on en puisse garder deux lignes pour finir à la page suivante ; mais il ne faut pas en avoir moins de deux.

Du Post-Scriptum.

On appelle *post-scriptum*, ce que l'on ajoute à sa lettre quand elle est signée : on le marque assez communément par ces deux lettres P. S. Les post-scriptum annoncent l'inattention : il ne faut donc se les permettre qu'entre amis, ou pour adresser ses compliments à quelqu'un.

De la Souscription.

La *souscription* est la formule par laquelle on termine une lettre, et qui précède immédiatement la signature. Elle varie suivant les personnes à qui l'on s'adresse.

Lorsqu'on écrit une pétition, l'usage est de parler à la troisième personne. Dans les lettres ou pétitions à l'Empereur, voici la forme de la souscription.

Il est avec le plus profond respect,

Sire.

DE VOTRE MAJESTÉ,

Le très humble, très obéissant et très fidèle sujet.

Les souscriptions varient seulement dans les expressions selon les dignités, les titres et le degré de soumission que doit manifester celui qui écrit. Ainsi les changements qu'elles peuvent exiger sont entr'autres :

Dans la première partie, au lieu de,

Il est avec le plus profond respect.

Il faut mettre :

Il a l'honneur d'être avec respect :

Dans la seconde, au lieu de SIRE,

Il faut mettre,   *Monsieur,*

Madame,

Monsieur le Comte,

Dans la troisième, au lieu de

DE VOTRE MAJESTÉ

Il faut mettre :

de Votre Altesse Impériale,

de Votre Grandeur,

Et dans la quatrième, au lieu de

Très fidèle sujet :

Il faut mettre :

Le très humble

et très obéissant serviteur,

Les autres formules de souscription sont celles-ci : d'inférieur à supérieur ou d'un monsieur à une dame : *Agréez, Monsieur ou Madame, l'assurance de ma considération très distinguée, de ma parfaite considération, de mon entier dévouement, de mon profond respect,* etc. Entre égaux : *Agréez, Monsieur, mes civilités très empressées, mes saluts affectueux, mes salutations amicales,* etc. De su-

périeur à inférieur; *J'ai l'honneur de vous saluer,
recevez mes civilités,* etc.

De la manière de Plier les lettres.

Toute lettre adressée à une personne supérieure doit être pliée en quatre et mise dans une enveloppe. On en vend de toutes faites. On ne doit jamais rien écrire dans l'enveloppe. On ne peut mettre une autre lettre sous la même enveloppe qu'entre personnes familières.

Quand on ne se sert pas d'enveloppe, on plie ordinairement les lettres en faisant toucher le bord supérieur avec le bord inférieur, et ensuite pliant les bords latéraux l'un sur l'autre, et faisant entrer celui qui est double, dans l'autre qui reste ouvert.

Un simple billet qui ne contient rien de secret se plie en ramenant le bord supérieur sur le bord inférieur, et faisant entrer celui-ci dans l'autre.

De la manière de Cacheter les lettres.

On les cachète avec du pain à cacheter ou de la cire de couleurs diverses, mais le plus ordinairement rouge, et noire si l'on est en deuil. On se sert toujours de cire pour une personne en dignité.

De l'Adresse.

Quand on écrit à quelqu'un qui habite une grande ville, il faut indiquer la rue et le numéro de sa maison. Si la lettre doit aller dans une localité peu connue, on doit mettre non seulement le nom de ce lieu, mais encore l'indication du département, et celle du bureau de poste, s'il n'y en a pas dans ce lieu.

L'adresse doit porter les noms et qualifications de la personne, de la même manière que dans la subscription.

L'usage est maintenant d'affranchir les lettres, c'est une impolitesse que de ne pas affranchir. Si l'on demande un service, il convient de mettre un timbre-poste dans la lettre pour affranchir la réponse ; mais cela ne se fait pas entre amis, ni si la personne à laquelle on écrit est très supérieure par le rang ou la fortune.

Des Réponses.

Toute lettre mérite réponse, est un des proverbes de la civilité française. Il n'y a d'exception que pour les lettres où les égards sont oubliés et les couvenances méconnues. On ne pourrait y répondre qu'en se fâchant ; les mépriser est ce qu'on peut faire de mieux. Hors de là, une réponse doit

suivre de près la lettre qui l'a provoquée, ce serait une malhonnêteté que de la faire attendre trop
longtemps.

En affaires, il la faut claire, précise et détaillée,
s'il se peut, article par article.

La lettre est-elle badine, répondez sur le même
ton ; sérieuse, que la raison tienne la plume ;
obligeante, faites parler la reconnaissance.

Quand la lettre contient une demande, la réponse veut de la grâce si l'on accorde, et des ménagements si l'on refuse.

Il serait facile d'étendre ces explications à tous
les genres du commerce épistolaire, mais il suffit
de dire en général, qu'une réponse doit être ana-
logue, soit par le fond, soit par là forme, à la
lettre qui la détermine, puisqu'elle est la continuation de l'entretien que la lettre a commencé.

Du Style des Lettres.

Les règles du style épistolaire doivent être
comptées parmi les éléments d'une éducation
soignée. On appelle *style*, l'ordre dans lequel
on présente ses pensées, et la manière dont on
les énonce. Il ne saurait être question ici que
des lettres missives dont le public n'est pas
censé devoir être confident, et dont le but uni-

que est de transmettre à celui qui les reçoit la pensée de celui qui les écrit. Elles sont, pour ceux que l'absence tient éloignés, ce que serait pour eux un entretien, si la présence leur permettait de parler.

Les règles du style épistolaire sont donc en petit nombre ; elles peuvent même se réduire à une seule, et la voici : Puisque les lettres ne sont qu'une conversation entre absents, écrivez comme vous leur parleriez s'ils étaient là, c'est-à-dire avec ce naturel, cette facilité, cet agrément, cette négligence même que demande ou permet un entretien familier. Mettez-y de la mesure avec vos supérieurs, de la franchise avec vos égaux, de la gaîté avec vos amis, de la netteté avec tous.

Clarté et simplicité, voilà les deux qualités du style épistolaire. Rien n'est plus convenable au style de la correspondance que le style coupé, c'est-à-dire ce style qui réunit la briéveté de la phrase à la propriété des expressions ; *ce style,* comme dit madame de Sévigné, *juste et court, qui chemine et qui plaît au souverain degré.* Evitez les parenthèses qui coupent le sens principal par des idées accessoires ; il vaut mieux en faire une phrase à part.

Le mérite principal du style épistolaire, c'est

la facilité, c'est-à-dire l'aisance, l'abandon, même
la négligence, qui est préférable à la recherche
et à la prétention.

Des Convenances Épistolaires.

Il est essentiel d'être extrêmement circonspect
et délicat sur les convenances. Tel mot déplacé
dans telle occasion serait pardonnable dans une
autre. Une plaisanterie, un calembourg même,
qui ferait rire dans une conversation gaie, ferait
pitié dans un entretien sérieux. Le ton qui
convient avec un égal révolte avec un supérieur.
La légèreté qu'on se permettrait d'homme à homme, passerait pour impolitesse si on écrivait à
une femme. Un fils n'écrira pas à son père comme un père écrirait à son fils, etc.

Les convenances épistolaires consistent donc
dans l'art de respecter la distance que mettent
entre les individus l'âge, le sexe, le rang, le pouvoir ; de n'oublier jamais ce qu'ils sont et ce que
l'on est ; de bien calculer ce qu'on peut leur dire,
et ce qu'on doit leur taire ; de leur écrire, en un
mot, avec cette mesure qui est la règle des
conversations.

On ne doit jamais rendre publique une lettre
sans l'aveu de la personne à qui on l'a écrite, ou

16

de qui on l'a reçue. Cette règle ne souffre d'être violée que dans des circonstances graves, quand le soin de son honneur, de ses intérêts, exige cette publicité.

Les nécessités sociales demandent une grande attention pour la considération des personnes. Celles qui ont du crédit, de la fortune, du mérite, ont une haute opinion d'elles-mêmes, et il faut éviter de la froisser, soit par la familiarité, soit par un manque de respect pour leur supériorité réelle ou prétendue. Si l'on connaît le caractère des gens à qui l'on écrit, on doit éviter de les choquer par des paroles en contradiction avec leurs idées habituelles.

Si l'on écrit à une personne supérieure, de qui l'on n'est point connu, il faut se hâter d'exposer l'objet de sa lettre, de manière à attirer son attention, et à se concilier sa bienveillance. Il faut en cela beaucoup de tact. Si on est connu de quelqu'un de ses amis, il faut le dire.

Si l'on écrit à quelqu'un que l'on a offensé, même involontairement, la première chose à faire est de reconnaître sa faute, et de s'en excuser.

Quand on parle de soi, il faut toujours le faire avec modestie et simplicité, sans relever le mérite de ses actions à moins qu'on n'y soit contraint. Il faut au contraire faire valoir le mérite de la personne à qui l'on s'adresse, avec mesure toutefois, sans exagération et sans flatterie outrées.

Quand on demande une grâce, une faveur, un service, il n'y a pas d'inconvénient à en exagérer la valeur, pour donner plus de prix à sa reconnaissance. Il est utile de rappeler les services déjà reçus ; c'est une preuve qu'on n'en a pas perdu le souvenir, et qu'on a quelques droits à en obtenir de nouveaux. La modestie n'est jamais déplacée, mais c'est surtout quand on sollicite. Demander avec hauteur, c'est vouloir s'attirér un refus.

Le respect des convenances est une des conditions les plus essentielles des lettres, et quiconque a du tact, du savoir-vivre, de l'intelligence, de la connaissance des hommes, ne l'oublie jamais. *Verba volant, scripta manent,* voilà une maxime qu'on doit avoir toujours présente à l'esprit : Les paroles s'envolent, mais ce qui est écrit reste. Si l'on a blessé quelqu'un en écrivant, l'offense se renouvelle chaque fois qu'on relit votre écrit ; tandis que les bons sentiments qu'on lui a exprimés lui font chaque fois un nouveau plaisir, en le disposant bien en votre faveur.

Lettres de Bonne Année et de Fêtes.

Rien de plus difficile que d'écrire une lettre de ce genre, car c'est le sujet le plus usé. La seule ressource qu'on a est de s'énoncer avec cette simplicité qui est, ou qui paraît être le langage du cœur, et surtout avec cette brièveté qui prévient l'ennui. L'enfant y exprime aux auteurs de ses jours son tendre attachement pour eux, et ses vœux ardents pour leur conservation. Le protégé fait parler sa reconnaissance et ses souhaits pour la prolongation des années d'un homme à la vie duquel est attachée sa propre existence. Si l'on parle à des personnes sérieuses, on porte sa pensée sur la rapidité du torrent qui nous entraîne vers cet océan des âges où tout s'abîme sans retour ; on emprunte à la philosophie, à la religion surtout, ces idées, soit fortes, soit consolantes qui raidissent notre âme contre cette nécessité fatale, ou qui nous disposent à la souffrir sans murmure en vue d'une vie meilleure.

Enfin dans une lettre de pure étiquette, on se contente de souhaiter à la personne qui en est l'objet des jours aussi nombreux que ses bonnes qualités, ou ses bienfaits. Mais quelque style que l'on emploie, à quelques lieux communs qu'on ait recours, il ne faut jamais oublier que les fadeurs du jour de l'an sont ce qu'il y a de plus fastidieux au monde, et que là où une phrase suffit, c'est sottise d'en mettre deux.

Modèles de Lettres de Bonne Année et de Fêtes.

Lettre de bonne année d'un ami à son ami.

Que te souhaiterai-je à ce nouvel an, mon cher ami ? Depuis que nous nous sommes séparés pour suivre chacun une carrière diverse, je commence à ne plus connaître où tes désirs se portent avec le plus d'ardeur. Quels qu'ils soient, je t'en souhaite l'accomplissement, car je ne doute pas qu'ils ne prennent leur source dans les sentiments d'honneur et de probité que j'ai toujours vus en toi, et qui ont resserré, dès notre âge le plus tendre, les liens de notre amitié.

Je ne doute pas que tu ne fasses pour moi les mêmes vœux que je fais pour toi, et je t'en remercie d'avance. Mais, mon cher ami, crois bien, par l'expérience que me donne ma vie plus active que la tienne, que pour obtenir l'accomplissement de ses vœux, le plus sûr est de ne se proposer qu'un but que l'on puisse raisonnablement espérer d'atteindre, y marcher avec prudence et persévérance, ne donner au plaisir que le temps qu'il faut pour se délasser du travail, et repousser avec mépris les moyens deshonnêtes qui paraîtraient devoir nous faire arriver plus promptement. Nous sommes jeunes, nous avons du

16.

temps devant nous, ne le gaspillons pas, et, avec l'aide de la Providence qui n'abandonne que ceux qui s'abandonnent eux-mêmes, nous arriverons à la position qui nous fait envie, en gagnant en même temps la considération que l'on perd souvent en acquérant la fortune. Tu me diras que je suis bien jeune pour moraliser ; c'est vrai, mais la vérité de ce que je te dis frappe tellement les yeux, qu'il faudrait être un franc étourdi pour ne pas la voir.

Lettre de bonne année à un protecteur.

Permettez, monsieur, que je vienne, à ce renouvellement d'année, vous offrir les hommages aussi respectueux que sincères d'un cœur qui conservera toujours le souvenir des bienfaits dont vous m'avez comblés. Quoique je comprenne parfaitement que vos nombreuses occupations me fassent un devoir de ne pas vous faire perdre un temps précieux, je ne puis laisser passer cette occasion de vous exprimer les vœux que je forme pour que le ciel vous accorde santé, prospérité, et accomplissement de tous vos désirs.

Je vous prie de vouloir bien les agréer, avec l'assurance de ma considération la plus distinguée.

Lettre de bonne année d'un petit fils à son grand-père.

Cher bon papa, je viens te souhaiter la bonne année ; mais ne va pas croire que ce sont les étrennes qui m'aient fait souvenir du jour de l'an. Je ne dirai pas que je n'y pense pas ; ce serait un mensonge, et tu sais que je ne

veux pas mentir, car cela te ferait trop de peine. Bien
vrai, je te souhaite la bonne année, parce que c'est un
jour où tout le monde se la souhaite ; mais on se la
souhaite de tout son cœur, lorsque l'on s'aime bien. Et
moi qui t'aime tant, je te la souhaite de meilleur cœur
que tout le monde, parce que personne ne t'aime plus
que moi.

Lettre de bonne année d'un fils à sa mère veuve.

Je regrette d'être si loin de vous, chère mère, et de ne
pouvoir vous exprimer mes vœux à une époque où vous
les receviez autrefois de celui que vous pleurez et que je
pleure avec vous. Que puis-je faire pour adoucir votre
douleur ? Je sens bien, malgré toute l'affection que je
vous porte, que je ne remplacerai jamais entièrement
mon père auprès de vous ; mais tout ce dont je suis capable vous est dévoué, et, sans oublier ce que vous aviez
de plus cher au monde, il vous reste encore à aimer vos
enfants qui sont si chers au cœur d'une mère. Vous aurez de nous, et de moi en particulier, toute l'affection
que vous avez le droit d'attendre. Ce sera votre consolation, et je ne cesserai jamais de faire tous mes efforts
pour accomplir les souhaits que vous pouvez former à
cet égard.

Lettre de bonne année d'un élève à son maître.

Recevez aujourd'hui, mon cher professeur, les souhaits
que les Anglais appellent les *Compliments de la saison.*
Ce n'est point seulement pour me conformer à l'usage

que je viens vous les exprimer ; au-contraire, je suis heureux d'avoir cette occasion de vous montrer les sentiments que j'ai pour vous. Je sais que je ne suis pas sans reproche, que par l'effet de l'étourderie et de la paresse de mon âge, il m'est arrivé bien souvent de ne pas répondre aux soins que vous me prodiguez ; mais ne croyez pas que j'y sois insensible, et qu'au fond du cœur, je ne sois pas reconnaissant de toutes les peines que mon éducation vous donne. Je m'efforcerai, cette année, d'être plus docile et plus attentif, et de répondre, par mon zèle à étudier, aux vœux que vous faites, et que je fais avec vous, de me voir devenir un excellent élève.

Lettre d'un fils à son père pour sa fête.

Vous recevrez ma lettre, mon cher père, le jour de la Saint-N...., c'est vous dire qu'elle a pour objet de vous souhaiter une bonne fête. Il me serait doux d'être auprès de vous, pour vous exprimer de vive voix tous mes sentiments, et pour recevoir en retour vos embrassements. Mais la nécessité de ma position me retient loin de vous et pendant quelque temps encore je serai privé du bonheur de vous voir et de jouir de vos entretiens. Je ne puis offrir de cadeaux plus précieux à un père que l'assurance d'avoir un fils qui ne le fera jamais rougir, et qui s'efforcera de se rendre de plus en plus digne de l'affection de son père par son amour du travail, par la régularité de sa conduite, et par l'accomplissement de tous ses devoirs.

Lettre d'un neveu à sa tante pour sa fête.

Quand j'étais près de vous, ma chère tante, c'était un

bonheur pour moi que de vous apporter un bouquet et de vous serrer entre mes bras, à pareil jour que celui auquel vous recevrez ma lettre. Je ne puis aujourd'hui vous exprimer autrement que par écrit l'affection que j'ai pour vous, et qui semble s'être augmentée par l'éloignement. Quand on n'est plus auprès des personnes qui vous sont chères, on se prend d'un plus grand désir de les voir, précisément parce que ce désir ne peut pas être satisfait : et c'est vraiment une des peines de l'absence que de pouvoir de temps en temps, ne fût-ce qu'en passant, dire un mot d'amitié à ses chers parents. Cette peine, je l'éprouve très vivement, je vous assure, et ce sera une des plus grandes joies de mon retour que de pouvoir, comme autrefois, aller passer quelques instants auprès de vous, pour jouir de vos entretiens toujours si agréables pour votre tout dévoué neveu.

Lettres de Félicitation.

Dans une lettre de félicitation, on doit être court, on appuie sur la nature des grâces accordées, sur le mérite de celui qui les obtient, sur le discernement de celui qui les dispense. La satisfaction et la joie doivent se montrer dans ces sortes de lettres ; il faut y exprimer le sentiment ; la moindre teinte de jalousie ou de froideur serait, dans ces occasions, une inconvenance impardonnable. Il faut s'oublier entièrement.

Modèles de lettres de félicitation.

Lettre de Compliments à un protecteur.

Permettez, Monsieur, qu'un de vos humbles obligés vienne mêler ses félicitations à celles de tous vos amis, plus distingués que lui, à l'occasion de la récompense si justement méritée que vous venez d'obtenir. J'en ai ressenti une vive satisfaction, d'abord comme tout citoyen qui voit les services rendus au pays équitablement appréciés, et légitimement rémunérés, mais surtout comme un de ceux qui ont pu vous connaître de plus près, et comprendre tout ce qu'il y a en vous de vertus et de qualités de toute nature. J'ai donc éprouvé une joie personnelle en apprenant votre promotion ; et j'ai pris la liberté, que vous excuserez sans doute, de vous la témoigner ingénuement.

Compliments à un ami.

Le succès que tu viens d'obtenir m'est à peine connu, que j'ai hâte de t'en féliciter. J'en suis aussi joyeux que si je l'avais obtenu moi-même, sachant de quelle importance il était pour toi de réussir. Tes craintes m'avaient causé de la peine ; j'avais peur que tu ne te laissasses aller au découragement. Mais je vois que tu as su t'armer de courage, et quoique la difficulté à vaincre fût grande, tu en as triomphé par ta persévérance. J'espère que maintenant tu vas venir te reposer quelque temps au milieu de nous. Je serai heureux de t'embrasser et de te réitérer mes félicitations dont tu connais toute la sincérité.

Lettres de Condoléance.

La meilleure manière d'adoucir la douleur, c'est de la partager, c'est de pleurer avec celui qui pleure ; mêlez vos larmes avec les siennes, et vous lui prouverez plus d'intérêt, que d'ingénieux discours ne lui apporteraient de consolation. Faites l'éloge de l'épouse, du fils, du père qu'il a perdu ; joignez vos regrets aux siens, et vous le disposerez plus facilement à recevoir les adoucissements que la religion seule peut fournir à des maux qui sont sans remèdes. Si ce sont des chagrins d'une autre nature que ceux que cause la mort, comme ils ne pas irréparables, il faut, après s'être affligé avec la personne affligée de la perte d'un procès, de la perte d'un emploi, d'une injure reçue, etc, il faut chercher les moyens de réparer le mal, faire briller dans le lointain l'espérance, qui est pour l'âme abattue et déchirée ce qu'est au laboureur désolé par l'orage l'arc céleste qui lui en annonce la fin et le retour de la sérénité.

Modèles de Lettres de Condoléance.

Lettre de condoléance à un fils sur la mort de son père.

J'ai pris la plus vive part à la perte cruelle que vous venez de faire. Plus qu'un autre, j'ai été affligé de la mort de votre père, car nous étions des amis d'enfance, et dans le cours de notre vie entière, aucun nuage ne s'est jamais élevé entre nous. Je pleure donc sa perte comme celle d'un frère, et je regrette de n'avoir pu lui donner mes soins dans sa dernière maladie. Vous comprendrez de plus en plus combien vous avez perdu en le perdant. Je voudrais qu'il fût en moi de le remplacer en quelque chose auprès de vous. Si cela est possible, vous n'avez qu'à parler ; je suis prêt à faire pour vous ce que je ferais pour mon propre fils. Je serai heureux que vous m'en fournissiez l'occasion, ce serait pour moi la meilleure manière de vous prouver combien j'étais attaché à votre père.

Lettre de condoléance à un mari sur la mort de sa femme.

Votre perte est cruelle, mon cher ami, et aucune douleur sur la terre ne peut se comparer à celle d'un époux qui survit à l'autre époux, quand ils s'aimaient bien, comme c'était le cas pour vous. Je vous plains donc de tout mon cœur, et je voudrais pouvoir vous donner quelque consolation. Hélas ! il n'en est point sur cette terre. Il n'en est pas d'autre que l'espoir d'être un jour réuni dans le ciel avec votre compagne chérie. Cet espoir est certain, mais d'ici là, que de peines dans l'isolement où vous allez vous trouver ! que d'ennuis, que de troubles, que d'agitations qui ne se montrent pas encore, mais qui se manifesteront plus tard ! Dieu seul pourra vous donner la force de supporter ce que vous aurez à souffrir. Il est assez puissant pour cela, et il ne vous laissera pas, si vous ne le laissez pas vous-même, et un jour il vous accordera l'immense bonheur de retrouver votre femme : voilà la vraie consolation.

Lettres de Demande.

Une demande par écrit ne se fait que de deux manières, par un placet ou par une lettre. Dans un placet, qui ne s'adresse qu'à des gens en place, on expose l'affaire avec des formes qui n'ont rien de commun avec le style épistolaire. Dans une lettre, la manière de faire une demande est soumise à des règles dictées par la circonstance. A qui demande-t-on, et que demande-t-on ?

Si la personne est fort au-dessus de nous, il faut un ton plus respectueux que si elle est à une moindre distance. Si la chose est aisée à obtenir, on a moins besoin d'insister, que s'il y a des obstacles à surmonter. Si le service dépend de celui à qui l'on s'adresse, il y a peut-être quelques

17

ménagements de moins à garder que si le service exigeait de sa part, l'entremise d'un tiers.

Ces sortes de lettres peuvent être plus longues
que des lettres ordinaires, pourvu que ce qu'on
demande soit parfaitement expliqué. On doit éviter la familiarité, la gaîté, la fierté. Il faut de
l'adresse et du tact, afin de rendre favorable à
nos désirs l'homme qui peut les satisfaire. Par-
lez à son cœur, intéressez son amour-propre, faites valoir vos rapports avec lui, ne craignez pas
de donner une grande importance à la grâce
demandée, et faites sentir que vous en aurez
une reconnaissance aussi vive que durable.

Modèles de lettres de Demande.

A un ami pour obtenir, par son entremise,
quelque grâce auprès d'un ministre.

Monsieur,

Le crédit dont vous jouissez auprès du ministre de....
est un effet de votre mérite et de son discernement ; j'aurais désiré vous en voir jouir sans être obligé d'y avoir
recours : mon amitié vous en eût paru plus désintéres-
sée, quoique cependant elle ne l'ait pas été davantage ;
mais les circonstances me contraignent d'agir autrement,
et je me félicite encore de ce que celui qui peut m'être utile
a bien voulu m'assurer plusieurs fois que j'étais du nombre

de ses amis. Si je consulte mon cœur, je me sens digne d'un semblable bonheur. J'en agis donc avec plus de hardiesse et d'espoir. Je m'explique : (ici se trouve le détail de l'affaire qui occasionne cette lettre.)

Voilà le service que j'attends de vous ; il est, comme vous le voyez, d'une grande importance pour moi ; mais je suis très assuré que, pour peu que vous daigniez m'appuyer, mes affaires prendront la tournure la plus heureuse : je ne vous troublerai pas davantage. J'appréhenderais non seulement de vous faire croire que je compte peu sur vous, mais encore de diminuer le plaisir que vous m'avez toujours témoigné prendre à m'obliger.

Pour demander protection pour soi-même.

Monsieur,

Vous avez eu la bonté de me permettre de recourir à vous dans les affaires les plus importantes qui pouvaient me regarder. Dans cette confiance, je vous prie de m'accorder votre protection ; je demande au ministre (désigner la demande.) Puis-je, monsieur, me présenter chez vous, pour vous prier d'apostiller ma pétition, et de la recommander au ministre même ? J'attendrai votre réponse avec l'espoir que votre bienveillance m'inspire, et je suis avec un profond respect, etc.

Réponses aux lettres de Demande.

Il n'y a que trois manières de répondre aux lettres de demande ; accorder, refuser, promettre.

Quand on accorde, il faut l'annoncer promptement; c'est doubler le bienfait. L'homme qui l'attend est dans une telle impatience qu'on ne peut trop tôt l'en délivrer. On ajoute encore à sa satisfaction, en entourant le bienfait de tout ce qui le peut embellir; on en diminue l'importance, et l'on en augmente le prix par l'adresse que l'on met à le dépriser ; on insiste sur la satisfaction qu'on éprouve à obliger, et toujours on dissimule les peines que le bienfait a coûtées.

Le refus exige beaucoup plus d'art, car il n'est rien de plus pénible, pour quelqu'un qui a du cœur, que de refuser. Tout ce que l'esprit a de ressources s'emploie alors à ôter à ce cruel mot *non* ce qu'il a d'odieux et de dur : on n'a pas pu ; on a fait tout ce qui dépendait de soi, on a trouvé tant d'obstacles ; il y a tant de solliciteurs, etc. On exprime ensuite ses regrets, non par de vaines formules, mais par des phrases bien senties, et l'on tâche de laisser toujours entrevoir quelque rayon d'espoir, pour peu qu'il en reste.

En effet, l'espérance est la meilleure consolation à offrir à ceux dont on n'a pu seconder les vues. On promet de redoubler d'efforts, quand une nouvelle occasion d'agir se présentera, et l'on se flatte d'être plus heureux.

Lettres de Remercîment.

C'est un devoir indispensable de remercier quand on a reçu un service. On mesure l'expression de la reconnaissance à la grandeur de la grâce reçue et au caractère de bienfaiteur. En général, on doit être respectueux sans bassesse, flatteur sans flagornerie, gai sans excès. Le cœur, plus que l'esprit, doit faire les frais de la reconnaissance, qui loin de paraître un fardeau pour celui qui remercie, ne doit sembler qu'un devoir bien doux à remplir. C'est pour cela que la gaîté est de mise dans une lettre de remercîment.

Ce n'est qu'entre égaux que l'on peut laisser entrevoir qu'à la première occasion on usera de retour, et alors même, il y a à craindre de paraître considérer le bienfait reçu comme une dette dont on cherchera à se décharger quand on le pourra. Il est mieux de ne faire aucun retour sur soi-même, d'attacher un grand prix au service rendu, et de promettre une reconnaissance qui durera toujours. Se montrer profondément sensible aux grâces que l'on obtient, c'est se concilier encore plus la bienveillance de ceux qui les ont accordées, et les exciter à en accorder de nouvelles.

Modèles de lettres de Remercîment.

Pour remercier une personne de nous avoir donné sa protection que nous ne lui demandions pas.

Monsieur,

Je suis pénétré du service que vous m'avez rendu, et ce qui me charme le plus dans votre procédé, c'est que vous m'ayez accordé votre protection sans que je l'aie sollicitée. Par la noblesse de votre action, jugez, monsieur, de ma reconnaissance et de mon respect. Si rien n'égale vos bontés, rien non plus n'égale le sentiment qui me les fait reconnaître.

Pour remercier une dame des attentions qu'elle a eues pour une autre dame.

Madame,

Je m'empresse de vous faire des remercîments, mon épouse vient de me marquer quels ont été les témoignages d'amitié que vous lui avez donnés. Cela ne m'a pas surpris ; car il y a longtemps que je connais votre cœur, et que je suis persuadé qu'on n'en saurait trop faire d'estime. Me sera-t-il donc donné le pouvoir, de mon côté, de vous montrer combien je suis sensible à des attentions aussi généreuses. Je pense au moins, madame, que vous ne douterez pas quelle joie j'aurais à rendre à

vous ou à ceux qui vous sont chers, les soins que vous
avez accordés à mon épouse ; mais que j'aie le bonheur
de m'acquitter, ou que je vous reste toujours redevable,
je n'en serai pas moins votre serviteur le plus dévoué.

Pour remercier une personne qui a pris notre défense pendant notre absence.

Monsieur,

Je vous dois des remercîments, peut être me deman-
derez-vous à quel sujet : ce ne serait pas étonnant que
vous eussiez oublié le service que vous m'avez rendu
d'autant plus généreusement que vous ignoriez que je
l'apprendrais. Veuillez donc vous rappeler que jeudi
dernier, chez madame G..., une personne dont je veux
oublier le nom, éleva des doutes injurieux sur ma réputation. On l'écouta, suivant la coutume, et personne n'eût
daigné répondre pour confondre le calomniateur, s'il ne
se fût trouvé dans la société un homme de bien, qui ne se
contente pas d'avoir des vertus ; mais qui prend encore
plaisir à confondre le vice. C'est vous, monsieur ; il semble qu'on soit convenu de recevoir avec politesse ce qu'on
ne croit pas. On craint de donner un démenti à un homme
que l'on sait bien n'être qu'un calomniateur : on va même
jusqu'à lui prêter une attention dont il est indigne, c'est
un usage reçu. Si cet homme qui prend tant de plaisir à
débiter des faussetés sur mon compte, eût parlé de ravir
la plus petite partie de mon bien, tout le monde en aurait
eu horreur, et se fût empressé de me le dénoncer ; il a

voulu m'enlever ma réputation, qui est plus que ma fortune, on l'a laissé paisiblement achever ses mensonges, on ne lui a pas témoigné moins de considération pour cela. Voilà les hommes, et c'est parce qu'il sont presque tous ainsi, monsieur, que je vous ai tant de gré de m'avoir défendu ; votre défense m'honore encore plus qu'elle ne m'est utile, en apprenant aux autres que vous m'avez jugé digne de votre estime. Je reçois, avec une sorte d'orgueil, le témoignage public que vous m'en donnez ; je désirerais que la mienne, que je serais forcé de vous accorder en secret, si j'avais l'injustice de vous la refuser hautement, pût vous causer autant de plaisir que m'en a fait la vôtre.

Je suis, etc.

A une personne qui nous a fait obtenir une grâce.

Monsieur,

Je viens de recevoir votre lettre du premier juillet, par laquelle je vois la grâce que l'Empereur... ou le Ministre... m'a faite à votre sollicitation. Cette grâce, et la manière dont vous vous êtes toujours employé pour moi, me touchent si sensiblement, que j'ai de la peine à vous dire au point où cela me touche. Mais, monsieur, aidez-moi, je vous supplie, à vous remercier. Dites-vous bien à vous-même que je sens pour vous toute la reconnaissance et toute l'amitié qu'un bon cœur peut ressentir quand on l'a comblé de bienfaits et d'honnêtetés. Je partirai d'ici au premier jour pour Paris. Que je serais

heureux si je pouvais vous dire moi-même que personne
ne sera jamais à vous plus que moi,

Votre, etc.

A un ami.

. Monsieur,

Vous ne vous lassez jamais de m'obliger ; mes lettres
ne vous donnent que de la peine, et les vôtres me font
toujours quelque bien : c'est un commerce où je gagne
continuellement, et où vous perdez toujours. Mais quel
moyen d'arrêter la générosité de votre âme ! et vous
voulez toujours ajouter les bons offices aux bons conseils.
Tout ce que je puis vous dire, c'est que j'en ai une reconnaissance parfaite, et que personne ne sera jamais
plus que je suis, etc.

Lettre d'amitié et de reconnaissance.

Vous auriez grande raison, monsieur, de vous plaindre de ma négligence à vous rendre réponse, après la
déclaration que vous m'aviez faite dans votre dernière
lettre, que vous m'aimiez. Il est vrai que vous m'avez
donné de la vanité, et je ne devais pas être trop négligent
à vous le dire. Vous me rendez un peu justice de m'aimer, monsieur, car personne ne vous estime tant ni avec
une plus grande connaissance de cause que moi. Je
connais tout ce qu'il y a de gens de mérite dans le pays,
j'ai conversé avec tous ceux qui se mêlent d'écrire, il n'y
en a point à qui je vous préfère, et c'est avec la plus
grande sincérité du monde que je vous en assure. Mon

17.

indisposition m'empêche de vous envoyer mes réflexions ; car je ne suis point assez bien pour m'appliquer à les arranger ; ce sera pour une autre fois, s'il vous plaît. J'ai eu de grandes conférences avec madame de S.... sur le dessein que vous aviez de revenir à Paris pour vos affaires : elle doit vous avoir mandé mes pensées ; s'il vous venait dans l'esprit quelque expédient où nous puissions quelque chose, mandez-le nous. Je crois que vous pourriez aussi écrire de temps en temps à madame de.... du besoin que vous avez de revenir à Paris pour vos affaires. Je suis, avec mon respect ordinaire, votre, etc.

Réponse.

Monsieur,

J'ai bien du chagrin d'être longtemps sans recevoir de vos lettres ; mais c'est encore moins pour la raison qui vous empêche de m'écrire, que pour le plaisir que je n'ai pas quand vous ne m'écrivez point. Je voudrais bien que vous fussiez toujours en bonne santé ; car je n'aime pas que mes amis souffrent. Au reste, vous n'avez pas sujet de me craindre quand vous m'écrivez, ce n'est pas parce que je suis indulgent, c'est parce qu'il vous est aisé de bien écrire. Je vous avoue que je suis un peu juste et délicat, mais vous l'êtes aussi ; et pour écrire des lettres familières, il ne faut qu'être naturel.

Lettres d'Affaires.

La clarté doit être le mérite nécessaire de ces lettres. Il ne saurait y être question d'esprit ou de sentiment. Il faut expliquer sans obcurité la chose dont il s'agit, de manière à être compris même de ceux dont l'intelligence n'a rien au-dessus de l'ordinaire. Quand on traite une affaire, il faut en poser les conditions avec netteté, parce que s'il y a du vague, on risque d'être mal compris, et plus tard on s'expose à des procès. Jamais les phrases ne doivent prêter à plusieurs interprétations; c'est laisser le champ libre à la mauvaise foi. On doit tout dire, mais il faut éviter la prolixité. C'est souvent au moyen de ces phrases de remplissage, qu'un adversaire cherche les moyens de faire tourner à son profit ce qu'on n'avait pas l'intention de lui accorder. Ne promettez que ce que vous pourrez tenir; ce que vous aurez montré comme une espérance, on le considérera comme un engagement. Les lettres d'affaires demandent la connaissance des matières que l'on traite, l'expérience, la prudence, le jugement. Elles ne sont pas difficiles pour ceux qui possèdent tout cela, elles le sont beaucoup moins que celles où l'esprit est en jeu, mais quiconque ne se sent pas apte à les écrire avec les conditions nécessaires, fera bien de recourir à la plume d'un ami ou d'un homme d'affaires, pour ne pas s'exposer à compromettre ses intérêts.

Modèles de lettres d'Affaires.

Lettre pour un règlement de compte.

Je suis chargé par mon parent M.... de régler avec vous, Monsieur, le compte que vous avez ensemble. Selon ses notes, il lui reviendrait un solde, tandis que, d'après les vôtres, vous ne lui devriez plus rien. Soyez assez bon pour bien examiner les copies de ses notes que je vous remets sous ce pli ; vous pourrez mettre de côté toutes celles sur lesquelles vous êtes d'accord ; et ensuite comparer avec les vôtres celles sur lesquelles vous différez. Quand vous aurez fait ce travail préparatoire, si vous voulez bien me dire le jour et l'heure où je pourrai vous voir, nous examinerons ensemble d'où proviennent ces différences, et j'espère que nous n'aurons aucune peine à arriver à un règlement final, puisque nous ne voulons tous que ce qui est juste.

Lettre pour l'achat d'une terre.

J'ai appris que vous étiez disposé à vous défaire de la terre que vous avez à...... Je connais quelqu'un à qui elle pourrait convenir. Si en effet vous êtes décidé à la vendre, soyez assez bon pour me le dire, et en même

temps me fixer le prix que vous voudriez en obtenir.
Pour que l'affaire puisse aboutir, il ne faudrait pas que
votre demande dépassât une juste limite ; car vous savez
qu'en ce moment les immeubles sont d'une réalisation
difficile.

Lettres Commerciales.

Les instructions relatives aux lettres d'affaires
en général s'appliquent aussi aux lettres commerciales, dont le caractère principal doit être la
clarté et la précision. Il faut être bref, toutes les
fois que la brièveté n'exclut pas la clarté.

Il faut surtout être clair et explicite dans les
ordres que l'on donne. Si l'exécution de ces ordres
dépend de telle ou telle circonstance, il faut les
prévoir, et indiquer comment on devra agir selon
les changements de circonstance, pour éviter les
malentendus et les discussions.

Il est très utile de ne pas traiter verbalement
les affaires importantes ; quand elles l'ont été de
cette manière, les négociants expérimentés ont
soin de constater dans une échange de lettres les
points principaux dont on est convenu.

Modèles de lettres Commerciales.

Avis à une personne qui commence les affaires.

Mon cher Monsieur, vous me demandez mon avis sur l'intention que vous avez de vous établir pour faire le commerce. Je vous ferai connaître très volontiers ma manière de voir à ce sujet.

D'abord, tâchez d'acquérir toutes les connaissances qui se rattachent aux affaires, et après cela, soyez irréprochable dans votre conduite ; vous obtiendrez par là la confiance et le crédit.

Ne commencez pas aux époques de crises commerciales, et observez les évènements politiques, pour ne pas vous lancer dans les affaires, au moment où une guerre serait prête à éclater.

Ne vous établissez pas avant d'avoir des fonds suffisants. Ayez toujours des fonds en réserve, pour faire face à des demandes imprévues, ou à des remboursements d'effets en retour.

A moins d'occasions très favorables, ne vous associez avec personne ; travaillez seul.

Tenez toujours vos écritures dans le plus grand ordre. Exercez-vous à acquérir un bon style épistolaire ; c'est une qualité toujours précieuse, surtout dans le commerce.

Soyez toujours prompt à répondre aux letttres que vous recevez ; c'est le moyen d'obtenir beaucoup de commis sions.

Liez-vous avec des maisons respectables, et évitez de faire des affaires avec celles dont la probité est douteuse.

Soyez exact à remplir vos engagements ; vendez et achetez au comptant, autant que possible.

Circulaire annonçant l'établissement d'une Agence Commerciale.

Messieurs,

Nous avons l'honneur de vous informer que nous avons établi une maison d'Agence Commerciale, à...... sous la raison sociale A... B... et Cie.

Notre intention est de nous borner aux affaires à la commission, et nous venons vous offrir nos services, en vous assurant que nous apporterons les plus grand soins à la gestion des opérations que vous voudrez bien nous confier.

Nous espérons que la liste ci-jointe des maisons auxquelles vous pourrez demander des renseignements sur notre compte, suffira pour justifier la confiance que nous sollicitons de vous, car nous avons l'avantage de pouvoir compter sur leur considération et sur leur appui.

Ci bas nos signatures.

Agréez, Messieurs, nos civilités les plus empressées.

Lettres de Recommandation.

Les lettres de recommandation se confient ouvertes à la personne que l'on recommande et qui les remet elle-même. De là suit, qu'elles ne doivent contenir que des choses favorables au recommandé. Si on le connaît intimement, on doit dire tout le bien qu'on en sait. Mais il est prudent de ne pas prodiguer ce genre de lettres, parce qu'on se porte, pour ainsi dire, moralement caution de celui qu'on recommande. Lorsqu'on n'a pas pu refuser une lettre de recommandation à quelqu'un que l'on connaît peu, ou ce qui est pire, que l'on considère peu, il faut se renfermer dans des termes très vagues, qui ne puissent pas se prendre pour autre chose que comme une simple introduction. Il y en a qui vont plus loin, et qui après avoir donné une lettre de recommandation, écrivent en particulier à la personne à qui elle est adressée, pour lui dire franchement ce qu'on pense. Il y a là une espèce de duplicité qu'on a peine à justifier. Il vaudrait mieux dans un cas pareil refuser la lettre de recommandation qu'on vous demande.

Modèles de lettres de Recommandation.

Lettre de Recommandation.

J'ai l'honneur d'introduire auprès de vous, M.... qui se rend dans votre ville pour ses affaires. Il aura besoin de quelque renseignement et peut-être de quelques recommandations. M.... est une personne parfaitement honorable et que vous pouvez présenter à vos amis comme méritant leur considération. Je ne doute pas que vous ne soyez disposé à faire pour lui ce qui sera en votre pouvoir. Je vous serai donc reconnaissant des services que vous lui rendrez comme si vous me les rendiez à moi-même. Je vous prie, en retour, d'user librement de mon ministère en tout ce qui pourra vous être utile ou agréable ; ce sera me faire plaisir que d'en agir ainsi avec moi.

Lettre de Recommandation et de Crédit.

La personne qui vous remettra cette lettre est M..... l'un de mes intimes amis, qui se rend dans votre ville pour une affaire importante. Je viens vous prier de lui fournir non seulement les renseignements qui pourront lui être nécessaires, mais encore, dans le cas où il aurait besoin de quelque argent, de lui compter jusqu'à concurrent de la somme de..... francs, que je vous renbourserais moi-même, s'il ne l'avait pas fait immédiatement à son retour ici, ce qui ne saurait manquer. Je vous serai infiniment obligé des services que vous lui rendrez ; ce sera absolument comme si vous me les rendiez à moi-même, et il ne me restera qu'à attendre l'occasion de vous en rendre de pareils.

Lettres aux personnes que l'on vient de quitter.

L'usage veut que lorsqu'on quitte une personne chez qui on est venu passer quelque temps, on lui écrive aussitôt qu'on est rentré chez soi. On en fait de même lorsqu'on a fait un voyage prolongé avec quelqu'un. Dans ces lettres, on exprime le regret de la séparation, on rappelle les circonstances les plus remarquables qui ont eu lieu pendant qu'on était ensemble, les personnes que l'on a vues ; on exprime l'espoir de se réunir encore, et l'on promet de conserver un souvenir éternel du temps passé ensemble. Si l'on ne pense pas tout ce que l'on dit, on est censé devoir le penser, la politesse l'exige, et il n'y a pas de fausseté à dire ce que la politesse commande, on sait ce que valent ces paroles, et il suffit de s'être conformé à l'usage; y manquer, ce serait être impoli et grossier.

Lettre à une personne que l'on vient de quitter.

Heureusement rentré dans ma famille, je n'éprouve qu'un regret, celui de n'être plus auprès de vous. Le souvenir des doux moments que nous avons passés ensemble m'est toujours présent, et le temps de mon séjour dans votre demeure fera époque dans ma vie. Votre aimable hospitalité s'ingéniait sans cesse à chercher des moyens de me retenir, et je cédais volontiers à des désirs si délicatement exprimés. Recevez ici mes plus affectueux remercîments pour un accueil que je méritais si peu. Que pourrais-je faire pour le reconnaître dignement? Je ne puis que vous offrir à mon tour l'hospitalité dans ma modeste maison, et me mettre entièrement à votre disposition. Usez donc sans réserve de mes faibles services, ce sera un vrai bonheur pour moi que de pouvoir faire quelque chose pour vous.

Lettres pour les Mariages.

Rien de plus délicat que cette sorte de lettres. Le mariage étant l'acte le plus important de la vie, on doit s'attendre à ce que les personnes à qui on en propose la demande ne se décident à l'accepter qu'après mûres réflexions, et seulement lorsqu'ils y voient tous les avantages et toutes les convenances qu'elles peuvent désirer. Une demande en mariage doit donc exposer ces avantages, les faire ressortir, prévoir d'avance les objections, les écarter, enfin présenter le mariage proposé comme acceptable sous tous les rapports.

Les réponses exigent aussi beaucoup de tact. Si l'on accepte, on ne doit pas montrer trop d'empressement, et ne le faire qu'après avoir pris le temps de la réflexion. Si l'on refuse, c'est alors qu'il faut garder de grands ménagements, éviter tout ce qui serait blessant, et s'efforcer de motiver le refus par des considérations qui écartent de l'esprit de la personne refusée toute idée qu'elle ait pu être dédaignée.

Modèles de lettres pour les Mariages.

Lettre d'un jeune homme à un père pour lui demander sa fille en mariage.

Ce n'est pas sans hésitation que je viens vous adresser une demande que vous trouverez peut-être trop hardie. Les grâces personnelles de mademoiselle votre fille et encore plus ses qualités si distinguées ont fait sur moi une impression durable, et m'inspirent un vif désir d'unir mon sort au sien. En homme d'honneur, je n'ai pas dû tenter d'agir auprès d'elle pour me la rendre favorable, et j'ignore comment elle recevra ma proposition, que je ne devais lui faire que par votre canal et avec votre approbation. J'attendrai donc, non sans anxiété, sa réponse et la vôtre. Je comprends que cette réponse ne peut être donnée immédiatement. Il est juste que vous fassiez vos réflexions et que vous preniez vos informations. Je voudrais que les unes et les autres me fussent avantageuses, et j'en serais au comble de mes vœux les plus ardents.

Lettre d'un père à une mère veuve pour lui demander sa fille en mariage pour son fils.

En enfant soumis et bien élevé, mon fils m'a fait part du désir qu'il a conçu de devenir l'époux de mademoiselle votre fille, et il m'a chargé de vous en faire la demande. Je vous avoue que je ne songerais pas à présent à le marier, mais, quoiqu'il soit encore jeune, il a déjà une grande maturité d'esprit, et je suis sûr qu'il deviendra un bon mari et un bon père de famille. De votre côté, peut-être verrez-vous quelque avantage, dans la position où la mort de votre mari vous a mise, de trouver dans un gendre un aide et un appui. Je suis convaincu que mon fils répondrait parfaitement à votre attente. Je soumets ma demande à vos réflexions; si elle vous agrée, je suis prêt à vous fournir tous les renseignements nécessaires sur la question des intérêts, et j'espère que nous tomberons aisément d'accord sur ce sujet.

Réponse à une demande en mariage.

Il m'est vraiment pénible de ne pouvoir accueillir l'honorable proposition que vous avez bien voulu me faire. Ma fille, que j'ai dû consulter avant de prendre aucune décision, se trouve encore trop jeune pour penser à s'établir. Quelque honoré que j'eusse été d'une alliance avec vous, il ne m'est pas possible d'user de mon influence, et de chercher à faire changer des idées que je ne saurais désapprouver. En effet, ma fille est bien jeune, et il n'est pas encore temps pour elle d'entrer dans les soucis du mariage. Je vous renouvelle donc l'expression de mon regret profond.

Autre réponse à une demande en mariage.

La proposition que vous avez bien voulu me faire a été le sujet de toutes mes réflexions. Je l'ai communiquée à ma fille, qui ne m'a pas paru éloignée de l'accepter, mais qui s'en est entièrement rapportée à moi. Elle est prête à se soumettre à ma résolution quelle qu'elle soit. Je viens donc vous prier de vouloir bien charger une personne de confiance de me faire connaître ce que vous comptez faire pour établir votre fils ; de mon côté je lui dirai ce que je donne à ma fille. Les questions d'intérêt traitées par un intermédiaire sont plus faciles à régler. J'espère qu'elles le seront convenablement, et qu'il me sera alors possible de vous donner une réponse définitive et favorable.

Lettres de Conseils.

Ne donnez jamais des conseils à qui ne vous en demande pas, à moins d'y être obligé par devoir. Un père, une mère, un tuteur ont ce devoir, un ami peut hasarder quelques conseils, s'il croit qu'ils seront bien reçus. Hors de là, faites-vous presser longtemps. Tel qui demande un conseil, ne sollicite qu'une approbation. S'il faut absolument émettre un avis, enveloppez-le de toutes les formules de politesse, de toutes les restrictions, de toutes les gentillesses de style qui ne permettent pas à l'amour-propre de se fâcher, lors même qu'on l'offense.

Lettre de Racine à son fils. *

C'est tout de bon que nous partons pour notre voyage de Picardie. Comme je serai quinze jours sans vous voir, et que vous êtes continuellement présent à mon esprit, je ne puis m'empêcher de vous répéter encore deux ou trois choses que je crois très importantes pour votre conduite.

---

* Nous donnons quelques lettres d'écrivains célèbres qui enseigneront par leurs exemples comment on doit traiter les sujets les plus délicats.

La première, c'est d'être extrêmement circonspect dans vos paroles, et d'éviter la réputation d'être un parleur, qui est la plus mauvaise réputation qu'un jeune homme puisse avoir dans le pays où vous entrez. La seconde est d'avoir une extrême docilité pour les avis de M. et Madame Vignan, qui vous aiment comme leur enfant.

N'oubliez point vos études, et cultivez continuellement votre mémoire, qui a grand besoin d'être exercée. Je vous demanderai compte, à mon retour, de vos lectures et surtout de l'Histoire de France, dont je vous demanderai à voir des extraits.

Vous savez ce que je vous ai dit des opéras et des comédies ; on en doit jouer à Marly : il est très important pour vous et pour moi-même qu'on ne vous y voie point, d'autant plus que vous êtes présentement à Versailles pour y faire vos exercices, et non point pour assister à toutes ces sortes de divertissements. Le roi et toute la cour savent le scrupule que je me fais d'y aller, et ils auraient très méchante opinion de vous, si, à l'âge où vous êtes, vous aviez si peu d'égards pour moi et pour mes sentiments. Je devais, avant toute chose, vous recommander de songer toujours à votre salut, et de ne point perdre l'amour que je vous ai vu pour la religion.

Le plus grand déplaisir qui puisse m'arriver au monde, c'est s'il me revenait que vous êtes indévot, et que Dieu vous est devenu indifférent. Je vous prie de recevoir cet avis avec la même amitié que je vous le donne. Adieu, mon cher fils ; donnez-moi souvent de vos nouvelles.

Lettre de Madame de Maintenon à son frère.

On n'est malheureux que par sa faute : ce sera toujours mon texte et ma réponse à vos lamentations. Songez, mon cher frère, au voyage d'Amérique, aux malheurs de notre père, aux malheurs de notre enfance, à ceux de notre jeunesse, et vous bénirez la Providence, au lieu de murmurer contre la fortune. Il y a dix ans que nous étions bien éloignés, l'un et l'autre, du point où nous sommes aujourd'hui ! nos espérances étaient si peu de chose, que nous bornions nos vœux à trois mille livres de rente : nous en avons à présent quatre fois plus, et nos souhaits ne seraient pas encore remplis ! Nous jouissons de cette heureuse médiocrité que vous vantiez si fort ; soyons contents. Si les biens nous viennent, recevons-les de la main de Dieu, mais n'ayons pas des vues trop vastes. Nous avons le nécessaire et le commode ; tout le reste n'est que cupidité. Tous ces désirs de grandeur partent du vide d'un cœur inquiet. Toutes vos dettes sont payées ; vous pouvez vivre délicieusement sans en faire de nouvelles : que désirez-vous ? Faut-il que des projets de richesse et d'ambition vous coûtent la perte de votre repos et de votre santé ? Lisez la vie de saint Louis ; vous verrez combien les grandeurs de ce monde sont au-dessous des désirs du cœur de l'homme : il n'y a que Dieu qui puisse le rassasier. Je vous le répète, vous n'êtes malheureux que

18

par votre faute. Vos inquiétudes détruisent votre santé, que vous devriez conserver, quand ce ne serait que parce *que* je vous aime. Travaillez sur votre humeur : si vous pouvez la rendre moins bilieuse et moins sombre, ce sera un grand point de gagné. Ce n'est point l'ouvrage des réflexions seules ; il y faut de l'exercice, de la dissipation, une vie unie et réglée. Vous ne penserez pas bien tant que vous vous porterez mal : dès que le corps est dans l'abattement, l'âme est sans vigueur. Adieu : écrivez-moi, et sur un ton moins lugubre.

Lettre de la même à sa nièce.

De quoi vous plaignez-vous, ma chère nièce ? de ce que je ne vous ai pas écrit sur la mort de M. de Caylus ? Vous savez si je ne m'y suis intéressée, et nous ne devons pas en être aux compliments. Je suis si malade et si vieille, que je me réduis aux lettres nécessaires. Qu'est-ce que cette dépendance que vous voulez avoir de moi ? Vous êtes en âge et en possession de vous conduire ; que voulez-vous changer à la veille de ma mort ? Vous ne serez pas assez folle pour vous remarier : vivez en bonne mère, ne rentrez pas dans le monde ; choisissez un certain nombre d'amis ; voyez peu d'hommes, et que ce soit d'honnêtes gens : vivez à la vieille mode ; ayez toujours une fille qui travaille dans votre chambre quand vous êtes avec un homme ; défiez-vous des plus sages, défiez-vous de vous-même ; croyez-en une personne qui a de l'expérience et qui vous aime.

Vous êtes encore jeune et belle : au nom de Dieu, ne vous commettez point ; occupez-vous de vos enfants ; servez Dieu sans cabale; ne méprisez personne, et ne vous entêtez de rien ; suivez la vie commune ; soyez simple, et pardonnez à ma tendresse cette petite instruction ; elle vaut bien un compliment.

Lettres de Reproches.

On ne devrait jamais écrire de lettres de reproches. Telle parole qui dite de vive voix et d'un ton convenable, effleurerait à peine, devient blessante sous la plume. Il faut à peine, dans une lettre, laisser percer le mécontentement, Si l'on se livre à l'humeur, le reproche, au lieu d'amener des excuses ou un raccommodement, ne peut qu'augmenter l'éloignement et conduire à la haine. Plus d'une fois des reproches maladroits ont amené des ruptures, Le reproche a lieu entre amis : la réprimande de supérieur à inférieur, du père au fils, du chef au subordonné. La réprimande peut être sévère pourvu qu'elle soit juste. Le reproche ne saurait être entouré de trop d'indulgence et de douceur.

Lettre de Madame de Maintenon à M. l'abbé Gobelin.

Jamais je ne souhaiterai plus ardemment d'être hors d'ici. Plus je vais, plus je fais des vœux pour la retraite, et de pas qui m'en éloignent. Je vous en parle rarement, parce que vous dites tout à votre confident. Vous aimez la franchise, et je hais la dissimulation. Je vous conjure qu'il ne sache plus de mes nouvelles par vous. Aujourd'hui je ne l'intéresse point, et il a, sur tout ce qui regarde la cour, des vues, des sentiments, des connaissances qui ne ressemblent pas aux miens.

Lettre du comte de Bussi à Madame de M***.

Pourquoi ne me faites-vous point de réponse, Madame ? car vous avez reçu la lettre que je vous écrivis en arrivant ici. Je ne m'étendrai point en longs reproches ; peut-être n'en méritez-vous point. Si vous en méritez, j'aime mieux vous abandonner à vos remords que de me plaindre. Sérieusement, Madame, mandez-moi ce qui vous a empêché de m'écrire : j'aimerais mieux que vous eussiez été un peu malade, que de croire que vous m'eussiez moins aimé.

Lettre de Madame de Scudéri au comte de Bussi.

Ne vous vantez plus de connaître l'amitié, Monsieur : il y a six mois que je ne vous ai écrit, parce que je

n'ai bougé du lit tout l'hiver ; et je n'ai pas eu la moindre marque de votre souvenir. Je vois bien que je
pourrais être morte deux ou trois ans sans vous en
inquiéter, si mon ombre ne vous allait reprocher votre
oubli. Prenez-y garde, au moins, cela pourrait bien
vous arriver ; car je crois que je saurai aimer au-delà
du tombeau.

Lettres d'Excuses.

Lorsqu'on a blessé quelqu'un, même involontairement, à plus forte raison, quand on l'a
offensé, on lui doit des excuses ; il n'y a point
d'humiliation à reconnaître ses torts, à en témoigner du regret, il y a au contraire un acte
louable à le faire, quand on s'excuse sans bassesse, sans y être amené par la crainte ou
l'intérêt. On explique le fait, on en atténue la
gravité que l'offensé est toujours disposé à exagérer, on assure que l'on n'a pas eu de mauvaise intention, on témoigne du regret, on
exprime le désir d'effacer toute cause de dis-
corde, etc.

Lettre de Madame de Sévigné à M. de Bussi.

Je me presse de vous écrire, afin d'effacer promptement de votre esprit le chagrin que ma dernière lettre y

18.

a mis. Je ne l'eus pas plus tôt écrite que je m'en repentis... Il est vrai que j'étais de méchante humeur ; je n'eus pas la docilité de démonter mon esprit pour vous écrire ; je trempai ma plume dans mon fiel, et cela composa une sotte lettre amère, dont je vous fais mille excuses. Si vous fussiez entré une heure après dans ma chambre, nous nous fussions moqués de moi ensemble...

Adieu, comte, point de rancune ; ne nous tracassons plus. J'ai un peu de tort : mais qui n'en a point en ce monde ? Je suis bien aise que vous reveniez pour ma fille. Demandez à M. de C*** combien elle est jolie. Montrez-lui ma lettre, afin qu'il voie que si je fais les maux, je fais les médecines.

Lettre de J.-J. Rousseau à M. Dupeyron, 1766.

Je vois avec douleur, mon cher ami, par votre n° 35, que je vous ai écrit des choses déraisonnables dont vous vous tenez offensé. Il faut que vous ayez raison d'en user ainsi, puisque vous êtes de sang-froid en lisant mes lettres, et que je ne le suis guère en les écrivant : ainsi vous êtes plus en état que moi de voir les choses telles qu'elles sont.

Mais cette considération doit être aussi de votre part une plus grande raison d'indulgence. Ce qu'on écrit dans le trouble ne doit pas être envisagé comme ce qu'on écrit de sang-froid : un dépit outré a pu me laisser échapper des expressions démenties par mon cœur, qui n'eut jamais pour vous que des sentiments honorables.

Au contraire, quoique vos expressions le soient toujours, vos idées souvent ne le sont guère, et voilà ce qui, dans le fort de mes afflictions, a achevé de m'abattre. En me supposant tous les torts dont vous m'avez chargé, il fallait peut-être attendre un autre moment pour me les dire, ou du moins vous résoudre à endurer ce qui pouvait en résulter.

Je ne prétends pas, à Dieu ne plaise, m'excuser ici, ni vous charger, mais seulement vous donner des raisons qui me semblent justes, d'oublier les torts d'un ami dans mon état. Je vous en demande pardon de tout mon cœur; j'ai grand besoin que vous me l'accordiez, et je vous proteste, avec vérité, que je n'ai jamais cessé un seul moment d'avoir pour vous tous les sentiments que j'aurais désiré vous trouver pour moi... Mon tendre attachement et mon vrai respect pour vous ne peuvent pas plus sortir de mon cœur que l'amour de la vertu.

Lettre de Madame de La Fayette à Madame de Sévigné, 1673.

Hé bien, hé bien, ma belle! qu'avez-vous à crier comme un aigle? Je vous mande que vous attendiez à juger de moi quand vous serez ici; qu'y a-t-il de si terrible à ces paroles? Mes journées sont remplies. Il est vrai que Bayar est ici, et qu'il fait mes affaires; mais quand il a couru tout le jour pour mon service, écrirai-je? encore faut-il lui parler. Quand j'ai couru, moi, et que je reviens, je trouve M. de La Rochefou-

cauld, que je n'ai point vu de tout le jour : écrirai-je ?
M. de La Rochefoucauld et Courville sont ici, écrirai-
je ? Mais quand ils sont sortis ? Ah ! quand ils sont
sortis, il est onze heures, et je sors, moi. Je couche
chez nos voisins, à cause qu'on bâtit devant nos fenêtres. Mais l'après-dinée ? J'ai mal à la tête. Mais le
matin ? J'y ai mal encore ; et je prends des bouillons
d'herbes qui m'enivrent. Vous êtes en Provence, ma
belle ; vos heures sont libres, et votre tête encore plus.
Le goût d'écrire vous dure encore pour tout le monde ;
il m'est passé pour tout le monde ; et si j'avais un
amant qui voulût de mes lettres tous les matins, je
romprais avec lui. Ne mesurez donc point notre amitié
sur l'écriture, je vous aimerai autant en ne vous écrivant
qu'une page en un mois, que vous en m'en écrivant dix,
en huit jours.

PLACETS ET PÉTITIONS.

—

On appelle *placet*, une supplique ou demande qu'on adresse à un souverain ou à un prince de famille souveraine, et *pétition* une demande adressée à un ministre, au sénat, ou à d'autres autorités d'un rang moins élevé.

Les placets peuvent être présentés au souverain ou aux princes, à leur passage, si l'on peut s'approcher d'eux ; ou bien leur être remis par quelque personne qui, par sa charge, a accès auprès de leur personne. A défaut, on peut les mettre sous enveloppe et les jeter à la poste, sans qu'il soit nécessaire de les affranchir.

Les pétitions aux ministres et autres autorités sont déposées, sous enveloppes, chez le concierge de leur hôtel, ou bien transmises par la poste. Excepté pour les ministres, le sénat, les directeurs généraux, et quelques autres hauts fonctionnaires, il est nécessaire d'affranchir les pétitions.

L'adresse des pétitions doit être indiquée avec soin, de même que le domicile du pétitionnaire, parce qu'une pétition qui arrive à une autre personne que celle à qui on a voulu la faire ne peut recevoir de réponse ; il en est de même, quand, faute d'indication précise, on ne connaît pas le vrai domicile de celui qui l'a signée, ou que son nom n'est pas écrit d'une manière lisible.

Dans les placets, comme dans les pétitions, on doit énoncer brièvement, quoique avec clarté, ce qu'on demande, parce qu'on a affaire à des gens accablés de sollicitations ; ne pas craindre de montrer trop de respect et de soumission, pour ne pas blesser par un ton hautain ou sec ceux qui ont entre leurs mains la grâce que l'on désire.

Il est bon, quand on le peut, de faire apostiller sa demande, par quelque personne élevée en dignité, dont le caractère et la position sont une garantie de la vérité de ce qu'on dit, de la justice de ce qu'on sollicite, ou des droits que l'on a à une faveur.

En général les pétitions et les placets s'écrivent sur papier dit *ministre*. Si l'on est obligé d'écrire sur la seconde page, ce qu'on doit éviter, si c'est possible, pour ne pas fatiguer par trop de longueur, on doit laisser en blanc tout le haut de cette seconde page (ainsi que de la troisième, si l'on va jusque là), et ne commencer

la première ligne qu'à l'endroit qui correspond
à la première ligne du texte même de la pétition.
On comprend, d'après ce que nous venons de
dire, que le blanc du haut de la seconde page,
correspond à toute la suscription, dates, titres,
etc., qui précèdent la matière.

Quant aux pétitions sur papier timbré, où il ne
s'agit que d'affaires, on n'a pas besoin d'y mettre
le même cérémonial. Il suffit de bien indiquer
les adresses, et d'être clair et poli, car, en général, ces pétitions passent immédiatement dans
les bureaux. L'essentiel ait qu'elles ne contiennent rien que de convenable, et que l'affaire y
soit nettement exposée.

Modèles de Placets et de Pétitions.

Placet à l'Empereur.

A Sa Majesté l'Empereur des Français.

Sire,

Une épouse désolée se jette aux genoux de Votre
Majesté pour implorer la grâce de son mari, qu'un jugement équitable, sans doute, mais trop rigoureux, a
condamné à perdre la vie. Les lois ont dû le juger cou-
pable ; mais si Votre Majesté daigne examiner le procès
dans son Conseil privé, j'ose espérer qu'Elle y trouvera
des circonstances auxquelles sa sensibilité ne résistera

pas. La clémence est la vertu des grands Princes : et lorsque Votre Majesté, en montant sur le trône, s'est réservé le droit de faire grâce, Elle a prouvé qu'Elle ne voulait pas renoncer au plus bel apanage d'une couronne que son courage et les bienfaits dont Elle comble son peuple lui ont si justement acquise.

Sire, c'est de vous seul qu'une mère, et trois enfants presque encore au berceau, attendent leur sort. Un seul mot de votre bouche va les réunir à la foule innombrable de ceux qui bénissent chaque jour votre nom.

J'ai l'honneur d'être avec le plus profond respect,

Sire,

De votre Majesté Impériale,

La très humble et très fidèle sujette.

N. . . .

A l'Empereur pour demander une place.

Sire,

Un père de famille, que des revers de fortune ont privé de moyens suffisants d'existence, et muni de lettres de recommandations et de certificats qui attestent sa capacité et sa moralité, sollicite de Votre Majesté, la faveur de...... en remplacement de.....

Ce sera un grand honneur pour lui que de tenir de Votre Majesté un bienfait qui sera le soutien de toute une famille, et fera son bonheur. Chaque jour elle fera des vœux au ciel pour le souverain qui aura daigné abaisser ses regards vers son infortune.

A l'Impératrice pour demander à être réintégré dans une place qu'on a perdue.

Madame,

L'emploi qui faisait vivre le soussigné avec sa famille vient de lui être enlevé, par suite de dénonciations calomnieuses. Des certificats, émanant de personnes élevées en dignité, prouveront à Votre Majesté, que la religion du ministre a été surprise. Le soussigné, privé aujourd'hui de tous ses moyens d'existence, a recours à votre haute intervention pour que son emploi lui soit rendu, ou au moins pour qu'il soit pourvu d'un emploi équivalent. Ce nouveau bienfait rendra la vie à une famille qui ne cessera d'adresser des vœux au ciel pour la conservation des jours de Votre Majesté et de Son Auguste Époux.

Une mère à l'Impératrice pour lui demander un secours dans ses couches.

Une mère de famille que la mort de son mari vient de réduire à la misère est sur le point d'accoucher, et de ne plus pouvoir, momentanément au moins, travailler pour nourrir ses autres enfants. Sachant qu'on n'implore jamais en vain Votre Majesté, elle s'est enhardie jusqu'à venir vous supplier de lui accorder un secours pour les dépenses de ses couches et de l'allaitement de son enfant. Elle recevra ce nouveau bienfait avec une reconnaissance sans bornes, et elle bénira votre nom

19

avec tant d'autres mères dont vous ne cessez de soulager
l'infortune.

Placet à l'Impératrice.

A Sa Majesté l'Impératrice des Francais,

Madame,

La bienfaisance est redescendue sur la terre, et c'est
votre cœur qu'elle a choisie pour son Trône. Dans cette
heureuse assurance, une pauvre veuve, chargée de quatre enfants en bas âge, ose supplier Votre Majesté de
mettre un terme à sa détresse. Le ciel, en vous plaçant
au premier rang, a donné un appui au faible, une conso-
latrice aux affligés, une mère aux orphelins. Que pourrais-je ajouter de plus pour exciter la sensibilité de Votre
Majesté, lorsqu'il est prouvé à chaque instant que tous
ses vœux, tous ses efforts ne tendent qu'à faire disparaître le malheur de la surface de son Empire ?

Daignez donc, madame, prendre en considération
l'état déplorable où se trouve plongée, sans qu'il y ait
de sa faute, celle qui a l'honneur d'être avec le plus profond respect,

de Votre Majesté Impériale, la très humble
et très obéissante sujette,

N. . . .

Placet à un Prince ou à une Princesse de la Famille Impériale.

Monseigneur ou Madame,

Je prends la liberté de recommander à la protection de votre Altesse Impériale, une personne que la fortune n'a favorisée que du côté des talents et de l'éducation. Il écrit à merveille, parle plusieurs langues, et s'est toujours montré d'un commerce fort aimable dans la société. Il ferait un excellent secrétaire, ou pourrait s'acquitter avec honneur de l'emploi de gouverneur d'enfants de bonne famille. Son extérieur est excessivement simple, son abord très timide, mais il gagne infiniment à être connu. J'ose concevoir l'espoir flatteur que votre Altesse Impériale, qui daigne m'honorer de quelque confiance, et qui se fait un bonheur d'être utile au mérite obscur, n'aura jamais de reproches à me faire sur le sujet pour lequel je sollicite ses bontés.

J'ai l'honneur d'être, avec le plus profond respect,

Monseigneur, ou Madame,

De Votre Altesse Impériale,

Le très humble et très obéissant serviteur.

Placet au Grand-Chancelier de la Légion d'Honneur.

A Son Excellence Monseigneur le Grand-Chancelier
de la Légion d'Honneur,

Monseignenr,

J'ai l'honneur de recommander à la juste protection
de Votre Excellence, et de vous prier de mettre sous
les yeux de Sa Majesté l'action de bravoure d'un caporal
du 19e régiment de ligne, faisant partie du corps qui
est sous mes ordres. Ce brave homme, à la bataille
de. . . , s'est emparé, seul, d'une pièce de canon,
qu'il a enlevée à l'ennemi avec une audace étonnante.
Dès qu'il s'est aperçu qu'il en était à peu près maître, il
a appelé deux de ses camarades qui l'ont aidé à la
traîner jusqu'à sa compagnie. C'est sur le rapport de
son capitaine, qui a reçu cette pièce, et des deux compa-
gnons de ce beau trait, que je vous certifie cet acte de
courage. Je vous demande pour lui la décoration de la
Légion d'honneur. Ce sera une juste consolation pour
ce brave militaire, que les blessures qu'il a reçues dans
cette occasion ont privé de son bras droit.

Je joins à la présente le certificat détaillé et signé de
tous les officiers de sa compagnie, et d'un de mes adju-
dants, témoin oculaire, et j'ai l'honneur de vous prier
de croire que je suis avec le plus profond respect,

Monseigneur,

De Votre Excellence,

Le très humble et dévoué serviteur,

Pétition au Ministre de l'Intérieur.

A Son Excellence Monsieur le Ministre de l'Intérieur,

Monsieur le Ministre,

Pierre-Emmanuel-Prosper Dupont, né à. . . âgé de. . . ans, a l'honneur d'exposer à Votre Excellence qu'ayant appris qu'il y avait plusieurs places vacantes à la Bibliothèque de. . . , il ose solliciter votre protection pour obtenir une de ces places.

Ses moyens, pour exercer cet emploi, consistent dans une bonne éducation, dont le fruit est la connaissance de plusieurs langues, telles que le grec, le latin, l'anglais, l'italien, etc.

Si votre Excellence daigne agréer sa demande, il se fera un devoir par son zèle de se rendre digne de votre puissante protection.

C'est dans ces sentiments qu'il prend la liberté de se dire, avec le plus profond respect,

de Votre Excellence,

Le très humble et très obéissant serviteur.

Au Ministre de la Guerre pour solliciter la croix de la Légion d'honneur.

Un ancien militaire, blessé à la bataille de....., pourvu des états de service les plus honorables, s'est vu privé, par suite d'une erreur ou d'un oubli, de la récompense qu'il ambitionnait le plus. Il vient aujourd'hui demander à Votre Excellence la décoration de la Légion d'honneur, à laquelle il croit avoir des droits sérieux. Les certificats les plus flatteurs dont il est muni prouveront qu'il n'affirme rien que de vrai. Il ose donc espérer que Votre Excellence, après avoir fait vérifier ses pièces, voudra bien lui accorder sa demande. Il bénira votre justice et sa reconnaissance n'aura point de terme.

Au Ministre de la Guerre pour avoir des renseignements sur un militaire qui n'a plus donné de ses nouvelles.

N...... soldat au...... régiment de ligne, a cessé de donner de ses nouvelles depuis le.... ; aucune pièce officielle n'est parvenue à sa famille, pour établir sa position actuelle. Elle a recours à Votre Excellence pour qu'elle ordonne des recherches, et que s'il a eu le malheur d'être tué, blessé, ou fait prisonnier, ses parents en soient informés d'une manière certaine. Ils vous seront extrêmement reconnaissants de votre bonté.

Au Ministre des Finances pour obtenir le payement d'une somme due à un militaire décédé.

Le soussigné.... unique héritier, ainsi qu'il le justifie par les pièces annexées à la présente pétition, du Sieur.... ancien militaire pensionné, a l'honneur de prier

Votre Excellence de vouloir bien l'autoriser à toucher la somme de.... qui reste due au dit...... sur sa pension jusqu'au jour de son décès.

Au Ministre des Finances pour demander un bureau de tabac.

La sousssignée, veuve du sieur. . . ancien employé (ou militaire) mère de. . . enfants, a l'honneur de vous exposer que ses infirmités ne lui permettent plus de subvenir aux besoins de sa famille, et les services de son mari lui donnant quelques titres à vos bontés, elle ose solliciter un bureau de tabac, dont la gestion lui procurera les moyens d'existence qui lui manquent. Elle joint à la présente pétition les pièces qui constatent qu'elle est digne des faveurs de Votre Excellence.

Pétition au Ministre des Finances.

A Son Excellence Monsieur le Ministre des Finances.

Monsieur le Ministre,

Jacques-François Méon, propriétaire cultivateur à..., département de. . ., a l'honneur de représenter à Votre Excellence, qu'il a été porté sur le rôle des contributions foncières de l'an. . . pour la somme de...

Les ravages causés par les inondations et par la grêle qui ont dévasté la commune dans laquelle sont assises ses propriétés, lui ont fait particulièrement un notable dommage par la situation de ses biens, et le mettent hors d'état d'acquitter la somme à laquelle il se trouve imposé.

Il supplie donc Votre Excellence de prendre en considération la pénible situation d'un père de famille, qui se voit enlever l'espoir de ses travaux par des fléaux inévitables, et d'ordonner la modération de son imposition.

Le réclamant a l'honneur d'être avec le plus profond respect,

Monsieur,

De Votre Excellence,

Le très humble et obéissant serviteur.

Au Ministre de l'Instruction publique pour obtenir une bourse pour son fils.

Une bourse étant vacante au Lycée de...., le soussigné a l'honneur de la demander à Votre Excellence, pour son fils qui est déjà élève dans le dit Lycée, et qui par sa conduite et ses succès mérite d'être encouragé à continuer ses études. La position de fortune du soussigné ne lui permettrait pas de le tenir pensionnaire, et la qualité d'ancien employé (ou militaire) lui donne quelques droits à la faveur qu'il sollicite. Les certificats annexés constatent que l'élève mérite aussi cette grâce.

A un Sénateur pour lui demander de le protéger auprès d'un ministre pour l'obtention d'un emploi.

La place de   est vacante en ce moment ; j'ai des droits pour l'obtenir, mais je suis sans protecteur.

Je n'ai que vous, Monsieur le Sénateur, pour m'appuyer auprès du Ministre de qui dépend cette nomination. Les concurrents ne manquent pas, mais, ainsi que vous le verrez par les pièces qui sont jointes à la présente, je crois mériter mieux que tout autre la faveur que je sollicite. Il suffira d'appeler l'attention du Ministre sur mes titres, et c'est ce que je viens vous supplier de faire pour moi. Ma reconnaissance envers vous, Monsieur le Sénateur, sera d'autant plus grande que ce sera à vous en réalité que je devrai cet emploi.

Pétition au Préfet de Police.

A Monsieur le Conseiller d'Etat, Préfet de Police,

Monsieur le Préfet de Police,

J'ai eu le malheur de perdre mon portefeuille il y a quelques jours. Je l'ai vainement fait afficher ; je n'en ai point eu de nouvelles. Outre le désagrément d'avoir perdu deux billets de Banque, j'éprouve encore celui d'être privé de mon passeport. Etranger à Paris, je n'ai d'autre caution à vous offrir que la personne chez laquelle je suis logé, qui est un des plus forts négociants de cette ville, et qui me connaît, ainsi que ma famille, depuis nombre d'années. J'ai rempli toutes les formalités qu'exige la loi ; et j'en joins les pièces à la présente. J'ose donc vous supplier, Monsieur le Préfet, de me faire expédier un nouveau passeport, et de me croire, avec la plus haute considération,

Monsieur le Préfet,

Votre très respectueux serviteur.

19.

A un Préfet pour obtenir un emploi.

Le soussigné, ancien militaire, ayant appris que l'emploi de.... à ..... était disponible, vient le solliciter pour lui. Ses titres, outre ses services à l'armée, sont une bonne conduite, des connaissances suffisantes, une famille nombreuse à soutenir. Les pièces ci-jointes prouvent la vérité de ce qu'il avance. Il ose donc espérer, Monsieur le Préfet, que vous daignerez lui accorder la faveur qu'il sollicite.

A un Préfet, pour demander une réduction de Contributions.

Monsieur le Préfet.

Le soussigné, a l'honneur de vous exposer qu'ayant été taxé a la somme de. . .   pour sa contribution mobilière de l'an. . . ,   il résulte de cela que la maison qui a servi à fixer cet impôt a sans doute, probablement par erreur, été évaluée à un revenu beaucoup plus important que celui qu'elle produit réellement.

Il vous supplie donc, Monsieur le Préfet, que d'après une nouvelle estimation, il lui soit accordé une réduction, qui rétablisse sa contribution au taux fixé par la loi.

Confiant dans le droit que vous ferez à sa demande, il a l'honneur d'être avec respect, etc. . .

Pétition à un Préfet de Département.

A Monsieur le Préfet du Département de....

Monsieur le Préfet,

En vertu d'un arrêté pris par le Conseil de Préfecture, pour la confection d'un chemin vicinal conduisant de... (tel endroit) à... (tel endroit), ma propriété éprouve une diminution de 65 ares. Vos commissaires n'ayant évalué cette diminution qu'à 50 ares, l'indemnité que la loi m'accorde se trouverait portée à un cinquième de moins qu'elle ne doit l'être. Persuadé qu'il n'entre pas dans vos intentions de soutenir une telle injustice, j'attends de votre équité que vous voudrez bien nommer de nouveaux commissaires, qui prennent les intérêts du Gouvernement sans léser les droits des particuliers.

C'est dans cette confiance, que votre noble conduite m'a toujours inspirée, que j'ai l'honneur d'être, avec le plus profond respect,

    Monsieur le Préfet,

        Votre très humble serviteur, etc.

A un Maire pour demander à placer une enseigne.

Je soussigné. . . .   domicilié à. . .   rue... n°. . .

Ai l'honneur de vous faire observer que j'ai l'intention de faire placer à l'extérieur de mon domicile une enseigne pour ma profession ; que je ne le puis sans votre autorisation. C'est pourquoi je vous fais la présente demande pour qu'il vous plaise, Monsieur, de me permettre de placer la dite enseigne devant mon domicile, en me conformant aux règlements. En attendant cette permission que je réclame de votre justice, je vous salue avec respect.

Présentée à. . . .   le. . .

A un Maire, pour lui demander une autorisation de bâtir sur la voie publique.

Le soussigné a l'honneur de vous exposer qu'il est obligé de faire des réparations (*les indiquer*) dans la maison rue. . .   n°. . .   qui lui appartient ; il vient en solliciter l'autorisation, en se conformant aux règlements de police.

Au Directeur général des Postes, pour réclamer une lettre égarée.

J'ai jeté à la boîte aux lettres de bureau de. . . le. . .   une lettre contenant des effets et adressée à. . .   Cette lettre n'est point parvenue à son adresse. J'ai réclamé au bureau de. . .   On m'a promis de faire des recherches ; j'ignore si elles ont été faites ; en tout cas, il n'en est rien résulté. Je suis donc obligé, Monsieur le Directeur général, de remonter jusqu'à vous, et de vous supplier d'ordonner que de nouvelles recherches soient faites pour que la lettre égarée soit retrouvée.

A un Président de Tribunal, pour se plaindre d'un officier public.

Monsieur le Président.

Le Sieur. . . (avoué) ou notaire, greffier ou huissier m'a réclamé pour la taxe de. . . et pour ses honoraires, la somme de. . . Comme cette somme est considérable comparée à la taxe des frais de justice et que l'on peut qualifier cet acte de véritable concussion, j'ai recours à votre autorité, Monsieur le Président, pour faire cesser une pareille injustice à mon égard, en requérant que le dit Sieur. . . soit obligé de me restituer tout ce qu'il m'a fait donner au-delà de ce que lui permettait le règlement sur la taxe des frais de justice.

J'attends de votre zèle à faire exécuter les lois la répression d'un tel abus, et ferez justice.

Je suis avec un profond respect, etc.

Aux Administrateurs des Hospices pour demander un apprenti.

Messieurs les Administrateurs,

Depuis quelque temps un des enfants de l'hospice de. . . , du sexe masculin, connu sous le nom de. . . , et âgé d'environ. . . ans, m'a fait dire par des personnes qui le connaissent qu'il désirait apprendre la profession de. . . que j'exerce à. . .

C'est ce motif qui m'engage, Messieurs, à avoir l'honneur de vous en adresser la demande, dans le but d'en faire un apprenti en me conformant aux règlements d'usage, et à l'expiration de son apprentissage d'en faire un bon ouvrier, s'il est obéissant et appliqué.

Dans l'espoir que vous donnerez une décision favorable à ma demande, je suis avec les sentiments de la plus haute estime,

Messieurs les Administrateurs,

Votre très humble, etc.

FIN.

TABLE

Avis de l'Éditeur.   Pages   v

PREMIÈRE PARTIE. — I. *Principes généraux pour la Conduite des Affaires.*   9

Qu'est-ce que les Affaires ?   9

Quel est le but des Affaires ?   10

Qu'est-ce que savoir faire ses affaires ?   12

II. *Qualités indispensables pour bien faire ses affaires.*   14

L'amour du Travail.   14

L'Instruction.   15

La Moralité.   17

L'Économie.   19

L'Ordre.   20

III. *Des divers genres d'affaires.*   21

IV. *Éducation pour les affaires. — Choix d'une Profession.*   23

Du Caractère qui aide à réussir dans les affaires.   24

De l'Éducation de celui qui se destine aux affaires.   25

Du Choix d'une Profession.   29

V. *De l'habitude des affaires.*   31

VI. *Connaissance des Lois.*   39

VII. *Affaires commerciales.*   42

Du Commerce en général.   42

Qualités du bon Commerçant.   44

Des connaissances nécessaires aux commerçants.   48

Choix des Employés.   49

Des Écritures de Commerce.   55

Des Effets de Commerce.   56

VIII. *Des Opérations Commerciales.*   58

Des Achats de marchandises.   58

Des Ventes.   65

Des Expéditions. 66

Des Commissionnaires. 67

Des Agents ou Représentants. 70

Des Voyageurs. 71

Des Comptes en participation. 72

Des Sociétés de commerce. 73

De la Correspondance commerciale. 75

Rapports avec les Banquiers. — Du Crédit. 77

IX. *Du petit Commerce.* 79

Connaissance de la valeur des Marchandises. 80

Du Capital. 82

Du Magasin. 82

Disposition du Magasin. 83

Commis de Magasin. 85

Achats et Ventes. 87

Du Terme. 91

Des Moyens de se faire une clientèle. 91

Du Crédit. 95

X *De la Spéculation.—Différence entre le négociant
et le spéculateur.* 96

XI. *De la Banque.* — De l'Intérêt. 102

De la Banque. 103

XII. *Des Inventions.* 104

XIII. *Comment on devient Millionnaire.* 107

XIV. *Comment l'argent se perd.* 112

XV. *Le vrai chemin de la Fortune.* 117

XVI. *Épargne. — Dons. — Prêts.* 122

XVII. *Des Propriétés immobilières.* 126

Maisons. 127

Maisons de Campagne. — Fermes. 130

Terres. 132

XVIII. *Des Propriétés Mobilières.* 134

XIX. *Mandats. — Procurations.* 137

XX. *Contestations. — Procès.* 140

XXI. *Mariage. — Tutelle. — Testament.* 143

XXII. *Résumé. — Règles générales pour mener à bien
ses affaires.* 146

SECONDE PARTIE. MODÈLES D'ACTES SOUS SEING-
PRIVÉ. — *Instructions générales.* 151

Formules générales. 153
De la Capacité des Parties contractantes. 160
Du Consentement. 160
MODÈLES D'ACTES SOUS SEING-PRIVÉ. — *Du Mariage.* 163
Consentement au Mariage. 163
Autre. 163
Autre. 163
Fourniture d'Aliments. 164
Autorisation du mari à la femme. 164
Tutelle. — Compte sommaire des Biens d'un Mineur. 164
Compte de Tutelle. 165
Approbation d'un Compte de Tutelle. 165
Successions. 166
Inventaire d'une Succession faite entre les Héritiers. 166
Biens Meubles. 166
Biens Immeubles. 167
Partage. 167
Testaments. 169
Testament qui établit un légataire universel. 169
Testament d'un mari en faveur de sa femme. 169
Testament d'un père. 169
Autres. 170
Testament d'une femme en faveur de son mari. 170
Testament d'un homme qui n'a ni femme ni enfants. 171
Compte d'un exécuteur testamentaire. 171
Arrêté de compte d'un exécuteur testamentaire. 172
Ratification d'un majeur d'un acte fait par lui pendant
qu'il était mineur. 173
Contrats ou Obligations. — *Du Prêt.* 173
Obligation simple pour argent dû. 174
Autre. 175
Caution simple pour le paiement d'une somme. 175
Caution solidaire pour le paiement d'une somme. 175
Convention avec plusieurs cautions solidaires pour
paiement. 176

Obligation solidaire pour paiement. 177

Acte de Cautionnement. 177

Acte de Cautionnement avec Obligation solidaire. 178

Cautionnement mis à la suite d'une Obligation. 178

Contrat de Gage. 179

Convention avec obligation solidaire. 179

Reconnaissance de gage donné pour sûreté d'une somme due. 180

Autre. 181

Acte de Nantissement à titre d'Antichrèse, pour sûreté de la somme due. 181

Simple Reconnaissance de prêt d'argent. 183

Contrat de Prêt à intérêt. 183

Reconnaissance de prêt de marchandises. 184

Acte de Délégation. 184

Acte de Remise d'une dette. 185

Acte de Subrogation par le créancier à un tiers qui le paye. 186

Acte de Novation. 186

Reconnaissance de dépôt de divers objets. 187

Reconnaissance de dépôt de marchandises. 187

Séquestre volontaire d'un cheval. 187

Quittances, Décharges, Reçus, Récépissés. 188

Quittance simple. 189

Quittance avec réserve. 189

Décharge d'un co-débiteur. 190

Reçu d'un Dépôt en nature. 190

Reçu d'un Dépôt en argent. 190

Quittance d'un Fermage. 190

Quittance de Loyer. 191

Quittance de Paiement pour une Caution. 191

Quittance du Paiement d'un objet dû. 191

De la Vente. 192

Vente d'un objet quelconque. 192

Vente d'un Bien rural. 193

Vente d'une Maison. 195

Vente d'une Terre. 196

Vente de coupe de bois. 197

Vente à l'essai. 198
Vente de récolte. 198
Vente d'un fonds de Commerce. 199
Vente d'une Ferme. 200
Vente de Meuble. 200
Autre. 201
Transport de Créance. 201
Transport de droits litigieux. 202
Echange de biens. 202
Des Baux. 204
Bail à ferme. 212
Bail à loyer. 216
Bail d'une Maison de campagne. 217
Bail d'un moulin. 219
Bail à ferme. 220
Bail à moitié fruits. 223
Bail à Cheptel. 224
Modèle de Bail à ferme. 227
Désistement volontaire de bail. 230
Transport de bail. 231
Continuation de bail. 232
Congé volontaire. 233
Quittance de loyer ou de bail. 233
Décharge d'une Remise de clefs. 234
Désistement de bail. 234
Quittance de loyer. 234
Quittance de fermage. 235
Congé. 235
Des Mandats ou Procurations. 235
Procuration spéciale ou particulière. 239
Procuration pour recevoir une somme due. 239
Mandat pour recevoir une somme due. 240
Procuration générale. 240
Autre Procuration générale. 242
Transactions. 243
Modèles de Transactions. 244
Renonciation à une prescription. 245
Titre nouvel d'une rente constituée. 245

Compromis. 246

Modèle de Compromis. 247

Engagements, Devis, Marchés. 248

Engagement d'ouvrier. 249

Convention d'Apprentissage. 250

Autre. 250

Devis et Marchés. 251

Marché 251

Expertises. 253

Nomination d'Experts pour estimation d'immeubles. 253

Rapport d'Experts pour estimation d'immeubles. 254

Procès-verbal pour l'Arpentage, l'Estimation et le partage
de différentes pièces de terres entre plusieurs. 256

Procès-verbal de Bornage. 257

Modèles d'Actes commerciaux. 259

Des Lettres-de-Change. — Lettre-de-change à jour fixe. 259

Autre modèle de lettre-de-change. 260

Seconde de change. 260

Autre première de change. 261

Lettre-de-change à vue. 261

Lettre de-change à l'ordre du tireur. 261

De l'Endossement. 261

Du Billet ou Reconnaissance simple. 263

Billet simple. 263

Billet au porteur. 263

Billet à ordre. 264

Du Protêt. 265

De l'Aval. 266

Pouvoir pour représenter dans une faillite. 268

Acte de Société en nom Collectif. 269

TROISIÈME PARTIE. LETTRES ET PÉTITIONS. 271

Du Cérémonial des Lettres. 271

Du Papier. 271

De la Date. 272

De la Suscription, et de l'Inscription. 272

De la Suscription et de l'Inscription dans les placets ou
lettres adressées aux personnes élevées en dignité. 274

Du Corps de la lettre. 276
Du Post-Scriptum. 279
De la Souscription. 279
De la manière de Plier les lettres. 281
De la manière de Cacheter les lettres. 281
De l'Adresse. 282
Des Réponses. 282
Du Style des lettres. 283
Des Convenances Épistolaires. 285
Lettres de Bonne Année et de Fêtes. 288
Modèles de lettres de Bonne Année et de Fêtes. 289
Lettre de bonne année d'un ami à son ami. 289
Lettre de bonne année à un protecteur. 290
Lettre de bonne année d'un petit fils à son grand-père. 290
Lettre de bonne année d'un fils à sa mère veuve. 291
Lettre de bonne année d'un élève à son maître. 291
Lettre d'un fils à son père pour sa fête. 292
Lettre d'un neveu à sa tante pour sa fête. 292
Lettres de Félicitation. 293
Modèles de lettres de Félicitation. 294
Lettre de Compliments à un protecteur. 294
Compliments à un ami. 294
Lettres de Condoléance. 295
Modèles de lettres de Condoléance. 296
Lettre de condoléance à un fils sur la mort de son père. 296
Lettre de condoléance à un mari sur la mort de sa femme. 296
Lettres de Demande. 297
Modèles de lettres de Demande. 298
A un ami pour obtenir, par son entremise, quelque grâce auprès d'un ministre. 298
Pour demander protection pour soi-même. 299
Réponses aux lettres de Demande. 299
Lettres de Remercîment. 301
Modèles de lettres de Remercîment. 302
Pour remercier une personne de nous avoir donné sa protection que nous ne lui demandions pas. 302

Pour remercier une dame des attentions qu'elle a eues
pour une autre dame.   302

Pour remercier une personne qui a pris notre défense
pendant notre absence.   303

A une personne qui nous a fait obtenir une grâce.   304

A un ami.   305

Lettre d'amitié et de reconnaissance.   305

Réponse.   305

Lettres d'Affaires.   306

Modèles de lettres d'affaires.   307

Lettre pour un règlement de compte.   308

Lettre pour l'achat d'une terre.   308

Lettres Commerciales.   308

Modèles de lettres commerciales.   309

Avis à une personne qui commence les affaires.   310

Circulaire annonçant l'établissement d'une agence commerciale.   311

Lettre de Recommandation.   312

Modèles de lettres de recommandation.   313

Lettre de Recommandation.   313

Lettre de Recommandation et de Crédit.   313

Lettres aux personnes que l'on vient de quitter.   314

Lettre à une personne que l'on vient de quitter.   315

Lettres pour les Mariages.   315

Modèles de lettres pour les mariages.   316

Lettre d'un jeune homme à un père pour lui demander
sa fille en mariage.   316

Lettre d'un père à une mère veuve pour lui demander sa
fille en mariage pour son fils.   317

Réponse à une demande en mariage.   318

Autre réponse à une demande en mariage.   348

Lettres de Conseils.   319

Lettre de Racine à son fils.   319

Lettre de Madame de Maintenon à son frère.   321

Lettre de la même à sa nièce.   322

Lettres de Reproches.   323

Lettre de Madame de Maintenon à M. l'abbé Gobelin.   324

Lettre du comte de Bussi à Madame de M***   521

Lettre de Madame de Scudéri au comte de Bussi.   524

Lettres d'Excuses.   525

Lettre de Madame de Sévigné à M. de Bussi.   525

Lettre de J.-J. Rousseau à M. Dupeyron.   526

Lettre de Madame de La Fayette à Mme de Sévigné.   527

PLACETS ET PÉTITIONS.   529

Modèles de Placets et de Pétitions.   531

Placet à l'Empereur.   531

À l'Empereur pour demander une place.   532

A l'Impératrice pour demander à être réintégré dans une place qu'on a perdue.   533

Une mère à l'Impératrice pour lui demander un secours dans ses couches.   533

Placet à l'Impératrice.   534

Placet à un Prince ou à une Princesse de la Famille Impériale.   535

Placet au Grand-Chancelier de la Légion d'Honneur.   536

Pétition au Ministre de l'Intérieur.   537

Au Ministre de la Guerre pour solliciter la croix de la Légion d'Honneur.   537

Au Ministre de la Guerre pour avoir des renseignements sur un militaire qui n'a plus donné de ses nouvelles.   538

Au Ministre des Finances pour obtenir le payement d'une somme due à un militaire décédé.   538

Au Ministre des Finances pour demander un bureau de tabac.   539

Pétition au Ministre des Finances.   539

Au Ministre de l'Instruction publique pour obtenir une bourse pour son fils.   540

A un Sénateur pour lui demander de le protéger auprès d'un ministre pour l'obtention d'un emploi.   540

Pétition au Préfet de Police.   541

A un Préfet pour obtenir un emploi.   542

A un Préfet, pour demander une réduction de contributions.   542

Pétition à un Préfet de Département.   543

A un Maire, pour demander à placer une enseigne.   543

A un Maire, pour lui demander une autorisation de bâtir sur la voie publique. 344

Au Directeur général des Postes, pour réclamer une lettre égarée. 344

A un Président de Tribunal, pour se plaindre d'un officier public. 345

Aux Administrateurs des Hospices, pour demander un apprenti. 345

FIN DE LA TABLE.

AMÉDÉE CHAILLOT, Imprimeur-Libraire-Éditeur, à Avignon.

LIBRAIRIE AMÉDÉE CHAILLOT
À AVIGNON.

Les ouvrages suivants seront adressés aux personnes qui en enverront le montant en timbres-poste par lettre affranchie.

MANUEL DE L'AGRICULTEUR du Midi de la France et de l'Algérie, petite maison rustique méridionale, 4e édition, entièrement revue et considérablement augmentée, ornée de Figures. Un v. in-18. 1 f.

GUIDE PRATIQUE pour bien faire ses AFFAIRES soi-même. Un vol. in-18. 1 fr.

MANUEL ÉPISTOLAIRE, véritable Secrétaire français et de Cabinet. Un vol. in-18. 50 c.

LE CUISINIER MÉRIDIONAL, d'après la méthode Provençale et Languedocienne, un gros vol. in-18. 1 fr. 50 c.

SECRETS DES ANCIENS ET RECETTES NOUVELLES, recueil de procédés pour l'utilité du Ménage, les Vêtements, les Meubles, les soins de la Santé, etc. Un volume in-12. 1 fr.

1200 SECRETS, Recettes, Procédés et Remèdes utiles, nouveaux et éprouvés. Un vol. in-18. 1 fr.

RECUEIL DE COMPLIMENTS. Un vol. in-18. 50 c.

Ouvrages de *WALTER SCOTT.*

LE TALISMAN, Conte des Croisés. 2 volumes. 2 fr.

LE NAIN NOIR, Conte de mon Hôte. 1 fr.

Les autres chefs-d'œuvre de W. Scott paraîtront successivement.

Romans divers et ouvrages amusants à 1 fr. le volume.

LES FIANCÉS, par *Manzoni*, 2 volumes.

MOLIÈRE, Scènes choisies dans ses Comédies.

LE DIABLE BOITEUX, par *Lesage.*

FLEUR D'ÉPINE et Mémoires de GRAMMONT, par *Hamilton.*

LE VOYAGE SENTIMENTAL, par *Sterne.*

LES VOYAGEURS AMUSANTS, Racine, La Fontaine, etc.

CONTES DES GÉNIES, par *Horam.*

FÉERIES NOUVELLES, par *le comte de Caylus.*

NOUVELLES CHOISIES, par *W. Scott, Cervantes, Florian.*

LE CONTEUR DE BONNE SOCIÉTÉ, Récits amusants, etc.

LE CONTEUR AMUSANT, choix de Contes et d'Anecdotes.

HISTOIRES FANTASTIQUES, par *Byron, Hoffmann,* etc.

CONTES FANTASTIQUES, par *Apulée, Hoffmann, W. Scott,* etc.

CONTES MORAUX, par *Mme de Genlis.*

CONTES MORAUX, par *Marmontel.*

L'ÉPICURIEN, par *Th. Moore.*

FAUST, drame fantastique, par *Goethe.*